DAS LEBEN ZWISCHEN DEN STÜRMEN

AXEL
LAWACZECK

DAS LEBEN ZWISCHEN DEN STÜRMEN

ZIEMLICH WAHRE ERZÄHLUNGEN

Volk Verlag München

Umschlagmotiv: Foto © Axel Lawaczeck

Die Deutsche Bibliothek verzeichnet diese Publikation in der Deutschen Nationalbibliografie; detaillierte bibliografische Daten sind im Internet über https://portal.dnb.de/ abrufbar.

Neumarkter Straße 23; 81673 München
Tel. 089 / 420 79 69 80; Fax: 089 / 420 79 69 86

Druck: Friedrich Pustet GmbH & Co. KG, Regensburg

ISBN 978-3-86222-478-4

www.volkverlag.de

FSC
www.fsc.org
MIX
Papier | Fördert gute Waldnutzung
FSC® C014889

für Doris

ZIEMLICH WAHRE ERZÄHLUNGEN

ENTLANG MEINER MEERE

Bei Murcia am Mar Menor, dem kleineren Meer. Wolken hasten über die Salzwasserlagune und das flache Hinterland, um Minuten später an den Hängen der Sierra de Carrascoy empor zu kriechen. Auf einem Campingplatz zwischen Wasserlinie und dem Militärflughafen von San Javier parken Wohnmobile, kaum hundert Meter von der Start- und Landebahn entfernt. Es ist März, ein Vormittag, bereits sehr warm, die Klimaanlagen der Camper rauschen. Hinter der Parkfläche schließen sich Verwaltungsgebäude an, von grünem Kunstrasen gesäumt. Dahinter ein halb ausgehobener Pool mit verwaisten Baggern. Ein Autofriedhof.

Einige Kitesurfer lassen sich von bunten Segeln aus dem Wasser ziehen. Ich ziehe die Schuhe aus und stapfe durch den feuchten Ufersand südwärts Richtung Los Narejos und Los Alcázares, entlang der Palmen, Oleanderbäume und Strandkiefern. Ich bin zum ersten Mal im Südosten Spaniens, besuche meine Tochter, die am Goethe-Institut in Barcelona Deutsch unterrichtet und am Mar Menor einen Kurzurlaub verbringt.

Ein wenig Zeit zum Fotografieren bleibt mir noch. Wir sind verabredet. In einer Stunde treffen wir uns an der Promenade von Los Alcázares in einem Café.

Zu meiner Linken das Meer. Nun bin ich schon so alt und doch zieht es mich noch immer mit Leichtigkeit in seinen Bann. Eine ergebene Liebe, die mit jedem Jahresring meiner Knochen wächst. So viele Stunden an, auf und in den Meeren meines Lebens. So viele Wellen. So viel Erinnerliches, Innerliches.

Am Ende des Strands beginnt das Grün eines Vogelschutzgebiets. Ich ziehe meine Schuhe wieder an und betrete den hölzernen Laufweg. Playa de la Hita – ein Schild verweist auf Stelzenläufer, Seeschwalben, Teichrohrsänger. Im Schilfrohr bleibt es still. Hinter mir hektisches Klingeln von Radfahrern. Ich trete ans Geländer des erhöhten Damms. Zwei E-Bike-Radler in grellen Trikots zischen an mir vorbei, das Trommeln ihrer dicken Reifen auf den Holzplanken lässt den Steg vibrieren. Aus dem brackigen Wasser und den Schilfgärten schrecken Enten auf.

Das baumhohe Seegras lässt hier und da das Wasser der Lagune aufblitzen. Dahinter die Skyline der Hotels auf La Manga, der Nehrung, die das Mar Menor im Osten rahmt. Nehrung – das klingt für mich schon immer nach Frischem und Kurischem Haff, nach Strandhafer, Memel und Ostpreußen, nach dem Sommerhaus von Thomas Mann, das ich vor vielen Jahren einmal besuchte, nach Winter, Flucht und im Eis einbrechenden Pferdegespannen. Über La Manga flirrt die Sonne.

Das Vogelschutzgebiet ist klein und schon bald laufe ich wieder barfuß am Strand entlang. Schaum fliegt in Ballen über die Steine am Ufer.

Einige Jahre zuvor kippte das Mar Menor. 20 Tonnen toten Fisch und Schalentiere baggerte man von den Stränden. Geändert hat sich nichts, wie mir gestern mein Pensionswirt erzählte.

Keine Demut gegenüber der Natur, *sin humildad*, schimpft er. Doch das Meer ist stärker als wir. Und es verzeiht keine Fehler, prophezeit er.

Ein Satz, den ich schon einmal hörte – zum ersten Mal gehört habe, als mein Bruder im Golf von Aden verschwand. Damals sagte ihn der Pastor zu meinen Eltern.

Kühl reibt der Sand zwischen meinen Zehen. Angeschwemmte Algen verwesen fliegenumschwärmt in der Wärme brackigen Wassers.

Sommer 1953. Ich bin neun Jahre alt. Der Pastor unseres Dorfes unweit Stadthagen im Schaumburger Land überbringt die Nachricht an meine Eltern. Ich sehe ihn unsere Straße entlang kommen und in seinem Gesicht erkenne ich den Schmerz.

Mein Bruder Andreas, 17 Jahre alt, arbeitet seit einem knappen Jahr als Messejunge auf der M/S Neuenfels, einem

Frachtmotorschiff der DDG Hansa, das zwischen Bremen und Bombay pendelt. Ein großes Schiff, fast 140 Meter lang, mit 5.600 Pferdestärken und 47 Mann Besatzung. Ladung zumeist Waggons und Metallschrott. „Wenn du in den Frachtraum mit dem Altmetall gehst, kannst du ersticken", hat mir Andreas stolz erzählt, „das Metall rostet weiter und verbraucht allen Sauerstoff."

Die Neuenfels war bereits wieder auf dem Rückweg. Nach Löschung der Ladung in Bombay weitere Frachtaufnahme in Karachi. Dann Kurs Aden, Indischer Ozean. Ab 17 Uhr galt mein Bruder als vermisst.

Alles, was am 18. Juli 1953 geschah, ist in der Seegerichtsverhandlung des Seeamts Bremerhaven festgehalten. Andreas hatte in den heißen Mittagsstunden des Tages gemeinsam mit einem anderen Messejungen und dem Schiffsbäcker Bier und Schnaps getrunken. Später hatten sie ihn in der Küche gesehen, er holte Kuchen für den Messesalon und für sich selbst. Doch er war schwer angetrunken, ihm wurde nach dem süßen Gebackenen übel und er übergab sich im Schiffsgang. Das wischte er noch fort, es gab Ärger. Zuletzt sah man ihn nackt und torkelnd im Mannschaftsgang.

Zeugen sagten später, er habe wohl duschen wollen. Doch dann war ihm vermutlich wieder übel geworden. Um nicht erneut das Schiff zu beschmutzen, müsse er sich außenbords an die Reling gestellt haben, zum Spucken weit nach vorn gebeugt.

Das Equilibrium, das den Menschen aufrecht durch sein Leben führt – wie schnell kann man es verlieren, in einem Rutschen, einem Straucheln, einem Sekundenbruchteil. 15 Meter Fall. Man hat viele Stunden nach ihm gesucht, nachts, mit den großen Sueskanalscheinwerfern. Radio Aden funkte permanent Meldungen an sämtliche Schiffe in der Nähe. Alles vergebens.

Seine letzten Gedanken und Gefühle, er nahm sie mit in die Wellen, teilte sie allein mit Poseidon. Wen die Götter lieben …

Vermutlich schnell ertrunken. Und es gibt viele Haie in dieser Region.

Seine erste Reise auf dem Meer. Wohl auch sein erster Vollrausch. Nach dem Ende seiner nautischen Laufbahn hatte er die Hotelfachschule besuchen wollen.

Mit meinen Eltern fahre ich nach Bremen und wir holen eine Kiste mit seinen wenigen Besitztümern ab. Wir stehen am Pier der DDG Hansa und suchen nach der Neuenfels. Schwefelig riecht es aus den Schloten der anderen Schiffe. Der Himmel ist gelb. Fingerdick umschwappt Öl die rostigen Pötte, darin verendete Möwen, Schwerölschlamm hängt in Klumpen an den Ankern. Es ist der Sommer 1953, ich bin neun Jahre alt und denke an das, was der Pastor sagte: Das Meer verzeiht keine Fehler.

Drei Jetskis dröhnen neben mir durch das Wasser. Darauf in schwarzem Neopren junge Männer, geübt lassen sie die Motoren aufheulen, bohren sich ins Wasser hinein, verschaffen sich Wellen, über die sie mit Salti springen. Abgase und Gejohle wehen herüber.

Mein Bruder. Phantomschmerz meines Lebens.

In den während der Verhandlung erfolgten Zeugenbefragungen hatte der Salonsteward von einer Frage des Messejungen Andreas an ihn berichtet. Was mit einem Besatzungsmitglied geschehe, das sich bei der Schiffsführung wegen einer Geschlechtskrankheit melden müsse? Mein Bruder war während des Landgangs in Bombay mit anderen der Besatzung in einem Bordell gewesen. Hatte dafür sogar seine Armbanduhr versetzt. Dass er sich für seine Mühe wahrscheinlich einen Tripper eingefangen hatte, habe ich erst Jahrzehnte später erfahren, als ich die Gerichtsunterlagen beim Entrümpeln des Elternhauses in Aktenordnern im Arbeitszimmer meines Vaters fand. Meine Eltern hätten mir niemals davon erzählt. Mittäglicher Suff, zuvor im Puff – zu viel für das biedere Stadthagen. Niemals sprachen unsere Eltern über seinen Tod.

1967 bin ich selbst in Indien, nur 400 Kilometer südlich von Bombay. Ich sitze mit Freunden in der Bucht von Agonda, Goa. Zuvor haben wir Autos überführt. Ein knappes Dutzend alte Mercedes, Pontons und kleine Heckflossen, über die Türkei, den Iran, Pakistan, dann Indien. Von den Erlösen bleiben wir ein Jahr lang dort unten.

Abends liegen wir am Strand und kiffen. Der Indische Ozean still vor uns, hinter uns in den Mangoplantagen, Acajoubäumen und Teakwäldern schnattern Affen und schreien Papageien. Wir warten täglich auf den Touchdown. Dann versinkt die Sonne direkt im Horizont, küsst ihr Spiegelbild, verströmt sich im Meer. Meist wird sie aber schon zuvor vom Dunstblau der Himmelsweite vertilgt. Das gleißende Licht weicht Nuancen von Gelb und Orange, wird immer wärmer, bald violett, brennend, flimmernd. Manchmal, wenn sich der Feuerball dem Horizont nähert, gibt es keinen Touchdown, weil die Einheimischen wieder ihren Müll oder alte Autoreifen verbrennen. Schwarz wachsen die Schwaden über die Bucht, verhüllen das Meer, als sei ein verdreckter Pinsel über das Erdbild gefahren.

Ein Pfeifen hinter mir wird zum Dröhnen. Ein Jet der spanischen Luftwaffe mit roten Leitwerken sinkt über den Himmel. Er trainiert Start und Landung am Flughafen San Javier. Anflug, Touchdown, dann Aufröhren der Triebwerke, durchstarten und abheben, im Flirren des Strahlrohrs wieder Steigflug in die nächste Kurve.

Während ich weiter wandere, werden zu meiner Rechten die ersten Häuser von Los Narejos sichtbar. Ein Fitnessstudio. Apartmentanlagen und Parkplätze. Hotels und Pools. Restaurants mit leuchtend beschrifteten Aufstellern und Versprechen von Happy Hours. Außer einem Pulk von Joggern ist niemand zu sehen. Die Läufer hasten verkabelt mit Herzfrequenzmessgeräten und summenden Kopfhörern an mir vorbei. In ihren verspiegelten Brillen sehe ich den Lagunenhorizont wippen. Eingesprenkelte Surfsegel, dahinter die fliegenden Leinendreiecke der großen Boote, gebauscht vom Levante, dem Wind des Ostens, der stürmend und wild rüttelnd in meine Erinnerungen fährt.

1970 segle ich auf der Falado von Rhodos, einer Brigantine, die in der Xalkidos-Werft auf Rhodos gebaut wurde. Roter Anstrich, mit einem springenden Delphin als Galionsfigur unter dem Vorsteven, das Heck verziert mit einem Schnitzwerk aus Mahagoni. Der Zweimaster ist benannt nach einem Gedicht von Hans Leip aus dem Jahr 1920. Falado, das Traumland, Weltenflucht nach dem Weltenfluch.

Falado, o Falado,
wer seilt mit nach Falado?
Jeder wollt es, keiner fand
Falado, das Wunderland.

Wir sind zwölf Mann Besatzung, das Schiff gehört einem Verein, ich bin über einen Freund in die Reisegruppe gerutscht. Ich spreche gut Spanisch, das wird unterwegs gebraucht. Unser Törn führt vom puerto-ricanischen San Juan nach Santo Domingo in der Dominikanischen Republik.

Einmal, bei nächtlicher Passage entlang der Isla de Mona rollt die Falado in langer achterlicher Dünung zwischen Karibik und Atlantik gemächlich vor sich hin. Alles schläft, ich habe die Hundewache am Steuer. Eine heiße Nacht, über mir die Milchstraße, die ich nie wieder leuchtender gesehen habe, ein blendendes Gefunkel, nackt stehe ich am Steuerrad, sanft nickt der Bug durch silberne Wellen, ein friedliches Glucksen entlang des gesamten Schiffs. Ich rauche und trinke Rum und Kaffee und meine Gedanken rauschen durch mein Leben.

Die Falado in meinen Steuerhänden zwischen den Inseln über dem Winde, der Passat streicht durch meine Haare.

Und gerade, als ich die tiefe Gewissheit spüre, dass nichts mir diesen Moment absoluter Erhabenheit verschönern könnte, beschenkt mich das Meer und beginnt zu leuchten. Blau, grün. Die Falado gleitet für eine halbe Stunde durch mesmerisierendes Licht.

Drei Tage später gehen wir vor Cayo Levantado in der Bucht von Samaná vor Anker. Christoph Kolumbus nannte die Bucht den Golf der Pfeile, als er während seiner ersten Karibikerkundung hier an Land ging. Eine Warnung: Die spanischen Eroberer hatten sich in kürzester Zeit an den Ureinwohnern versündigt und den Angriff mit Pfeil und Bogen selbst heraufbeschworen. Wir wollen ein stilles Paradies vorfinden, doch es sind wieder Eindringlinge da. Ein Filmteam okkupiert die Strände, verlegt Kameraschienen durch weißen Sand. Assistenten hantieren mit Lichtwannen und messen Helligkeiten, stinkende Dieselgeneratoren versorgen das Set mit Energie. Unter großen Sonnenschirmen warten gelangweilte Models auf ihren Einsatz, sie rauchen und trinken.

Wir angeln von Deck aus einige Doraden und Goldmakrelen. Später rudern wir mit unserem Dinghi und leeren Kanistern an Land, um das Filmteam nach etwas Frischwasser zu fragen. Ein großmäuliger Regisseur aus Miami erklärt uns, dass sie hier einen Werbespot für einen Rum der Marke Bacardi drehen. Einmalige, erstmalige Sache, keine Zeit für uns und auch kein Wasser für uns, sie brauchen es selbst. Als wir zurück an Bord gehen, rutscht einer von uns auf dem vom Salzwasser glitschigen Deck aus. Offener Bruch des Schienbeins, sieht hässlich aus. Wir beschließen eine Kursänderung und segeln weiter westwärts nach Puerto Plata, weil es dort, wie wir über Funk erfahren, ein Krankenhaus gibt.

In Puerto Plata bringen wir unseren verunfallten Mitsegler von Bord und frischen danach unsere Vorräte auf. Abends laufe ich mit einem Freund aus der Crew durch das Hafenviertel. In einer der Bars bestellen wir am Tresen zwei Rum bei einem atemberaubend schönen Mädchen, nur etwas jünger als wir. Ich bin fasziniert, kann die Augen nicht von ihr lassen. Als wir einen zweiten Drink ordern, schüttelt das Mädchen den Kopf und sagt mit jäh versteinerter Miene, wir sollen abhauen. Als ich sie nach dem Warum frage, flüstert sie, man würde uns sonst am nächsten Morgen im Hafenbecken finden, in diesem Jahr habe es schon drei Gringos erwischt. Vom Tresen verdeckt zeigt sie auf vier Männer an einem Nebentisch, die uns angrinsen und zuprosten, als wir uns beiläufig in der Bar umschauen. *Gracias, mi preciosa* – oft habe ich an das hübsche Mädchen aus der Rotlichtbar in Puerto Plata zurückgedacht, das mir und meinem Segelfreund vor fünfzig Jahren die Haut rettete.

Wir verlassen Puerto Plata und segeln wieder ostwärts. Dann Kurs südwärts durch die Antillenkette hindurch, um auf die Südseite der Insel Hispaniola zu gelangen. Starker ablandiger Wind schiebt uns von achtern, Karibikwellen laufen unter uns durch, mit nahezu gereffter Takelung segeln wir, allein unser Spinnaker zieht uns südwärts. Einige Meter hebt es unseren Bug hoch, hinter jeder Welle ein tiefes Wassertal. Ich lege mich in das Klüvernetz des Bugspriets und klammere mich fest, während ich johlend ins warme Salzwasser eintauche und wieder nach oben fliege.

Und erneut beschenkt mich das Meer, unsere Galionsfigur hat ihre Brüder und Schwestern gerufen. Links und rechts des Netzes springen Delphine aus dem Wasser. Als könnte ich sie streicheln, reiten sie mit mir, Schillers Glücklichem, die Wellen.

Vor ihm ebnet Poseidon das Meer, sanft gleitet des Schiffes
Kiel, das den Cäsar führt und sein allmächtiges Glück.
Ihm zu Füßen legt sich der Leu, das brausende Delphin
Steigt aus den Tiefen, und fromm beut es den Rücken ihm an.

Später, als die Wellen durch Sturmböen noch an Stärke gewinnen, gerät die Falado immer schwerer ins Stampfen, zwischen den Bugplanken schlägt es die Kalfaterung heraus. Wir machen viel Wasser und müssen die Bilschpumpe besetzen, um die Leckage zu beheben. Die Pumpe befindet sich unter Deck im stickig heißen Kabuff mit dem winzigen Klo, das nur selten von uns genutzt wird, weil wir den Hocksitz im Klüvernetz bevorzugen. Ich sitze auf der Brille, dem Thron des geerdeten Cäsaren, es stinkt atemberaubend nach Kloake, das Schiff hebt sich fünf Meter – hoch und runter, hoch und runter, wie ein kaputter Fahrstuhl – und während ich tausende von Schlägen mit dem Pumpenhebel mache und mir der Schweiß aus den Poren strömt, höre ich das Wasser im Kiel schmatzen, das Bilgenschwein grunzen.

Einen Tag später erreichen wir ein Dorf am dominikanischen Ende der Welt, gelegen an der Mündung eines Flusses. Mit unserem Dinghi schippern wir flussaufwärts auf Erkundungstour. Wir kommen nicht weit. Müll und rostige Ölfässer versperren uns den Weg, das Wasser stinkt nach Fäkalien, man beäugt uns feindselig aus räudigen Hütten, Jugendliche bewerfen uns mit Steinen. Schnell rudern wir zurück, nehmen den Anker der Falado hoch und gehen auf unsere letzte Etappe.

Doch die endet abrupt, als sich in Ruder und Schraube ein Fischernetz verfängt. Einige von uns tauchen hinab zur Schraube und begutachten die Havarie. Verknotete Kunststoffmaschen haben sich um die Schraube gewickelt, Metallkrampen die Flügel des Propellers beschädigt. Das Ruder ist blockiert. Das Netz, das wir hinter uns herziehen, ist hunderte Meter lang. Darin hängen unzählige tote Fische, einige Meeresschildkröten, ein halb skelettierter Delphin.

„Ein Geisternetz", japst unser Skipper, als wir wieder auftauchen und nach Luft schnappen. Losgerissen im Sturm oder gekappt beim illegalen Fischen, scheint schon lange durchs Meer zu treiben. Früher wurden Netze aus Sisal oder Hanf gedreht – die lösen sich irgendwann im Salzwasser auf. Doch seit einigen Jahren sind sie aus Kunststoff. Solch ein Geisternetz tötet noch in 500 Jahren Fische. Immerhin haben wir es eingefangen.

Von einem Motorschiff werden wir abgeschleppt. Nach zwei Tagen erreichen wir Santo Domingo, die älteste von Europäern errichtete Stadt in der Neuen Welt.

Der Wind treibt Sand in meine Augen. Ich wende mich vom Anblick der gleitenden Segel ab und nehme den Weg entlang des Meeres wieder auf. Kiesel knirschen unter meinen Schritten.

Santo Domingo – in seinem Namen geschahen seltsame Dinge. Irgendwann in den sechziger Jahren hatte eine belgische Nonne einen kleinen Song veröffentlicht, einen Lobgesang auf jenen heiligen Dominikus, Gründer ihres Ordens. Der Song, ein fröhliches Gitarrengeträller, wurde zum Welthit. Tantiemen in Millionenhöhe flossen an Kloster und Orden, da die Nonne der Besitzlosigkeit verpflichtet war. Irgendwann wurde dem Kloster das Gebaren der Nonne allzu weltlich, deshalb verließ die Nonne ihre Glaubensgemeinschaft. Als später die Tantiemen versteuert werden sollten, verwies die Klosteroberin das Finanzamt an die Ex-Nonne, der wiederum die Quittungen für den direkten Fluss der Erlöse an das Kloster fehlten.

Die Einnahmen für den heiligen Dominikus, der dazugehörige Steuerbescheid für die verstoßene Nonne – die ehemalige Schwester stand vor dem finanziellen Ruin und musste das von ihr gegründete Heim für autistische Kinder schließen, so geschehen im Namen des Herrn anno 1976.

Um 1985 ging das durch viele Zeitungen, als die Nonne sich gemeinsam mit ihrer Freundin wegen der Schulden das Leben genommen hatte. Ich erinnere mich, dass die Kirche den letzten Wunsch der beiden Frauen nach einem gemeinsamen Grab erfüllte. Es bleibt fraglich, ob die Oberin mit diesem durchschaubaren Ablass dem Höllenfeuer entkommen ist. Mich veranlasste das unwürdige Schauspiel schon vor Jahrzehnten zum Kirchenaustritt. Dämon Mammon, *peccatum mortale*, der Menschen Todsünde.

Gott mag verzeihen, das Meer nicht. Doch es kann Gnade walten lassen. Ich habe es selbst erlebt.

1977 ist die Türkei noch ein Geheimtipp, kaum auf den Karten der großen Reiseveranstalter verzeichnet. Ich verbringe mit meiner Frau zwei Wochen im Südwesten des Landes. Wir liegen im Milchwasser der Sinterterrassen von Pamukkale, bewundern Ephesos und die Ruinen von Xanthos, stehen andächtig vor den von den Lykiern in den Berg getriebenen Felsengräbern von Myra. Von dort aus sollen verstorbene Seelen mit der Hilfe von Vogeldämonen in den Himmel gelangen.

Später fahren wir an den Strand von Ölüdeniz, einen langen sandigen Finger, der die Blaue Lagune vom Mittelmeer trennt. Heute ein lautes Gemenge aus Hotelkomplexen, Shishabars, Sonnenschirmverleihen und Ledershops, damals nur ein Strand. Ich schwimme eine gute Strecke hinüber zur felsigen Küste, um dort zu schnorcheln. In ungefähr fünf Metern Tiefe entdecke ich einen kleinen Anker, zwischen Felsen verhakt. Er scheint alt zu sein, handgeschmiedet, eher zierlich, als hätte er einmal einem winzigen Fischerboot Halt gegeben. Ich tauche noch einmal hinab und begutachte den Anker genauer. Er ist mit Muscheln besetzt und mit Ornamenten verziert, ein Stück Kette von ungefähr drei Metern Länge hängt daran. Als ich am Anker rüttle, kommt er frei. Er scheint nicht allzu schwer zu sein. Sicherlich liegt er schon ewig hier.

Daher meine dumme Idee, ihn mitzunehmen, ihn mir anzueignen als dekoratives Stück für das Arbeitszimmer, ich müsste ihn nur von den Felsen dort hinüber zum Strand bringen, ungefähr hundert Meter.

Ich hole tief Luft, tauche erneut, schlinge mir die Kette mit einigen Mühen um den Bauch, um meine Arme frei zu haben, und ziehe den Anker empor. Als ich die Hälfte der Strecke zum Strand geschafft habe, verlassen mich die Kräfte. Immer stärker zieht der Anker mich nach unten. Ich beginne zu zappeln und versuche, die Kette abzustreifen. Doch die metallenen

Glieder um meinen Bauch haben sich zugezogen. Mit letzter Kraft und Luft muss ich erneut tauchen, gerade noch rechtzeitig kann ich die verwundene Kette des Ankers lösen, der schnell in die Tiefe sinkt. Panisch reiße ich mir dabei den Bauch auf, die Narben trage ich seitdem.

Blutend komme ich ans Ufer zurück. Die verstörten Urlauber vermuten den Angriff eines kleinen Haies, sogar meine Frau lasse ich in dem Glauben, zu sehr schäme ich mich für das Vorgefallene. Und immer wieder schlich sich danach ein Bild in meinen Kopf: Was man wohl gedacht hätte, wenn man mich irgendwann gefunden hätte, einen toten Schnorchler mit einem um den Bauch gebundenen Anker.

Meine Wanderung am Strand, viele Jahre später – wie ein Wasserläufer husche ich über den Teich meiner Erinnerungen, ernähre mich von Assoziationen, die als verirrte Insekten im Nass zappeln.

Meinen Fehler habe ich überlebt, mein Bruder Andreas seinen nicht. Fallen, die Menschen sich selbst und anderen stellen, ohne es zu ahnen, aus Gier, Dummheit oder Zufall. Vor einigen Jahren starb der Freund einer Kollegin an der Ostsee unweit Peenemünde, als er einen hübschen Bernstein im flachen Wasser fand. Er steckte ihn in die Tasche, nicht ahnend, dass es weißer Phosphor war, Bernstein sehr ähnlich. Mit Phosphor und Kautschuk füllte man die Brandbomben des Zweiten Weltkriegs. Die Briten griffen damit eine Waffenversuchsanstalt der Nationalsozialisten in Peenemünde an. Viele Bomben landeten im Meer. Dann, nach Kriegsende, wurden zusätzlich noch tausende Tonnen chemischer Kampfstoffe in Nord- und Ostsee verklappt, deren metallene Behälter sich im Salzwasser langsam auflösen. Wenn Phosphor trocknet, weil er zum Beispiel an den Strand gespült wird, verbindet er sich mit Sauerstoff und entzündet sich bei wärmeren Temperaturen selbst. Er verbrennt bei mehr als 1300 Grad, löschen nur mit Sand möglich. Doch der Freund meiner Kollegin rannte mit der brennenden Hose ins Wasser. Durch den Kontakt mit Wasser entstand zusätzlich Phosphorsäure. Er verstarb drei Wochen später an den Verätzungen.

Ferienwohnungen an der Promenade von Los Alcázares. Eine der Terrassentüren steht offen, ich höre ein Kind weinen, ein Fernseher läuft. Vor mir im Gehwegpflaster des Paseo Marítimo hellgraue, ineinander greifend gesetzte Quadrate, in regelmäßigen Abständen ein Triptychon aus Straßenlaterne, Mülltonne und Arecapalme. Gelegentlich in der kniehohen Mauer der Promenade ein Durchlass zum Strand mit paarweisen Fußduschen. Das Meer dahinter, Jahrmillionen alt, in hundert Jahren Menschheit ausgeplündert und verseucht.

Es wird uns nur abschütteln von seinen Stränden – eine Zeile von Reinhard Mey oder Hannes Wader? Das Mar Menor tut es bereits. Es schüttelt uns ab wie ein Sturm, der Misteln aus kranken Bäumen fegt.

Auf der Veranda eines Bungalows hockt ein junges Pärchen beim Frühstück in der Sonne. Gebeugte Köpfe nippen an Kaffeetassen, wortloses Wischen über Smartphones.

Vor einigen Jahren sitze ich an einem Morgen in San Francisco im Hafen, Pier 45 unweit Embarcadero. Charterboot an Charterboot mit Sportfischern, ein halber Tag für 500 Dollar aufwärts. Ungeduldige Banker und Immobilienhändler mit Carbon-Equipment in langer Schlange, einhändig und mit langen Daumen auf ihre Blackberries eintippend, bevor sie endlich ihre Tour beginnen können, um unter sachkundiger Anleitung bei Dosenbier und Chardonnay schwarze Marlins, Rooster oder Bonitos zu töten. Am Nachmittag bin ich wieder da, sehe die Boote bei ihrer Rückkehr anlegen. Während die Skipper den Fang ihrer Kunden ausnehmen, warten die Angler zufrieden und mit sauberen Fingern, erzählen sich lachend Anekdoten, versenden Fotos ihrer Trophäen und lassen sich die Filets in feine Tütchen packen. Den Verschnitt und die Innereien werfen die Skipper ins Hafenwasser, wo zwischen Colabechern, Zigarettenkippen, Plastiktüten und Diesel die vom Menschen besudelte Kreatur auftaucht, ein von Schiffschraubennarben zerfurchter Seelöwe, der sich nach den Resten des Angelausflugs streckt.

Am Ufer des Mar Menor kippen Bagger verwesende Algenberge in bereitgestellte Container. Schwarz schießt der Qualm aus ihren Auspuffen, ihre Ketten hinterlassen geografische Muster im Sand. Wenig später bin ich am verabredeten Treffpunkt, dem Denkmal von José Sazatornil. Eine Radfahrerskulptur, weil der beliebte Schauspieler so gerne mit seinem Rad über den Paseo fuhr. Mein Fremdenführer verriet mir, dass der Künstler hier mehr als fünfzig Jahre lang seine Sommerfrische verbracht hat. Er wird die Veränderungen gesehen haben.

Ich bin zu früh. Meine Tochter ist noch nicht da. Also bummle ich planlos weiter am Strand entlang. Ein Fischer meines Alters sitzt an der Promenade und flickt an einem Netz. Ich denke wieder an die Falado. So viele Jahrzehnte sind seit meinem Törn vergangen. Der Fischer führt Netznadeln durch die Maschen aus Hanf oder Sisal, knüpft.

Ich zeige auf sein Netz und sage: „*Sin plástico. Muy bien.*“

Der Mann zuckt mit den Achseln. Das wenige, was wir tun können, tun wir, sagt er.

Er fängt an zu schimpfen. „Es gibt kaum noch Aale. Die Ramblas sind nicht mehr trocken. In den Flussbetten steht eine Brühe aus Nitrat und Phosphaten. Bei Unwetter wird die ganze Scheiße ins Mar Menor gespült. Der Dünger lässt die Algen wachsen. Algen bringen Schatten. Das Meer erstickt und stirbt. Die Fische sterben. Die Fischer sterben. Die Hoteliers sterben.“

„Warum ändert ihr es nicht?“

„Wir versuchen es! Aber alles gehört hier den großen Konzernen. Eisbergsalat für Burgerketten. Melonen für Frankreich. Gurken für Deutschland. Erst, wenn hier alles kaputt ist, ziehen die Konzerne weiter.“

„Und die Politiker?“

„Korrupt. Machen mit den Konzernen gemeinsame Sache.“ Er ballt die Faust und zeigt auf das Meer. „*Una sopa verde!* Sie haben uns eine grüne Suppe gekocht!“

Wütend spuckt er aus, dann schüttelt er traurig den Kopf: „Dabei gab es hier früher sogar Seepferdchen! Als Kinder haben wir mit ihnen gespielt, sie haben ihre Schwänzchen um unsere Finger gewickelt. Seit zwanzig Jahren habe ich kein Seepferdchen mehr gesehen.“

Meine Tochter naht, fröhlich winkt sie mir zu. Ich verabschiede mich vom Fischer und gehe ihr entgegen. Wir umarmen uns. Ich erzähle ihr von meiner Wanderung, von meinem Gespräch mit dem Fischer. Kein Leben mehr im Mar Menor.

Sie nickt. „Wer den Tod ins Wasser kippt – eine Zwangsläufigkeit. Der Mensch erschafft nichts weiter als Kalamitäten und Katastrophen. Eine Tragödie.“

„In diesem Fall eine spanische Tragödie. Wäre es eine griechische, bliebe uns immerhin noch die Katharsis.“

„Es gibt keine. Eine Illusion, dass wir zu retten wären.“

Die Katharsis nach Aristoteles – reinigende Wirkung der Geschichte auf das Publikum, *éleos* und *phóbos,* ein Jammern und ein Schaudern, wenn doch alles schon zu spät ist. Hat meine Tochter es so gemeint?

Sie hakt sich bei mir ein und wir gehen weiter am Strand entlang. Eine Betonbahn führt ins Wasser und zum Sportboothafen, damit die Eigner mit ihren Autos direkt zu ihren Booten vorfahren können. Daneben eine schmale Seebrücke zum eleganten Yachtclub.

Zoppot fällt mir ein, der mondäne polnische Badeort zwischen Danzig und Gdingen, mit seinem großen Seesteg. Als ich dort Mitte der Neunziger urlaube, wartet das ehrwürdige Kasinohotel im letzten Abglanz wilhelminischen Prunks noch auf seine Renovierung. Keine zwei Kilometer entfernt dröhnen Bässe eines Rockkonzerts und schallen weit über die Danziger

Bucht. Ein bekanntes Festival, in den sechziger Jahren als internationales Sängerfest von Władysław Szpilman gegründet. Doch als ich dort bin, trägt es schon den Namen „Marlboro Sopot Rock Festival". Bands wie Radiohead und Afghan Whigs verwandeln die magische Waldoper des Ortes in einen Orkus mit vermüllten Zeltplätzen, angepinkelten Bäumen und vollgekotetem Gebüsch.

Des Menschen menschlichste Bedürfnisse. Wenn man den Predigern des Mittelalters Glauben schenken darf, war der einzige Mensch, der aß, aber nie defäkierte, Jesus. Was der heilige Dominikus dazu sagen würde? Die Katharsis nach Hippokrates – nicht mehr als eine Entleerung des Darms zur Reinigung nach Einnahme von schädlichen Substanzen. Das erscheint mir schlüssiger.

Ja, so wird es kommen. Das Meer verzeiht keine Fehler. Es wird uns ausscheißen. Wir werden zu Kompost und Dünger. Irgendwann, nach der Natur. Vielleicht für etwas Besseres. Für Falado, das Traumland?

Ewigkeit, o Seligkeit,
Zieht nun an das schönste Kleid,
Singt nun aus und Gloria,
Falado, jetzt sind wir da.

Die Falado von Rhodos ist am 9. August 2013 zehn Seemeilen westlich der isländischen Reykjanes-Halbinsel auf der Passage zwischen Rif und Keflavík in Sturm und schwerer Kreuzsee gesunken. Zu viel Wasser in der Bilsch, wie damals schon. Als die Filter der mittlerweile dieselgetriebenen Pumpen verstopften, war sie nicht mehr zu retten.

Wir wandern weiter. Mein Blick gleitet über das Meer und seinen von Dunst und Wind gebrochenen Silberglanz. Ich schmecke Salz, während eine Möwe mit gebrochenem Flügel, Vogeldämon für das Mar Menor, über den Strand humpelt.

BRAUCHST NICH SCHWITZEN

Neulich hatte ich eine Frau über Nacht da. Am nächsten Morgen hat sie Kaffee für uns gekocht, nett von ihr. Aus Versehen ist ihr dabei mein goldener Becher heruntergefallen und zersprungen.

Ich bin wütend. „Warum fasst du den Becher überhaupt an? Der stand doch ganz hinten im Regal!"

„Spinnst du? Ist doch nur ein Becher!"

„Ach, Scheiße", sage ich und fange an zu flennen.

1995 ist alles noch ostig in Lichtenberg. Verbretterte Geschäfte, alle Nuancen von Grau, seltsame Menschen. Vor dem Haus, in dem ich eine Wohnung besichtigen will, rempelt mich ein Skinhead an. Idiot, pass doch auf, sage ich. Er dreht sich zu mir um, auf seinem Shirt lese ich *Keiner macht mehr Ärger als der Lichtenberger*. Is was, Arschloch, fragt er mich, Lust uff Schmerzen? Nee, lass mal, murmele ich.

Jetzt also Frankfurter Allee, die ehemalige Stasi-Zentrale nur einen Steinwurf entfernt, das Personal von früher scheint in den umliegenden Blöcken zu leben. Doch die Wohnung ist günstig. Ich frage den Verkäufer, ob er jemanden kennt, der das Bad fliest und solche Sachen. Der Verkäufer sagt, er schickt mir Walter, den alle Pepe nennen.

Am nächsten Wochenende steht er vor meiner Tür, groß, kantig, im Blaumann mit Werkzeuggürtel, unter einem grauen Haarschopf wache Augen. Tach, ick bin Pepe, der Kiezhandwerker. Freut mich, sage ich. Pepe schaut auf mein Klingelschild und dann wieder auf mich. Sind wa nen Dokter? Ja, sage ich, aber kein Arzt. Ingenieur. Wessi, wa? Ich nicke. Und, keene Frau? Nein, die ist weg, deshalb bin ich ja umgezogen. Na dann.

Ich biete ihm erst mal Zigarette und Kaffee an. Wir verstehen uns auf Anhieb und stemmen später gemeinsam die Fliesen von Wand und Boden. Ich erfahre, dass Pepe hier im Kiez geboren wurde. Hat mit zwei Ausnahmen immer hier gelebt. Die Eltern früh getrennt, mit 17 hat er Ärger bekommen: „Mann, wat hab ick früher Scheiße im Schädel jehabt. Nur jesoffen und jeprügelt. Hab einem lang und schmutzig auf die Fresse jehaun, der war meiner Freundin doof jekommen, ick ihm immer mittenmang ins Backpfeifenjesicht, bisser jeglüht hat wie nen Backbordlicht vom Panzerkreuzer. Dabei war der in der Stasi, wusst ick ja nich. Dafür jabs Berlinverbot und ab nach Karl-Marx-Stadt zum Rabotten inne Textilfabrik. Sollte ne Strafe sein, aber waren nur Weiber um mich rum, und ick der einzije Kerl da. Dokter, wat hab ick jevögelt, jeden Tach ne andere, wie Dynamitfischen. Schöne Zeit."

Später, als Pepe die Ausgleichsmasse gießt: „Dann NVA, ick in Thüringen anner Grenze. Hab mitn paar Kameraden im Suff nen Auto klar jemacht, um durchn Zaun zu brettern. War nich so schlau jewesen. Einjebuchtet hamse mir, drei Jahre, keen Zuckerschlecken, Dokter, bis dein Westen mir freijekooft hat. Dann zwee Jahre in München, aber da im Westen, nich übel nehmen, Dokter, allet Arschgeigen. Als die Mauer fiel, bin ick sofort wieder rüber nach hier. Jab nen Knall durch den Unterdruck, so schnell."

Pepe lässt die Zeit verfliegen, dazwischen immer Kaffee und Kippen.

Am nächsten Sonntag geht es weiter auf meiner Baustelle, abends sagt Pepe zu mir: „Dokter, kennst doch hier keenen, komm mit ins Galaxy."

„Was ist das?"

„Na, die Kneipe um die Ecke."

„Ich dachte, das ist ein Café."

„Mal so, mal so. Hat rund um die Uhr auf. Meine Frau arbeitet da. Jibt lecker Essen. Bist so dünne, Dokter."

Also gehen wir ins Galaxy. Von außen ein neongrünes Schaufenster mit toten Topfpflanzen, innen der angelaufene

Charme der späten DDR. Gepresstes Spanmobiliar und Sprelacart, Barhocker mit Geflecht, erdbraune Fliesen, in einer Ecke funkeln Spielautomaten, daneben eine Dart-Scheibe, im rückwärtigen Raum ein Billardtisch. Auf dem Tresen Salzstangengläser auf lachsfarbenen Servietten. Davor zwei Handvoll Männer in den Ensembles ihrer Mollen und Schnäpse, Kippendunst färbt alles graublau, die Scheiben schwitzen.

Als Pepe den Raum betritt, gibt es ein großes Hallo.

Pepe nutzt den Moment und stellt mich vor: „Haltet ma die Schnauze. Dit is der Dokter. Kommt jetzt öfta. Is aber keen Arzt, und euch kann sowieso keener helfen."

Was Pepe sagt, hat Gewicht. Freundliches Nicken am Tresen.

Pepe begrüßt die Bedienung mit einem Kuss und macht uns bekannt: „Dokter, meine Frau – nennen alle Wildschwein, weilse das so lecker kocht."

Er grinst und schlägt mir auf die Schultern. Ihm wird ein goldener Becher gereicht, auf dem sein Name steht. Darin Kaffee, ich bekomme ein Bier.

„Kein Bier, Pepe?"

„Nee, Alkohol lass ick. Hat mir nur Unglück jebracht. Außerdem, habs am Magen."

„Dann ist Kaffee aber auch nicht gut."

„Allet jut, brauchst nich schwitzen, Dokter, ick komm schon klar."

Als Pepe später aufs Klo verschwindet, sage ich zu Wildschwein: „Pepe ist oft hier, oder? Hat ja sogar seine eigene Tasse."

Sie nickt: „Haben die Jungs ihm geschenkt. Wegen der Sache mit dem Bauleiter."

„Was war da?"

„Ist eine Weile her. Pepe ist Betonbauer, hat auf den Baustellen am Potsdamer Platz gearbeitet. Im tiefsten Januar hat ihm mal ein Bauleiter befohlen, Beton auszubringen. Da hat Pepe gesagt, nö, macht er nicht, ist Schwachsinn, friert doch sofort kaputt. Darauf der Bauleiter: Sie machen, was ich sage.

Und Pepe ganz liebenswürdig: Einverstanden, aber würden Sie sich bitte kurz umdrehen? Der dreht sich um, und Pepe tritt ihm voll in den Arsch. Den Job war er los, aber die Jungs hier haben das gefeiert."

Wir sind oft im Galaxy. Montags, wenn es drei Kurze zum Preis von zweien gibt. Dienstags, wenn ein großer Futschi nur zweifünfzig kostet. Wenn die Eisbären spielen. Sowieso am Wochenende. Manchmal gibt es AC/DC-Abende mit Eisbein. Bald lerne ich die Menschen kennen, denen das Galaxy ihre zweite oder erste Heimat ist.

Krause, auch Lumpenpuppe genannt, immer mit drei Promille im Turm. Pepe hat ihn einmal mit zum Arbeitseinsatz genommen, eine Kneipe entrümpeln. Lumpenpuppe hat aus allen Flaschen, die noch da waren, die Reste gesoffen. War noch vor dem Frühstück so angeballert, dass er auf dem Klo einschlief.

Muni, abgeleitet von Munition, der nur von seiner Zeit bei der Nationalen Volksarmee erzählt. Sein Terrier Gismo kaut immer am Holz der Barhocker. Er macht das schon so lange, dass neulich ein Hocker unter einem Zecher zusammengebrochen ist. Auf Gismos Halsband steht, liebevoll gestickt, die Wahrheit: *Ich darf alles.*

Joschi, der an der großen Druschba-Trasse mitarbeitete, von Krementschug am Dnepr bis zur Westukraine. Er sagt nie etwas, er trinkt nur.

BFC-Andi, Dynamo-Fan. Schon immer gewesen, seit sein Papa mit ihm ins Jahnstadion zu den Mannen um Trümpler, Kochale und Geserich ging. Im Sommer malocht BFC-Andi als Bauarbeiter in Schweden, sonst sitzt er im Galaxy am Tresen mit Blick auf den Sportkanal.

Neben BFC-Andi hockt Spion, der nach der Wende versuchte, den Bewohnern der Plattenbauten von Hellersdorf Türspione zu verkaufen. Weil es die im Osten noch nicht gab, war er mit Bohrmaschine in den Häusern unterwegs, klingelte und behauptete, er käme von der Hausverwaltung. Er solle die

Löcher bohren für die Glaszylinder, die am nächsten Tag ein Kollege einsetzen würde. So hat er Dutzende Wohnungstüren gelocht und pro Tür 50 Mark Vorkasse genommen, bis einer der Bewohner misstrauisch geworden ist. Spion saß dafür ein. Auch weil vorher schon mal was anderes gewesen war.

Am Spielautomaten drückt Ingo blinkende Zahlen hoch. Ein Muskelgebirge, Metalhead, mit langem Zopf, deshalb von allen Inge genannt, Spezialität Trockenbau.

Fliesenmicha ist auch oft da. Mit dem kann Pepe aber nicht viel anfangen, weil der seiner Meinung nach nur Pfusch abliefert.

Überlebenskämpfer, alle. Sitzen hier und das Bier hält sie aufrecht, zusammen mit der Hoffnung, dass jemand ins Galaxy kommt, weil er einen Tagelöhner braucht.

Manchmal ist Pepe traurig, weil er zu seiner Tochter aus einer früheren Beziehung kaum Kontakt hat. Sie ist mit einem Spielsüchtigen ans Ende Berlins in ein Schulzendorfer Reihenhaus gezogen, wo sie den ganzen Tag Fantasy-Rollenspiele am Computer zockt. Ein paar Mal fahre ich Pepe dorthin, weil er keinen Führerschein mehr hat. Ich gehe spazieren, während er bei seiner Tochter ist. Sie trinken Kaffee, während sie weiter mit starrem Blick durch ihre digitale Traumwelt hastet.

Eines Tages ruft Pepe mich an und fragt: „Dokter, kannste mir fahren?"

„Wieder nach Schulzendorf?"

„Nee, nach Nauen. Hab mir über Annonce nen Köter jekooft."

Der Nauener Hund ist ein kompakter Mischling mit Narben und ausgeprägtem Gebiss, der sich laut Verkäuferin mit anderen Hunden nicht so gut verstehen soll, zu Menschen aber nett ist. Ein Kampfhund also. Er läuft auf Pepe zu und legt sich vor seine Füße. Als die Verkäuferin kurz entschwindet, befördert Pepe gerührt einen Charlottenburger ins Beet.

Wir nehmen den Hund mit. Als wir nach Berlin reinfahren, winselt er unentwegt. Pepe tröstet ihn mit Hundesnacks und erzählt von seinem früheren Hund: „Damals hab ick in Pankow in den Puffs rund um den Majakowskiring jearbeitet, Hausmeistersachen. Hatte immer jute Karten bei die Nutten, bin ja Frauentyp, Dokter. Zahlen musste ich nie. Und wat ham die mein Köter verwöhnt, jab immer wat zu fressen für ihn, son seidiges Fell!"

Im Vorbeifahren zeigt Pepe dem Hund, den er Francis nennt, Alexanderplatz und Fernsehturm. Kurz vor dem Ring-Center bekommt der Hund hinten auf meiner Rückbank die große Scheißerei. „Siehste, Dokter, zu viel Stress. Isn Sensibler, wie ich."

Als ich im Herbst mal vom Schornsteinfeger wissen will, ob in meinem uralten, zigmal umgebauten Haus noch ein Zug frei ist für einen Ofen, den ich gerne im Wohnzimmer anschließen würde, sagt der, vergessen Sie's. Aber man sieht doch hier in der Ecke, dass hier mal ein Ofen stand, sage ich. Ja, aber der Zug ist vielleicht schon weiter oben zugemauert. Und gibt ja keine Pläne mehr, wir können den Zug in Ihrer Wand gar nicht mehr einem der Schlote oben auf dem Dach zuordnen. Das läuft hier alles kreuz und quer. Nix zu machen.

Als ich es Pepe sage, lacht der nur verächtlich und sagt, Dokter, brauchst nich schwitzen, is doch keen Problem. Er kloppt mit ein paar Schlägen seines Lehmanns ein Loch in den Zug meiner Wohnzimmerwand und sagt, ich soll mal meine Hand reinhalten. Dann klettert Pepe aufs Dach des Hauses und schmeißt in jeden der Schlote einen nummerierten Tennisball. Die 4 fällt mir in die Hand. Der Zug ist frei und der Schlot zugeordnet. Selbst der Schornsteinfeger ist beeindruckt, wenn auch widerwillig.

Im Herbst 1998 verschlimmern sich plötzlich Pepes Magenprobleme, und dann erzählt er mir im Galaxy, was er schon lange weiß: „Magenkrebs, Dokter, zu viel Alkohol, Kippen und Lorke. Kannste nix machen. Kismet."

Es geht schnell. Pepe ist austherapiert und stirbt wenige Wochen später im Lichtenberger Hospiz in der Herzbergstraße.

Zwei Tage vorher besuche ich ihn noch mal. Er hängt an Schläuchen und ist nicht mehr ansprechbar. Wildschwein sitzt an seinem Bett, ebenso seine Tochter. Francis liegt in Pepes schmal gewordenem Arm und leckt die Hand, die sich nicht mehr bewegt.

Nach der Beerdigung hört Wildschwein im Galaxy auf. Eines Tages klingelt sie bei mir und schenkt mir Pepes goldenen Becher. Der ist für dich, hattest ja mal danach gefragt, halt ihn in Ehren. Klaro, sage ich.

Als ich die Scherben einfege, fragt sie mich, was ich für ein Typ bin, der bei einer kaputten Tasse anfängt zu weinen. Ich kippe die Scherben in den Müll und antworte, dass ein verstorbener Freund sie mir vermacht hat. Oh, sagt sie erschrocken, tut mir leid.

Und ich antworte: „Allet jut, brauchst nich schwitzen.“

ÜBER DAS TEILEN VON TRÄUMEN

Ich träumte von einer Referendarin. Sie unterrichtete mich 1977 oder 1978 in meiner Grundschule. Groß war sie und schlank, mit dunkelblonden Locken. Ihre Jeans trug sie hauteng und als Kind fragte ich mich, wie sie in solche Hosen hineinkam. Im Traum weiß ich ganz selbstverständlich ihren Namen, an den ich mich auch noch erinnern kann, als ich wach werde. Doch der Name sagt mir nichts. Weiß mein Unterbewusstsein von Dingen, die mir mein Gedächtnis vorenthält?

Ich google nach dem erträumten Namen und stoße auf eine Grundschullehrerin aus Bremen im Ruhestand. Im Podcast eines Radiosenders erzählt sie anschaulich von ihrem Leben zwischen Ausbildung, Kindern, Abendschule, Lehrerzeit, zwei Männern und weiteren Herausforderungen. *Stirb und werde*, so ihr Lebensmotto, aus Goethes Seliger Sehnsucht, *Und so lang du das nicht hast, Dieses: Stirb und werde! Bist du nur ein trüber Gast auf der dunklen Erde.* Interessant. Doch – sie ist es nicht. Sie war nie Referendarin in meiner alten Heimat und außerdem ist sie zehn Jahre zu jung.

Aus einer Laune heraus rufe ich in meiner ehemaligen Grundschule an, um zu erfragen, ob der erträumte Name der Überprüfung durch die Realität standhält. Die Direktorin ist sehr hilfsbereit und weiß vom Jubiläum anlässlich des 50-jährigen Bestehens der Schule vor vier Jahren zu berichten. Die Schule ist genauso alt wie ich. 1969 wurde sie eingeweiht. Im Rahmen der Feiervorbereitungen habe man umfangreich das Archiv aufgearbeitet, ein Verzeichnis von Referendaren sei dabei leider nicht aufgetaucht.

1975 werde ich eingeschult. Meine Klassenlehrerin heißt Frau Dyck. Vertretungen übernimmt gelegentlich Frau Zech, als zum Beispiel Frau Dyck ihr zweites Kind bekommt oder aufgrund eines Reitunfalls ausfällt. Die Direktorin heißt Frau Müller. Bis 1983 führt sie die Grundschule. Rustikal, herzlich, vom alten Schlag. Sie unterrichtet uns in der vierten Klasse.

Eine Zeitlang liest sie uns eine Geschichte vor, die als Fortsetzungsroman im Göttinger Tageblatt erscheint. Ich erinnere mich nicht mehr an den Titel der Erzählung, doch meine ich, dass das seinerzeit Vorgelesene von wilden Affen handelte. Will sie einen Zusammenhang zu unserer Klasse herstellen? Manchmal verteilt Frau Müller Schellen: „Wer grölt denn hier?", ruft sie – und Jan kassiert eine Kopfnuss für unmotiviertes Singen im Unterricht. Ein Heft um die Ohren für Peter, dass es nur so rauscht, weil der nie Hausaufgaben macht. Dann gibt es noch Matthias, der für jeden Blödsinn schnell entflammt. Einmal wird der Direktorin sein Gehampel während des Unterrichts zu viel, sie rollt ein Heft zusammen und zieht es wuchtig über seinen Hinterkopf. Als Matthias das abends seinem Vater erzählt, sagt der: „Ich kann mich bei deiner Lehrerin über ihr Verhalten beschweren, aber wenn ihr Schlag berechtigt war, gibt's von mir gleich noch einen oben drauf." – „Brauchst nicht anrufen, Papa", murmelt der Sohn.

Matthias ist es auch, der das große Feld zwischen Altdorf und Neudorf anzündet. Der Großbrand muss von mehreren Ortsfeuerwehren der Region gelöscht werden.

Nach dem Sport, beim Herumalbern unter der Dusche schubst mich Matthias eines Tages zu heftig und ich falle auf eine Fliesenkante. Die Narbe an der Hüfte habe ich noch heute. Matthias trägt ebenfalls eine Narbe aus dieser Zeit. Einmal jagt er Frank durch das Klassenzimmer und um das Lehrerpult herum. In einer der Schubladen des Tisches steckt noch ein Schlüssel, an dem er mit seinem Oberschenkel hängenbleibt. Seine Narbe ist länger als meine.

Unsere Direktorin Frau Müller wurde im März 1918 geboren, wie mir das Internet verrät. Nichts macht älter als eine Grundschullehrerin, die im Ersten Weltkrieg geboren ist.

Frau Müller hat ihre Lieblinge und ihre Feinde. Ich habe sie nur einmal sprachlos gesehen. Das war, als Klaus, nachdem sie ihn minutenlang beim Vorlesen getriezt hatte, einen eisernen Anspitzer nahm und mit solcher Kraft – er war Handballer – an ihrem Kopf vorbei an die Tafel warf, dass diese splitterte.

So viele Namen. Kein passender dabei.

Weil ich jetzt wirklich wissen will, ob der Name meiner Referendarin richtig erträumt war, wende ich mich, wie man mir empfiehlt, an das Studienseminar Göttingen. Dort lautet die Auskunft, dass alle Daten längst digitalisiert sind. Referendarinnen in den siebziger Jahren? Darüber ist nichts mehr erfasst, sagt die Dame am Telefon. Alte analoge Aktenbestände gäbe es nicht mehr. Alles vor Jahrzehnten geschreddert. Vielleicht mal beim Landesamt für Schule und Bildung in Braunschweig nachfragen? Dort teilt man mir mit, dass alle Daten automatisch nach fünf Jahren gelöscht werden. Und selbst wenn es Informationen gäbe, würde man sie mir nicht mitteilen. Wo käme man denn da hin, Datenschutz und so, teilt man mir im unvergleichlich charmanten Gepampe einer deutschen Behörde mit.

Nie sollst du mich befragen – schon Lohengrin wusste, dass kein Nutzen darin liegt, Erträumtem in Namen und Art nachzuspüren.

Warum also bin ich derart auf diese banale Traumsequenz fixiert, die meinen Schlaf kreuzte? Vielleicht, weil alle Geschehnisse aus vorpubertärer Zeit in der Nachschau wirken, als betrachte man sein eigenes Werden durch einen goldgewirkten Schleier. Mit Erstaunen und Unglauben und dem Anflug einer Verzweiflung darüber, dass so vieles dahinter Liegendes schon vergessen ist.

Wirklich genau an diesem auf den Traum folgenden Tag – eine irritierende Koinzidenz – schickt mir Sebastian, mein Freund aus Grundschulzeiten, einige Fotos. Handyschnappschüsse vom Büchlein unserer Einschulung. Auf dem Dachboden gefunden, teilt er mit. *Meine Schulzeit* steht auf dem grauen

Karton, folgend ein Foto des damals recht neuen Schulgebäudes. So viel Natur darum herum. Heute ist alles verbaut bis in die Hänge des Bergs der Burgruine Plesse hinein, bis zum Waldrand, wo der Taubenbrunnen war. Dort soll sich mal jemand erhängt haben.

Ein Schulfoto von uns allen in der ersten Klasse, aufgenommen vor dem Eingang des Gebäudes. Antreten zur Boomer-Parade: Henning. Kerstin. Christian. Iris. Jens. Manuela. Frauke. Peter. Stefanie. Karin. Johanna. Silja. Ich. Vanessa. Bernd. Sabine. Katja. Anja. Ulrike. Jan. Vorne hockend Jens. Martin. Frank. Nochmal Martin. Matthias. Sebastian. Ein anderer Axel. Mario. Nur drei der Abgebildeten fallen mir nicht mehr namentlich ein.

Der andere Axel ist bei einem Fahrradunfall ums Leben gekommen. Zwischen Billingshausen und Holzerode, er fuhr bergab, steil ist es da. Ein Autofahrer bog von Spanbeck aus auf die Bundesstraße ein und übersah ihn, geblendet von der tief stehenden Abendsonne, so hat man es mir erzählt.

War das 1984? Ich erinnere mich an den Sommer dieses Jahres, endlose Tage im Freibad Reyershausen mit Pommes und Mayo, dazu *It's a shame* von Talk Talk aus dem Ghettoblaster. Damals las ich in einer Illustrierten, dass Mark Hollis, der interviewte Frontman der Band, unter allen Umständen nur Musik machen wolle, die man auch in 30 Jahren noch höre. Wow, dachte ich, das ist bis zum Jahr 2014, niemand kann so weit denken. Ein anderer Künstler, dessen Musik mir 1984 die Ohren flutet, ist Dieter Meier von Yello. *Lost again* vom Album *You Gotta Say Yes to Another Excess* – ich höre es in Dauerschleife, der Soundtrack zum Durcheinander meiner Pubertät.

Meiers Verständnis von Zeit, das sich wie das von Mark Hollis in Jahrzehnten bemisst, begegne ich zufällig einige Jahre später, als ich 1992 die documenta IX in Kassel besuche. Meier hat 1972 eine Metallplatte auf dem Bahnhofsplatz in Kassel anbringen lassen, die mit einer Inschrift versehen ist: *Am 23. März*

1994 von 15 bis 18 Uhr wird Dieter Meier auf dieser Platte stehen. 1992 stelle ich mich also auf diese Platte und spüre die Kunst des Wartens auf Vollendung, die mich berührt und verwirrt.

In jedem Winter unserer Grundschulzeit bewerfen wir die Mädchen mit Schneebällen. Dabei habe ich Silja angeblich mal einen ins Auge geworfen. Ich bin mir damals schon sicher, dass der Schneeball nicht von mir kam, sondern von … jetzt muss ich den Namen auch nicht mehr nennen. Die Schuld nehme ich auf mich und es stimmt ja auch, ich war einer der Werfer. Sie wäre fast auf dem Auge erblindet. Von Silja und Katja habe ich einen Liebesbrief bekommen. Ich bewahre ihn immer noch. In Katja war ich verknallt. Sehr blond, so süß. Sie wohnte zwei Häuser weiter und spielte mit ihren Freundinnen im Garten Voltigieren.

Und dann ist sie nach den Sommerferien zwischen dritter und vierter Klasse einfach nicht mehr da. Weggezogen nach Bad Lauterberg im Harz, heißt es. Was aus ihr geworden ist?

In Bad Lauterberg stehe ich als Grundschüler zum ersten Mal auf Skiern, es folgen Winterurlaube in den Alpen des Salzburger Lands. Mit vielen anderen Familien sind wir während der Osterferien im Wagrainer Haus untergebracht, oben am Berg am Grießkareck, nur erreichbar mit Skiern oder per rachitischem Einersessellift. Im Dach des Berghotels befindet sich ein Schlafboden. Eines Abends hängt dort ein Skilehrer vollkommen besoffen mit seinem Oberkörper aus der Luke heraus, stützt sich auf die schmale Treppe und ruft uns Kindern einen Satz zu, den ich mir bis heute gemerkt habe, weil er mir – im besten Sinne – merkwürdig erschien. *Unsere Taten sind nur Würfe in des Zufalls blinde Nacht,* lallt er lautstark. Dann kotzt der Mann die Stiege voll, sein Abendbrot pladdert über die Stufen herab, so, dass keiner mehr an ihm vorbei hochgehen möchte. Viele Jahre später schlage ich den Satz nach. Von Grillparzer, aha.

Ich erzähle Sebastian von meinem Traum. Die Beschreibung der Referendarin sagt ihm nichts, aber er kann sich an eine Kuh

Sally erinnern, von der Frau Müller einst vorgelesen hat. Der Fortsetzungsroman im Göttinger Tageblatt, nun identifizierbar: Es ist eine Erzählung von Wilson Rawls aus dem Jahr 1976, *Eigentlich hätte es ein herrlicher Sommertag werden können, wenn da nicht morgens das Ding mit der Kuh Sally passiert wäre …* Der Titel des Originals ist deutlich prosaischer, und tatsächlich trügt mich meine Erinnerung an diese Geschichte nicht, denn auf Englisch heißt sie *Summer of the Monkeys*.

Wir plaudern über Damaliges und stellen fest, dass wir mit Frau Zech eine sehr attraktive Lehrerin an unserer Schule hatten. Immer im Kostüm mit Seidenbluse, mit eleganten Hinternahtstrumpfhosen, die blauschwarzen Haare in einer kunstvoll hochgetürmten Frisur – so sieht sie nicht aus wie eine Halbtagsgrundschullehrerin in bundesrepublikanischer Provinz, sondern wie ein sizilianisches Mannequin. Jeden Tag hastet sie im Laufschritt von der Schule bis zur Haltestelle der Linie 20 im Nachbarort Bovenden, um dort den Bus zu erwischen. Alle anderen Passanten überholt sie auf den zwei Kilometern, vielleicht hat sie deshalb so schöne Beine.

Neben der Grundschule befindet sich eine Mehrzweckhalle mit Kegelbahn und Schießstand. Außerdem eine große Wiese, auf der alljährlich im September die Kirmes stattfindet. Ein Autoscooter, aus dessen Boxen *Knock on Wood*, *Stars on 45* oder *Funky Town* dröhnt, eine Losbude, ein kleines Karussell, ein Bratwurststand, eine Schießbude. Einmal bekomme ich beinahe die Jacke voll, weil wir – mit wem war das, mit Andreas oder Stefan? – beginnen, auf die Plastikaugen der Plüschtiere zu zielen. Beim ersten Treffer zerplatzt das Auge eines hellblauen Löwen in feinem Plastikstaub. Die Betreiberin der Schießbude, eine verwitterte Blondine, winkt ihren Ehemann von der Losbude herüber, der seine osterglockengelben Zähne bleckt und uns schmallippig verkündet, dass er uns, sollten wir noch ein Mal auf einen seiner Hauptpreise anlegen, verdreschen wird, bis wir einen Regenbogen vor Augen haben. Als der nächste

Teddy über Kimme und Korn sein Augenlicht verliert, entkommen wir nur mühsam und halten uns danach vorsichtshalber nur noch in der Mehrzweckhalle auf, wo wir die Glasneigen vorübergehend verwaister Tische leeren und die Erwachsenen beim Schwoofen und Schwitzen beobachten. Viele von ihnen sind so blau wie die verrauchte Luft. Eine Kapelle spielt Coversongs wie Bonnie Tylers *It's a Heartache*. Die Sängerin hat sich für die deutsche Version des Titels entschieden – *Lass mein Knie, Joe* – und das animiert die Tänzer, ihren kichernden besseren Hälften an die Beine und höher zu langen.

Am Sonntag ist Feldgottesdienst, der zur Kirmeszeit traditionell auf der Fahrfläche des Autoscooters stattfindet. Träger kommen mit den schweren Gemeindefahnen und verrammeln die metallenen Fahnenspitzen mit Gottvertrauen oder aufgrund von Restalkohol ohne Zögern im nur ausnahmsweise nicht stromführenden Gitter des Scooter-Himmels. Ich erinnere mich an eine Begebenheit am Autoscooter einige Jahre später. Die Schausteller wollen zum Ende der Kirmes mit dem Abbau der Anlage beginnen, doch der Angestellte des Dorfbäckers, ein muskelbepackter Hüne, hat noch zwei Chips. Die fährt mein Sohn ab, stellt er ungerührt fest. Geht nicht, wir bauen jetzt ab, erwidern die Scooterbetreiber. Der Scooter bleibt! Nix da, Feierabend! Dir stehen wohl die Zähne zu eng! Halt die Fresse! Ein Wort gibt das andere und aus ersten beherzten Backpfeifen erwächst eine Prügelei, auf die man im gallischen Dorf Uderzos stolz gewesen wäre. Einheimische gegen Schausteller, derart ineinander verkeilt, dass die Polizei gerufen wird.

Bis mehrere Streifenwagen mit Blaulicht und Sirene am Scooter eintreffen, hat sich der Pulverdampf bereits verzogen. Es gibt ein halbes Dutzend Verletzte. Gebrochene Nasen. Verbläute Augen. Geschwollene Lippen. Zerrissene Hemden, lauter umgegrabene Gesichter. Doch als die Polizei Anzeigen aufnehmen will, stellt der Bäckergeselle, der sein eingerissenes Ohrläppchen befühlt, fest: „Ist doch nichts passiert. Bin nur blöd gestolpert und hab dabei aus Versehen ein paar der Herrschaften hier umgerissen."

„In der Tat", spuckt der Scooterbetreiber einen Vorderzahn aus, „genau so war's, unglücklich gestürzt, kann jedem mal passieren. Sie können wieder fahren." Er winkt den Polizisten benommen zum Abschied und entblößt grinsend ein gezacktes Gebeiß.

Am Montagvormittag findet das gesellige Frühstück in der Mehrzweckhalle statt. Die Leute nehmen sich extra Urlaub, um auch am vierten Kirmestag nahtlos weiterzechen zu können. Frühschoppen. Auf den langen Tischreihen stehen Brotkörbe und Schlachtplatten vom hiesigen Metzger, der Zapfhahn glüht. Lieber einen Bauch vom Saufen als einen Buckel vom Arbeiten, wie einer aus der Handballabteilung bierselig feststellt, und niemand ist da, der ihm widerspräche.

Wie hieß nun meine Referendarin? Ich finde die Telefonnummer meiner Lehrerin, die mich vor 45 Jahren unterrichtete. Sie könnte es wissen.

Sie freut sich über meinen Anruf, und nahezu alle Schülernamen aus meiner Klasse sind ihr noch geläufig. Dann frage ich sie nach möglichen Referendarinnen aus den siebziger Jahren. Einige Namen kann sie nennen, doch zu viele hat sie betreut. Manchmal nur kurze Zeit, wenige Wochen, unmöglich, sich an alle zu erinnern. Ich gebe ihr den Namen, den ich geträumt habe – nein, der sagt ihr nichts.

Ich bin enttäuscht, ein bisschen zumindest. Was hat mein Traum mir da nur eingeflüstert? Es ist ja auch verrückt, stelle ich am Telefon fest, nach fast fünf Jahrzehnten aufklären zu wollen, wer da mal vor der Klasse stand, und das nur aufgrund eines geträumten Namens.

Daraufhin erzählt sie, dass sie als Kind und Jugendliche über viele Jahre einen in jeder Nacht wiederkehrenden Alptraum hatte. Oft erwachte sie weinend oder schreiend. Ein Name spielte darin eine Rolle, blieb aber diffus und fiel ihr in Wachphasen nicht mehr ein. Sie spürte, wenn sie nur diesen Namen, als Verdichtung ihrer Belastung, morgens noch wüsste und aussprechen könnte, dann würde der Fluch des ewigen Alptraums enden. So kam es tatsächlich. Sie war schon 16 Jahre alt, als sie eines Morgens „Birtli!“ rief. Der Alpdruck verschwand.

„Warum ist der Name für Sie so negativ besetzt gewesen?“, frage ich. „Gibt es eine Erklärung?“

„Kurz bevor meine Mutter vor einigen Jahren starb“, sagt sie, „erzählte sie mir, dass sie mich als Kleinstkind für fast ein Jahr in ein Kinderheim in Berchtesgaden abgeben musste. Dort muss etwas passiert sein. Die ersten Kindheitsjahre sind so prägend, heute weiß man mehr darüber, aber damals, wenige Jahre nach dem Krieg … “

Der Sportunterricht meiner Grundschulzeit fand bei besserem Wetter immer draußen statt, auf der Kirmeswiese. Frau Dyck stand im Kreis der um sie herumlaufenden Klasse und gab auf einem Tambourin mit Trommelstock den Takt vor, zu dem wir hüpfen, krabbeln und Strecksprünge machen mussten. Ob sie sich damals hätte vorstellen können, dass sie einem der Kinder aus diesem Rund von Alpträumen ihres Lebens erzählen würde, mehr als vier Jahrzehnte später? Merci, Frau Dyck.

Ich laufe weiter im Kreis meiner Suche und krabble und hüpfe und lande wieder bei Grillparzer. Unsere Taten, nur Würfe in des Zufalls blinde Nacht.

DAS ERSTE KIND DES POLNISCHEN MASCHINISTEN

Verfluchte Hundewache. Kaum eingeschlafen, schrecke ich schon wieder aus meiner Koje hoch. Eine Hand liegt auf meiner Schulter und rüttelt mich durch, untermalt von einem Flüstern: „Reise, Reise, du Penner." Gefreiter Sigmund grinst mich mit eingeschlafenen Gesichtszügen an. Er ist so grün wie das Erbsenpüree, das ich gestern Abend als Backschafter in die Teller gekellt habe.

Sein saurer Atem macht mich wach, unwillig schiebe ich ihn weg: „Sigmund, blöder Schwabe, kotz mir nicht wieder in die Koje!" Er rülpst nur, malade fällt er in die schmale Schlafstätte unter der meinen. Als ich aus meiner Koje steige, sehe ich ihn da unten liegen und mit seiner Übelkeit ringen, das Leiden Christi für 330 Mark monatlichen Sold plus Bordzulage. Das Rotlicht unserer Nachtbeleuchtung lässt hinter seinen Ohren diverse Pflaster schimmern, die dem Seegang auf Dauer nichts entgegenzusetzen haben. Sigmund ist eingeschlafen, bevor ich meinen Arbeits- und Gefechtsanzug angezogen habe, die Seestiefel hat er gar nicht erst abgestreift. In den beiden anderen Kojen schnarchen Nielsen und Zelinski im Rhythmus des Rollens und Schlingerns, das seit drei Tagen anhält, während die Wellen unser Schiff durch die wühlige Ostsee schieben.

Die Hälfte der Stammbesatzung ist wegen Seekrankheit ausgefallen, vom Personal der Elektronischen Kampfführung im Funkraum, sonst an Land eingesetzt, sind nahezu alle außer Gefecht gesetzt. Unser Auftrag ist die fernmelde-elektronische Aufklärung der Ostseeanrainer des Warschauer Pakts, also Funküberwachung auf allen Kanälen. Doch das ist uns nur noch in homöopathischen Dosen möglich. Die Bordwand unserer Leeseite schimmert schleimig und ist derart vollgereihert, dass der Kalte Krieg ohne uns stattfindet.

Ein Drittel der Menschen wird ab einer bestimmten Dünung immer seekrank. Ein Drittel manchmal. Ein Drittel nie. So stellte es Stabsarzt Brachmann gestern beim Abendbrot während seiner vierten Blutwurststulle genüsslich fest.

Auch ich gehöre zum letzten Drittel, deshalb helfe ich in der Pantry mit aus und gehe auf Wache im Funkraum, wenn dort Plätze notmäßig zu besetzen sind. Ich bin Fernmeldeaufklärer, Verwendungsreihe 22, Zeitsoldat, und ich kann bis zu 24 Wörter pro Minute fehlerfrei hören und mitschreiben, an guten Tagen auch mehr. Mit 16 Wörtern pro Minute morst die NATO. Aber die NATO ist faul, meist wird der Fernschreiber benutzt. Die Geschwindigkeit gibt an, wie oft das Wort „Paris" in einer Minute getastet werden kann. Die Buchstaben des Wortes Paris lauten *kurz-lang-lang-kurz, kurz-lang, kurz-lang-kurz, kurz-kurz, kurz-kurz-kurz.*

Unser Schiff ist die Alster, Korvettengröße, gut 80 Mann Besatzung. Wir sind auf Jungfernfahrt, das modernste Boot der NATO, heute ist der 2. Dezember 1989. Vorgestern habe ich ein Fernschreiben auf die Brücke gebracht, in dem stand, dass die RAF den Vorstandssprecher der Deutschen Bank, Alfred Herrhausen, mit einer Lichtschrankenbombe in die Luft gesprengt hat. Bewegte Zeiten, auch an Land. Auf der Brücke hat man die Information zur Kenntnis genommen und der IWO hat mich für meine vergessene Meldung „Auf Brücke" gerügt.

Ich trete auf den Gang, überall der zarte Hauch von Erbrochenem. Ein Blick auf die Uhr, noch zehn Minuten, bis ich mich oben in der Pantry melden muss, die Morgenwache bekommt ihren Kaffee und frische Brötchen. Sigmund hat mich wie immer zu früh geweckt, um seinen eigenen Schlaf zu verlängern. Mehr als genug Zeit für eine Zigarette.

Ich gehe zum Schanzschott des Achterdecks und trete hinaus an die Reling. Gerade steigt bugwärts die Sonne empor, ein Farbrausch, Rot, Gold und Orange, in dem sich fliederfarben und silbern die Gischt unserer ersten Welle bricht. Basstölpel und Möwen ziehen kreischend durch den zerfetzten Himmel. Ich rauche einige Züge, Böen reißen den Qualm aus meinem Mund, umhüllen mich mit Feuchtigkeit. Auf unserer Backbordseite fährt wie immer unser Bewacherschiff von der Volksmarine der Nationalen Volksarmee neben uns her, ein Minensucher der 6. Grenzbrigade Küste. Pünktlich wie die Maurer sind sie aufgetaucht, kurz hinter Lübeck, man hatte das neue Schiff der NATO schon erwartet. Permanent ist ein Fernglas auf uns gerichtet, kaum mehr als 20 Meter von uns entfernt. Jetzt bin ich im Fokus des Beobachters. Ich schnippe meine Zigarette ins Quecksilber der Wellen und winke hinüber. Ich kann ihn gut erkennen, den Unteroffizier der Volksmarine, er ist jung, trägt einen Schnurrbart, dunkle Haare, und er winkt nicht zurück.

In der Pantry versehe ich meinen Dienst. Später, im Funkraum, setzt man mich auf ein Netz polnischer Marineflieger, in dem Manövervorbereitungen mit verschlüsselten Triple-X-Sprüchen erwartet werden. Unangenehme Arbeit, die mich wach hält, denn Morsesprüche aus Flugzeugen plätschern unberechenbar, sie sind mal überhastet und mal tröpfelnd, wie der Harnstrahl eines alten Mannes.

Die Arbeit ist dieselbe wie in unserer Landdienststelle, dem Fernmeldestützpunkt 71 in Mürwik bei Flensburg. Dort befinden sich 40 Arbeitsplätze unter der Erde, angeordnet in Viererboxen. Jeder Soldat hockt mit Kopfhörer vor einem Schrank von Funkempfängern mit seinen ganz persönlichen Einstellungen. Wenn es auf dem linken Ohr lospiept, können es Shipfrequenzen sowjetischer Schiffe in außerheimischen Gewässern sein. Wenn es auf dem rechten Ohr losdaddelt, ist es vielleicht ein Rundstrahldienst aus Kaliningrad mit einem Wetterspruch oder es ist der Sender Tallin, RCV4, der verschlüsselte Buchstaben- und Zahlengruppen in den Äther knallt. Verhasst sind uns allen die DDR-Funknetze. Dort morst man, als ewiger Streber des Ostblocks, mit größerer Geschwindigkeit, als nötig oder vorgeschrieben ist, vermutlich, um uns Klassenfeinde zu piesacken. Die Funksignale sind so schnell, dass man sie zwar hören, aber nicht mehr mitschreiben kann. Die Mechanik der Hand lässt es nicht zu. Solche Sprüche zeichnen wir mit dem Tonband auf und lassen sie mit halber Geschwindigkeit erneut ablaufen, um sie zu erfassen. In der so vertanen Zeit gehen jedoch meist schon weitere Sprüche ein. Obermaat Hinrichs, der neulich schwitzend im Schapp neben mir saß und in höchster Not Seite um Seite mit nicht versiegen wollenden Signalen vollkritzelte, hat man währenddessen eine Plastiktonne Altpapier über dem Kopf entleert. Damals war er dem Nervenzusammenbruch nahe. Doch jetzt, hier, an Bord der Alster, füllt er in aller Seelenruhe die Seiten seines Blocks. Auch er gehört zum dritten Drittel. Ansonsten ist der Funkraum fast leer.

Es ist, als würde man in einem Fahrstuhl ohne Fenster arbeiten. Vier Meter rauf, vier Meter runter, tagein, tagaus. Nahezu alle Horchfunker sind ausgefallen und verfluchen den Tag, an dem sie sich für ein Bordkommando beworben haben.

Nach der Funkschicht bin ich noch einmal in der Pantry für Backen und Banken eingesetzt. Es ist Nachmittag und wird bereits dunkel. Als ich Essensreste aus der Pütz über Bord werfe, werde ich dabei fotografiert. Wir sind ein kostspieliger Club von Paranoikern, in dem sich Bewacher gegenseitig beim Bewachen bewachen.

So vergehen die Stunden und Tage. Wir schippern an Kühlungsborn vorbei und den Darss entlang. Dort ist es so stürmisch, dass der Kommandant Stahlseile auf der Schanz verspannen lässt, in die wir uns mit Karabinerhaken einhängen. Es geht an Hiddensee und Rügens weiß leuchtender Küste vorbei, stoisch begleitet uns der Minensucher aus dem deutschen Osten wie ein stählerner Pilotfisch. Wolgast, dann Usedom, immer hart an der Hoheitsgrenze entlang. Plötzlich taucht vor Swinemünde ein weiteres Schiff auf, grau, polnisch.

Offensichtlich soll es das Schiff der Volksmarine als Bewacher ablösen. Und richtig, das DDR-Schiff dreht ab.

Nun also ein polnisches Schnellboot. Sie beobachten uns ebenfalls unablässig, während wir an Kolberg und an Stolpmünde vorbei dampfen. Auch an Bord unseres neuen Begleiters steht ein Soldat und beobachtet uns mit dem Fernglas. Allerdings fotografiert er mich nicht, als ich wieder einen Eimer mit Essensresten in die Ostsee entleere. Als ich ihm zuwinke, schaut er sich kurz um, grinst und winkt verstohlen zurück.

Drei Tage lang begleiten uns die Polen an ihrer Küste entlang. Wenn wir stoppen, stoppen sie. Wenn wir beschleunigen, beschleunigen sie. Schließlich kommen wir vor die Danziger Bucht und passieren Gdingen und Danzig. Auf der Karte, die oben auf der Brücke ausliegt, kann ich unseren Kurs gut verfolgen. Als Pillau vorausliegt, beschließt unser Kommandant, zu ankern.

Ich stehe wie so oft auf dem Achterdeck und rauche, diesmal in Gesellschaft eines ergrauten Stabsbootsmannes, als an Bord des polnischen Schnellbootes Betriebsamkeit ausbricht. Wir schauen zu, wie ein Offizier aus dem Schott der Brücke tritt, ein Oberleutnant oder Kapitänleutnant, schwer zu sehen, es dämmert bereits. In der Hand hält er ein Megaphon. Sehr höflich und in exzellentem Deutsch bittet er unseren Kommandanten, den Anker noch einmal hoch zu nehmen und einige Seemeilen weiter ostwärts zu fahren. Dann müssten die Russen die Überwachung übernehmen und die Polen könnten endlich nach Hause. Seit fünf Wochen seien sie jetzt schon bei diesem Sauwetter auf See. Sie würden gerne nach Hause fahren. Und außerdem sei die Frau des ersten Maschinisten schwanger und erwarte täglich ihr erstes Kind.

Unser Kommandant reagiert umgehend und richtet über sein Megaphon die besten Wünsche für den Nachwuchs aus. Einige Minuten später nehmen wir den Anker wieder auf, die gewaltige Kette rasselt durch die Klüse.

Die Alster gibt Signal und fährt mit langsamer Fahrt weiter gen Osten. Schon nach einer Viertelstunde wird vor unserem Bug die weiße Gischtfahne eines uns ansteuernden Schiffes erkennbar. Da kommt der Iwan, meint der Stabsbootsmann, ein Tragflügel-Schnellboot, Turya-Klasse – mehr als 40 Knoten macht der, dem fahren wir nicht davon, aber hat ja auch keiner vor.

Plötzlich das Krachen von Bordlautsprechern. Ich schaue noch einmal hinüber zum polnischen Boot. Dort haben sich auf dem Deck fünf Mannschaftsdienstgrade versammelt, zu erkennen an ihren Matrosenuniformen mit Wäsche achtern. Offensichtlich haben sie ihre erste Uniform für uns angezogen.

Es ist ein Dank an unseren Kommandanten, sie singen ein polnisches Marinelied für uns. Über die Bordlautsprecher dringt der krächzende Ton zu uns herüber wie ein verwaschenes Shanty. Neben mir meint der Stabsbootsmann: „Nicht schlecht, was? Aber ist nichts gegen früher. In den siebziger Jahren sind wir auf hoher See auch längsseits gegangen und haben uns mit Tauen verzurrt. Wir rüber zu den Polen oder die Russen rüber zu uns. Dann wurde getauscht, Tittenhefte gegen Wodka und so. Kann man sich heute gar nicht mehr vorstellen. Aber wer weiß, ist ja gerade viel los in der Welt, vielleicht wird's auch mal wieder anders."

DIE ORDNUNG MEINER WELT

Heute stehe ich wieder hier, als alte Frau, und ich halte den Drachen in der Hand. Vor mir läuft die junge Frau, die ich eigentlich kaum kenne. Ihr Haar weht in Spätsommerböen, in ihrer Hand hält sie eine mit Nylonfaden umwickelte Spule, der Faden wickelt sich ab, flipflap saust er um den Plastikgriff. Die Septembersonne steht tief, fällt als Gold in ihr lachendes Gesicht. In dem Moment spüre ich zum ersten Mal eine so große Zuneigung, dass es mir den Atem nimmt, mich durchströmt, dass ich voller Glück aufschreie und loslasse. Der Drachen schießt flatternd nach oben, ein Knattern im Wind, hoch zu den Wolken, sein Schweif tanzend in bunten Schleifen …

Am 22. Juli 1965 bekommen wir nachmittags Besuch in unserem Schrebergarten. Das weiß ich noch ganz genau, obwohl es schon so viele Jahrzehnte her ist. Hitze des Hochsommers. Ein Donnerstag im Kleingartenverein Osterbecke, gleich neben dem Fußballplatz vom SV Eintracht Bochum-Grumme 1919. Meine Sommerferien verbringe ich auf einem Handtuch liegend, mit Malen oder Träumen. Drei Dutzend Lauben umgeben von getrimmten Hecken. Auf den Grills des Geländes rauchen abends die Würstchen, aus Transistorradios plärren Schlager. In Sichtweite, umgeben von den Bochumer Ortsteilen Grumme, Riemke und Bergen, der Tippelsberg.

Unsere Lehrerin erzählte in der Grundschule, dass es einen Riesen gab, der ganz in der Nähe der Wittewiwer Kuhle hauste und Tippulus hieß. Als er einmal von einer Wanderung zurückkehrte, schmerzten sein Füße so sehr, dass er sich hinsetzen musste, seine Holzschuhe auszog und sie ausschüttelte. Beim Wandern waren Sand und große Steine hinein geraten. All das polterte und rieselte heraus und formte einen hohen Hügel, den Tippelsberg. Mehr als 100 Meter ragt er über unser Bochum. Man kann weit über das von Hochspannungsleitungen durchzogene Revier schauen, ein Grüngrau im Dunst, bei klarer Sicht bis zur Halde Hoheward und sogar bis zur Halde Rheinelbe und den Schloten von Essen.

Unser sommerlicher Besucher ist Günther. Er steht vor unserem Gartentor und grüßt uns ernst. Mein Papa, in kurzer Hose und Unterhemd, steht von seinem Bänkchen auf und bittet seinen Parzellennachbarn und Kumpel herein. Der betritt unseren Garten und als er mich erblickt, beugt er sich zu mir hinunter und tätschelt sanft meine Wange. Ich mag Günther, er ist immer ein bisschen traurig und ein bisschen allein, genau wie ich. Er greift in seine Tasche und holt daraus einen kleinen gelben Plastikdrachen hervor, so groß wie meine Handfläche, den er mir schenkt. Ich wundere mich, weil Günther mir noch nie etwas geschenkt hat und weil er dabei so betrübt aussieht. Jetzt sagt er zu meinem Papa, und seine Stimme rutscht ihm dabei aus: Schlagwetter auf Zeche Constantin, vor einer Stunde. Die Grube brennt, im Baufeld Mont-Cenis. Es gibt neun Tote bisher, vielleicht werden es noch mehr. Neun Tote? Und Harald? Ja, auch Harald. War gerade erst eingefahren zur Schicht, sagt Günther, es gibt keine Hoffnung mehr. Wat ne Scheiße, sagt mein Papa und wankt, Günther muss ihn stützen.

Es ist kurz vor ihrer gemeinsamen Schicht, die nun ausfällt, und beide sind weiß im Gesicht. Harald ist der jüngere Bruder meines Vaters. Er und Günther können nichts tun außer beten, auf der Zeche stehen sie nur den Rettungskräften im Weg. Also setzen sie sich an den Tisch, reden, weinen, beten zur heiligen Barbara und trinken Schnaps, den meine Mutter zusammen mit drei Gläsern auf den Tisch stellt, während ich versuche, mir nicht vorzustellen, wie mein Onkel Harald unter der Erde verbrennt. Immer mehr trinken die beiden Männer, und wenn mein Vater betrunken ist, das ist er oft, dann muss man aufpassen, sonst fängt man sich eine.

Knapp zwei Jahre später wird die Zeche Constantin stillgelegt. Schon vor dem Unglück war sie immer unergiebiger geworden. Mehr als 110 Jahre lang hat man hier Kohlen gefördert. Papa verliert seinen Job und fängt an zu saufen. Nicht wie vorher, noch heftiger. Er schlägt Mama. Nicht wie vorher, noch heftiger. Er kommt dann von der Bude des Schlesiers, wo sie glorreichen Zeiten nachgetrunken haben, sieht sie zitternd in der Küche sitzen und zieht wortlos seinen Gürtel aus der Hose. Dieser stiere Blick.

Manchmal schaffe ich es, mich in seinen Weg zu stellen, dann schlägt er mich zuerst und Mama kann sich irgendwo einschließen, während das Leder auf meine Arme und meinen Rücken prasselt. Manchmal ist er schneller als ich, dann kann ich meine Mutter nicht mehr beschützen. Er dreht dazu das Radio auf und schlägt sie, weil sie Schuld an allem hat, wie er sagt und dabei auf mich zeigt, bis er weinend vor ihr kniet, seinen Kopf in ihren Schoß legt und sie fragt, ob sie ihm verzeiht, und sie tut es, bis zu seinem nächsten Angriff.

Mit 15 Jahren gehe ich von der Schule ab. Mein Lehrer empfiehlt es beim Gespräch mit meinen Eltern in der neunten Klasse. Ihre Tochter sollte eine Ausbildung machen. Sie ist nicht gemacht fürs Lernen, sie träumt zu viel, sie ist nicht dumm, aber auch nicht sonderlich intelligent. Er sagt es zu meinen Eltern, während ich daneben sitze. Mein Vater nickt und schaut mich an, als hätte er es schon immer gewusst. Meine Mutter sagt nichts.

Ich lerne bei den Stadtwerken Bochum und arbeite in der Verwaltung. Mein Vater schlägt meine Mutter und mich weiterhin, wenn er getrunken hat, also oft.

Als ich 20 Jahre alt bin, wird es besser für mich, weil ich mit Andreas zusammenkomme, meinem ersten und einzigen Freund. Das ist eine gute Zeit, die schönste in meinem Leben. Ich lerne ihn auf der Kirmes in Lütgendortmund kennen, 1973. Ich stehe am Autoscooter und schaue den Paaren bei ihren

Rempelrunden zu, als er vor mir anhält und mich fragt, ob ich so eine Runde mit ihm drehen möchte. Als wir losfahren, ertönt Vicky Leandros aus den Lautsprechern des Scooters, *Dann kamst du.* Er legt seinen Arm um meine Schultern.

Andreas ist es auch, der mich vor meinem Papa beschützt. Einmal, als ich ihm von den Schlägen erzähle, zieht er mich in sein Auto, wir fahren zu meinen Eltern. Er springt in die Wohnung, packt meinen Vater am Kragen und stößt ihn an die Wand. Dann zischt er ihn an, wenn du sie noch einmal schlägst, du Suffschwein, steche ich dich ab. Danach ist Ruhe.

Wir ziehen in eine Wohnung nach Herne und ich sehe meine Eltern nur noch selten. Manchmal besuche ich meine Mutter vormittags an einem freien Tag, weil ich weiß, dass der Alte dann beim Schlesierbüdchen steht und säuft. Doch einmal kommt er früher nach Hause und ist wütend, weil ich heimlich da bin, um ihn nicht sehen zu müssen. Weil er sehr betrunken ist, hat er Andreas völlig vergessen. Er schreit, zieht wieder den Gürtel aus seiner Hose und holt aus. Diesmal geht er direkt auf mich los, den Gürtel hält er anders herum, so dass die Schnalle meinen Rücken feucht schlägt, ich spüre das Blut. Schreiend laufe ich aus der Wohnung und lasse Andreas wochenlang nicht an mich heran, damit er meine Wunden nicht sieht und meinen Vater nicht absticht.

Das ist die Zeit, in der ich anfange, immer mehr zu essen. In meinem Bauch sitzt ein Monster, das ich füttern muss, damit es nicht wütend wird und mich von innen auffrisst.

Andreas verlässt mich 1976. Er hat eine neue Freundin, weil ich ihm zu dick geworden bin, sagt er, man kann doch nicht immer nur essen. Ich bleibe in der Wohnung, zwei Zimmer habe ich nun für mich ganz allein.

Irgendwann 1978 klopft meine Nachbarin, eine entfernte Bekannte meiner Eltern, an die Wohnungstür. Da lasse ich schon lange keinen mehr rein, wozu auch. Hast du gehört? Dein Vater ist gestorben, sagt sie. Von mir aus, sage ich. Hattest wohl keinen guten Draht zu ihm, was? Ich zucke mit den Achseln. Er soll ja manchmal ganz schön gesoffen haben. Ich antworte nicht. Manche sagen, er hätte oft geprügelt, man hätte da Schreie gehört … Ich antworte nicht. Hat deine Mutter dir nicht gesagt, dass er gestorben ist? Nein? Ich habe zu meinen Eltern nicht mehr viel Kontakt. Aha, wollen wir nicht mal bei dir einen Kaffee trinken, fragt sie und beugt sich vor in meinen Flur, um hinein zu schielen. Bisschen quatschen und so, gemütlich in der Küche? Nö, sage ich und schiebe sie zurück über die Schwelle. Hast es wohl nicht so mit dem Aufräumen, gibbelt sie verärgert. Geht dich nichts an, kümmer dich um deinen Kram. Schlampe. Blöde Bratze.

Zur Beerdigung meines Papas gehe ich dann doch. Vielleicht will ich mich davon überzeugen, dass er wirklich tot ist. Vielleicht ist es mir aber auch einfach nur egal.

Es ist ein regnerischer Herbsttag und als der Wind durch die Bäume entlang der Gräber fährt und Blätter von den Zweigen rüttelt, fällt mir plötzlich ein, wie Papa mit mir auf dem Tippelsberg Drachen steigen ließ. Das muss gewesen sein, als ich gerade in die Schule gekommen war. Ich weiß noch, wie meine Zöpfe fliegen und gegen meine Wangen schlagen, als ich laufe und lache und laufe. Ich stolpere über dicke Batzen Gras, aber ich falle nicht hin. Mit meiner Hand umklammere ich die Spule mit der Schnur, flipflap saust sie um den lila Plastikgriff. Papa hält den Drachen fest, einen gelben mit freundlichem Gesicht und roten Backen, und der Drachen hat einen Schweif aus blauen und grünen Schleifen. Dann lacht Papa laut, als er den Drachen loslässt, der nach oben in den Himmel schießt, und vielleicht ist Papa in diesem einen Moment sogar einmal mit mir und mit sich und mit der Welt zufrieden gewesen.

Ganz plötzlich fällt mir ein, was ich machen könnte: Drachen sammeln. Monster, die ich kontrollieren kann, sind besser als essen. Viel besser. Warum muss ich jetzt flennen, ich kann ja gar nicht mehr aufhören. Niemand stört sich daran, es sind sowieso nur Mama, Günther und der Pastor da. Günther gibt mir ein Taschentuch und tätschelt meine Wange. Mama weint nicht. Fest presst sie die Lippen aufeinander, so dass ihr Mund zur Linie wird.

Glück auf zur letzten Grubenfahrt – ein Kranz mit Aufschrift wird gemeinsam mit Papas Grubenlampe auf dem Grab abgelegt, Mutter sagt, Papa wollte es so. Ein Gebet: *Es grüne die Tanne, es wachse das Erz! Gott schenke uns allen ein fröhlich Herz – Dir aber den Frieden, Amen.*

Günthers Drache aus meiner Kindheit ist der erste, den ich ins Regal stelle. Es kommen bald kleine, große, bunte, graue Drachen hinzu, aus Plastik, Stoff, Metall, Plüsch, was ich kriegen kann, am liebsten gelb. Ich sammle sie im Wohnzimmer, das Regal wird schnell zu klein. Also ist auch das Sofa voller Drachen. Jeder hat einen Namen und es dauert täglich Stunden, bis ich sie einzeln begrüßt habe. Ich behandle jeden Drachen gut, damit er mir nicht in den Magen fährt. Irgendwann kann ich nicht mehr zur Arbeit gehen, weil meine Drachen so viel Zeit beanspruchen, also kündige ich bei den Stadtwerken, wo mich sowieso niemand vermisst.

Zu den Drachen gesellen sich andere Tiere, niemand ist gerne allein, und ich habe viel Zuneigung zu geben. Ebenso benötige ich Platz für die Gratiszeitungen aus meinem Briefkasten. Manchmal denke ich, vielleicht fällt einmal der Strom aus, und dann könnte ich mir einen kleinen Ofen besorgen, ich hätte jede Menge Brennmaterial, und es kostet noch nicht einmal Geld. Ich brauche ohnehin nicht viel Platz. Die Gänge zwischen den Stapeln genügen mir, ich bin wieder so schlank wie früher, die Monster sind besänftigt. Essen gibt es meistens aus Dosen. Zum Kochen komme ich nicht mehr, weil in der Küche immer weniger Platz ist. Das macht nichts, denn ich kann den Inhalt der Konserven auch kalt essen. Die leeren Metalldosen spüle ich gründlich aus und nutze sie, um daraus Hochregale zu stapeln. Ich lege Äste und Zweige darüber, die ich in Grünanlagen abschneide. Dann brauche ich kein Bauholz zu kaufen, denn ich habe wenig Geld.

Einmal werde ich in einem Park von Gärtnern beschimpft. Als ich ihnen erkläre, dass ich aus den Stöcken Regale baue, lachen sie mich aus und sagen, ich soll mich verpissen. Dabei kann ich doch auf den Regalen meine Post lagern. Ich öffne die Briefe nicht mehr, zu viel Unerfreuliches steht darin, man bedroht mich, ich soll ausziehen. Eigentlich würde ich die Briefe am liebsten wegwerfen, aber es sind meine, sie gehören mir, und ich kann es mir nicht leisten, Dinge zu verlieren.

Mit Mama telefoniere ich manchmal, an Weihnachten oder wenn sie Geburtstag hat. Manchmal sprechen wir über Vater. Sie sagt, der Krieg hat ihn belastet, da ist was in ihm kaputt gegangen. Hat er das Schlagen aus dem Krieg mitgebracht? Nein, das hatte er schon vom Vater – sein Oller hat ihn und seine Geschwister auch regelmäßig verdroschen. Sein Vater hat ihm gesagt, der Mensch ist entweder der Hammer oder das Eisen. Entweder man schlägt. Oder man wird geschlagen. Warum hast du ihn überhaupt geheiratet, wenn er so brutal war? Na, wegen dir, du warst ja unterwegs. Und wieso hast du ihn nie verlassen? Wenn das so leicht gewesen wäre, er hätte es mir einfach verboten. Und dann haben wir uns ja auch geliebt … Ist das Liebe, Mama, dass man blutig geschlagen wird? Ach Kind, das verstehst du nicht, du bist doch immer allein.

Dann, später, im Sommer 1986, liegt sie im Krankenhaus. Marien-Hospital Herne, Station 3, Zimmer 17. Da liegt sie in einem Raum mit vielen anderen alten Frauen, ich besuche sie täglich. Es geht ihr nicht gut, sagen die Schwestern. Vielleicht noch zwei Monate, sagen die Ärzte. Irgendwas mit einer Raumforderung im Kopf, nichts mehr zu machen, sie wird sterben, es wird schnell gehen.

Mama liegt da und will meine Hand nehmen, also gebe ich sie ihr. Was sie sagt, kann ich nicht verstehen, es ist nur ein Nuscheln. Manchmal wird es etwas deutlicher, sie freut sich darüber, dass ich wieder dünner geworden bin. Irgendwann höre ich raus, dass ihr meine Kindheit leidtut und ob ich ihr verzeihen kann. Früher hätte ich mir das gewünscht, heute ist es mir egal. Um sie nicht zu verärgern, nehme ich ihre Entschuldigung an. Sie weint immerzu, wahrscheinlich wegen der großen Schmerzen, doch ich kann nichts tun.

Als ich das Krankenhaus verlasse, spricht mich ein junger Arzt an und fragt, ob er mir irgendwie helfen kann. Wieso mir, frage ich ihn. Ich bin doch keine Patientin, sondern nur zu Besuch. Sie kommen seit Wochen, sagt er, immer allein, und Sie gehen immer allein. Sie wirken ein bisschen traurig und verloren, sagt er, und ob er mich nicht vielleicht auf einen Kaffee einladen kann? Warum nicht, meine ich. In der Cafeteria sitzen wir dann und er fragt mich dies und das. Ihre Mutter wird sterben, hatten sie ein gutes Verhältnis? Und was macht Ihr Vater, fragt er mich.

Ich erzähle ihm, dass mein Vater immer der Hammer war, und ich war das Eisen. Der Mensch ist entweder der Hammer oder das Eisen, er schlägt oder er wird geschlagen.

Da überlegt der junge Doktor, und dann sagt er etwas, das ich mir bis heute gemerkt habe, weil es schön klingt und weil es mir wahr erscheint. Er sagt, dass mein Vater und mein Großvater irrten. Es gibt nicht nur den Hammer und das Eisen. Es gibt auch noch den Amboss. Und der ist stärker als Hammer und Eisen zusammen.

Er ist nett und deshalb erzähle ich ihm von meiner Kindheit. Von den Schlägen. Vom Gürtel. Das entsetzt ihn und er sagt, dass nichts im Leben ohne Spuren bleibt. Aus Liebe wächst Liebe. Aus Schmerzen wachsen Schmerzen. Beim Abschied sagt er zu mir, dass ich ein Amboss bin und stärker, als ich denke. Und ob er noch etwas für mich tun kann? Es gibt Gesprächskreise hier im Krankenhaus, erklärt er, dort könnte ich meine Erlebnisse und Erinnerungen teilen. Ich mache das lieber mit mir aus, sage ich. Kommen Sie wieder! Ich bringe Sie mit Menschen zusammen, denen es ähnlich geht. Manchmal ist es gut, darüber zu sprechen, damit es seine Macht verliert. Ja, ich komme bestimmt wieder, verspreche ich, wenn meine Mutter verstorben ist und ich mehr Zeit habe.

Drei Wochen später stehe ich an ihrem Grab. Zwei Nachbarinnen sind ebenfalls da, außerdem noch Günther und der Pastor. Günther sagt zu mir, dass es ihm leidtut, meine Mutter sei eine liebe Frau gewesen, jetzt hat sie ihren Frieden, er habe sie sehr gern gehabt. Nach der Beisetzung nehme ich die Blumen von ihrer Beerdigung mit. Meine Mutter braucht sie doch nicht mehr und so habe ich noch etwas von ihr. Die Blumen lege ich zu den anderen Pflanzen in die Badewanne. Im Sommer sind die Fliegen ein Problem. Manchmal gibt es Beschwerden.

Aus Mamas Wohnung hole ich noch ein paar weitere Dinge, die mich an sie und Papa erinnern. Alles, was ich in meinem Einkaufstrolley transportieren kann, nehme ich mit.

Irgendwann passt mein Schlüssel nicht mehr in das Schloss. Ein Mann öffnet die Tür und sagt, er ist der neue Mieter. Die Reste der Wohnungseinrichtung sind auf der Müllhalde gelandet, war alles Schrott, sagt er, ich soll nicht mehr wiederkommen.

Manchmal denke ich an den jungen Arzt, der so nett zu mir gewesen ist. Doch ich traue mich nicht, wieder ins Krankenhaus zu gehen. Vielleicht hat er mich längst vergessen? Dann stehe ich doof herum und alle lachen über mich, das brauche ich nicht.

Vor kurzem besucht mich Günther. Ich kann ihn durch den Spion meiner Wohnungstür erkennen, obwohl er sehr alt geworden ist. Ihm mache ich auf. Er sagt, dass er jetzt ins Heim geht. Er hat alte Fotos von meinen Eltern entdeckt, damals, aus der Schrebergartenzeit. Er gibt mir einen Brief mit einigen Schwarzweißaufnahmen und verabschiedet sich. Besuch mich mal im Heim, sagt er, dann reden wir über früher. Er nennt mir den Namen seines Altenheims. Ich nicke, bei Gelegenheit schaue ich bestimmt mal vorbei. Er schaut an mir vorbei in den Flur meiner Wohnung. Räum mal wieder auf, sagt er freundlich, streichelt meine Wange und geht.

Ich schaue mir die Fotografien an. Meine Eltern, jung, im Schrebergarten, den sie von meinen Großeltern übernommen haben. Beide strahlend vor einem Kinderwagen, in dem ich liege. Auf einem Foto sitzen sie auf einer Bank und halten sich an der Hand. Das erste Auto, ein winziger Lloyd, mit dem sie einmal fast bis nach Österreich gekommen sind.

Und dann besuche ich tatsächlich zwei Jahre später Günther in seinem Altenheim. Am Empfang sagen sie mir seine Zimmernummer. Ich laufe über hellbraune Flure mit dunkelbraunen Handläufen und endlos vielen Türen. Alte Menschen mit Rollatoren und leeren Blicken kommen mir entgegen. Als ich an seine Zimmertür klopfe, dauert es eine Weile, bis er mir öffnet. Ich erkenne ihn erst auf den zweiten Blick. Ganz zart sieht er aus, mit dünnem weißem Haar, gestützt auf einen Stock, gebeugt vom langen Leben. Er freut sich wirklich, kramt einige Kekse aus einem Schrank hervor und kocht uns einen Tee.

Nett ist er, wie immer. Deine Alten haben's dir nicht gerade leicht gemacht, nicht wahr, sagt er. Ich nicke. Dein Vater hat sein Leben nicht im Griff gehabt. Man trägt weiter, was man selbst ertragen musste.

Ich denke darüber nach und frage dann, wieso hast du nie geheiratet, Günther? Er sagt nichts, sondern starrt nur auf seine Tasse, greift nach seinem Löffel und rührt mit zitternder Hand in seinem Tee. Weil ich denke, dass er meine Frage gar nicht gehört hat oder sie ihm unrecht ist, will ich eine andere Frage stellen, doch dann antwortet er. Der Krieg. Ich kam nur als halber Mann zurück, wie man so sagt. Ein kleiner Splitter, kaum größer als so. Mit Daumen und Zeigefinger zeigt er einen halben Zentimeter an. Er deutet auf eine Stelle unterhalb seines Bauchs. Hier rein und hinten raus. Wie soll man da ein Kind zeugen oder eine Frau glücklich machen? Aus der Innentasche seiner Jacke zieht er sein Portemonnaie hervor. Er greift hinein und holt aus einem der Fächer ein altes Foto, schwarzweiß, mit abgestoßenen Kanten. Es zeigt eine hübsche junge Frau, kniend vor einem Beet, dahinter Günther lachend, in Uniform, jung und stark umarmt er die strahlende Frau von hinten. Wie heißt sie denn? frage ich. Heidrun, sagt Günther, sie hat sich dann einen anderen gesucht, ich habe sie darum gebeten.

Er steckt die Fotografie zurück. Sie wollte doch so gerne Kinder haben, da hilft dann eben alle Liebe nichts. Hat sie denn Kinder bekommen? Ja, sagt Günther, drei. Der Sohn führt ein Teppichgeschäft in Dortmund und macht sich wohl nicht so viel aus Frauen, die beiden Töchter haben geheiratet. Eine von ihnen ist mit ihrem Mann nach Kanada ausgewandert. Dort haben sie gemeinsam eine Farm. Die andere Tochter ist Fußpflegerin, in Hamm, glaube ich. Heidrun ist seit zwei Jahrzehnten Witwe. Einmal im Monat telefonieren wir.

Wenn sie Witwe ist, könnt ihr doch wieder mehr Zeit miteinander verbringen? Er schüttelt den Kopf. Jetzt ist es zu spät. Was fort ist, ist fort.

Wenn der Splitter nur ein winziges Stück an dir vorbeigeflogen wäre … versuche ich mir vorzustellen. Günther lächelt müde: Wenn der Hund nicht geschissen hätte, hätte er den Hasen gekriegt. Warum war ich überhaupt dort? Das ist das, was ich mich heute frage. Aber damals war es eben keine Frage. Wir konnten es uns nicht aussuchen.

Warst du einsam in deinem Leben, Günther? Er denkt nach. Manchmal, sagt er, aber meistens war ich einfach nur allein. Ich muss an meine vielen Drachen denken.

Günther tut mir leid, wie er da so sitzt, traurig. Um ihn zu trösten, sage ich, weißt du was? Ich habe noch den kleinen gelben Drachen, den du mir 1965 geschenkt hast. Das ist jetzt schon fast 40 Jahre her. Welcher gelbe Drache? Er erinnert sich nicht mehr, und so erzähle ich ihm von seinem Besuch in unserem Garten, als das Grubenunglück war. Der gelbe Drache, den hast du mir damals mitgebracht. Ach so. Das ist ja schön, sagt Günther und lächelt wieder ein bisschen.

Es wird Zeit, dass ich gehe. Schau mal wieder vorbei, sagt er. Zwei Monate später ist er verstorben.

Neulich klingelt es. Ich erwarte niemanden und öffne nicht. Dann klopft es. Plötzlich wird die Tür aufgebrochen. Drei Männer in Schutzkleidung und mit Atemmasken kommen herein und ergreifen mich. Ich wehre mich, aber die Männer sind stärker. Draußen auf der Straße schreie ich laut, dass man mich loslassen soll, dass ich kein Eisen bin. Die Umstehenden vor meinem Haus lachen. Total verrückt, die Alte. Eine Ärztin verabreicht mir eine Spritze und redet auf mich ein. Meine Nachbarn stehen um mich herum. Na endlich, sagen sie. Das wurde Zeit. Zwangsräumung. Weil die Decke in der Wohnung darunter schon durchhing. Wegen der Last und der Feuchtigkeit, Gefahr im Verzug. Bricht ja irgendwann das ganze Haus zusammen. Die Wohnung vermüllt, bis zur Decke angeblich, eine Schande. Das gibt's doch nicht. Doch, und ein Gestank wie auf einer Müllkippe soll da sein. Da müssen mindestens vier Container kommen. Ein Fest für Kammerjäger. Dazu Hunderte von Drachen, überall. Die ist verrückt. Wie kann man nur so leben?

Warum hast du nie aufgeräumt, rufen sie. Mich können sie nicht meinen. Auch wenn meine Wohnung vollgestellt ist, das bestreite ich ja gar nicht. Ich bewahre einiges auf. Ich habe auch nicht Staub gesaugt, weil ich irgendwann nicht mehr an den Staubsauger kam. Aber es ist doch Ordnung in meiner Wohnung. Meine Ordnung.

Sie nehmen mich mit. Gegen meinen Willen. Damit sich mal wieder jemand um Sie kümmert, sagen sie. Jetzt bin ich in einer Irrenanstalt, auch wenn sie es anders nennen. Einzelzimmer in einer psychiatrischen Klinik. Meine Wohnung fehlt mir sehr. Am meisten vermisse ich meine Drachen, ich habe Angst, dass die Monster von damals wiederkommen. Immerhin, einen einzigen Drachen durfte ich mitnehmen, den gelben von Günther. Aber keinen zweiten. Das Sammeln ist vorbei, sagen die Ärzte.

Eine der Schwestern ist sehr freundlich, ich unterhalte mich manchmal mit ihr. Sie ist jung und ich habe das Gefühl, wir könnten uns ähnlich sein. Ihr kann ich alles erzählen. Vom Unglück im Constantin. Von meinem Vater, der mich schlug. Von Andreas, der meinen Vater abstechen wollte, all die Dinge. Ich zeige ihr die Narben, die ich auf dem Rücken trage. Ich sage ihr, warum die Drachen so wichtig für mich sind. Ich will meine Monster nicht wecken.

Heute schaut die Schwester in mein Zimmer und sagt, wenn Sie Lust haben, machen wir einen Ausflug. Haben Sie nicht Ihren freien Tag, frage ich sie. Sie nickt und lacht. Deshalb ja. Und müssen wir nicht der Stationsleitung Bescheid sagen? Die wissen es schon.

Wir gehen zu ihrem geparkten Wagen, sie hakt sich bei mir ein und ich lasse die Nähe zu. Sie lächelt mich an. Warum machen Sie das für mich, frage ich. Weil Sie mich an jemanden erinnern, der auch eine beschissene Kindheit hatte. An wen denn? An mich, antwortet sie, und ihr Gesicht wird für einen kurzen Moment grau und verschlossen.

Es gab mal einen Arzt, der wollte mir helfen, erzähle ich ihr. Das war sehr nett von ihm, aber ich bin das nicht gewohnt. Ich bin lieber allein. Sie nickt und wir steigen in ihr Auto und fahren los. Raten Sie, wohin wir fahren, sagt sie zu mir. Keine Ahnung, wohin? Eine Überraschung, sagt sie.

Und dann fährt sie mit mir in die Hiltroper Straße und wir parken unten am Tippelsberg. Wir steigen aus und sie greift nach einer Tasche. Dann laufen wir einen Schotterweg entlang, der zwischen Fliederbüschen und niedrigen Bäumen zur Kuppenspitze führt, auf den Wiesen blühen wilde Möhre und Schafgarbe.

Oben angekommen legt sie ihre Tasche ab und packt einen Drachen aus, den sie mit wenigen Handgriffen zusammensetzt und mit der Schnur verbindet. Sie schaut in den Himmel und nickt zufrieden. Es ist genug Wind, das wird schön.

Möchten Sie loslassen oder selbst laufen, fragt sie mich und hält mir Drachen und Plastikgriff entgegen. Und ich fühle mich leicht und wie ein Amboss zugleich und schlage vor, wir könnten ihn zweimal steigen lassen. Dann kann ich erst loslassen und dann selbst laufen.

BLICKKONTAKT

Frühjahr. Endlich wird die ramponierte Kopfsteinpflasterstraße in unserem Dorf erneuert. Dafür muss ein Bagger die alte Fahrspur abtragen, kaum mehr als 200 Meter lang. Unser Dorf ist sehr klein, nur zehn Häuser, die sich um ein baufälliges Gutshaus scharen. Auch die Bushaltestelle aus DDR-Zeiten muss weichen. Niemand wird sie vermissen, sie ist hässlich, mit zersplitterten Glasbausteinen und besprühten Wänden, und ein Bus hält bei uns schon lange nicht mehr.

Es ist Mitte April. Sonnige, warme Tage. Unser Garten, in dem ich meine Terrassenbänke neu streiche, grenzt an die alte Straße. Den Baggerfahrer kenne ich über ein paar Ecken und Dörfer. Als er eines Tages stoppt und fluchend aus seinem Gerät steigt, gehe ich zu ihm hinüber. Der Bagger hat das alte Straßenbett bereits einen guten Meter tief ausgehoben. Ich springe in den auf dem Grund ausgebrachten Kies: „Was gibt's, Meister? Warum so verärgert?"

„Na, hier!" Der Baggerfahrer zeigt auf die Erdwand, an der er gerade gebaggert hat.

Erst sehe ich gar nichts, bis er mir den dunkelgrauen Strich zeigt. Er erstreckt sich horizontal über gut anderthalb Meter der Schichten und ist ungefähr 20 Zentimeter hoch. Ich gehe etwas näher dran, erkenne geschwärzte Steine und Kohlereste. „Das da? Sieht aus wie ein altes Lagerfeuer", meine ich. „Vielleicht mal von den jungen Pionieren oder so."

Der Baggerfahrer schüttelt den Kopf. „Nee, das ist uralt. Bei der Tiefe … "

„Und jetzt?"

Der Mann zuckt mit den Achseln: „Für heute ist Feierabend. Ich ruf beim Bodendenkmalschutz an."

Er telefoniert und sagt dann: „Die schicken jemanden, gleich morgen früh, aus Prenzlau. Gut so, Baustopp ist teuer."

„Warum wird denn überhaupt so tief ausgebaggert?“

„Kommt auch eine Entwässerung rein.“

Gemeinsam rauchen wir eine Zigarette und fachsimpeln. Uralt, na ja – egal, muss analysiert werden, Vorschrift ist Vorschrift. Wir betrachten und befühlen die graue Schicht, durchsetzt mit großen und kleinen verrußten Feldsteinen, einige von der Baggerschaufel blank gerieben oder zerkratzt.

Am nächsten Morgen parkt ein Auto am Rand der Baustelle. Da ist sie, die Denkmalpflegerin, mit einem Köfferchen, Messlatten und einem Laptop. Sie steigt aus und verschwindet in der Ausschachtung. Nach einer Stunde gehe ich rüber zur Baustelle, stapfe über einen Kieshaufen hinab und trete an die Archäologin heran. „Hallo, ich bin ein Nachbar. Wir wohnen gleich da drüben. Bin neugierig, war gestern dabei, als der Baggerfahrer das da entdeckt hat.“

Gerade kauert sie vor dem Streifen im Erdrelief und gräbt mit feinem Spatel zwischen den schwarzen Steinen. Sie schaut kurz auf und lächelt: „Hallo.“

Ich zeige auf die graue Schicht. „Ist das wirklich so alt?“

„Ja“, sagt sie, während sie konzentriert eine Probe in ein Tütchen füllt, „ziemlich alt. Eine Feuerstelle, prähistorisch.“

„Oha!“

„Wir haben beim Gutshaus vor Jahren Bodenproben genommen. Ähnlich tief. Da kamen einige Scherben zum Vorschein, die wir datieren konnten. Solche Scherben sind auch hier zwischen den Steinen. Sehen Sie?“ In ihrer Handfläche hält sie einige Tonfragmente.

„Interessant, hätte ich gar nicht erkannt. Und wie alt ist die Feuerstelle nun?“

„Mittlere Steinzeit. Ungefähr 9000 Jahre vor Christus.“ Noch immer kniend, fährt sie mit der Hand langsam und behutsam über die Erdschichten des schwarzen Querschnitts, von unten nach oben. „3000 Jahre vor diesem Feuer die letzte Eiszeit – hier unser Feuer – darüber die Jungsteinzeit, aus Jägern und Sammlern werden Hirten und Bauern – dann Kupferzeit, aber noch lange nicht hier, sondern im Süden, Mesopotamien – hier die Zeit der Bronze mit Schmuck und Waffen – Eisenzeit, danach die römischen Kaiser – dann Völkerwanderungen – hier das Mittelalter mit Merowingern und Karolingern – ungefähr ab hier die frühe Neuzeit – dann die Moderne." An der Grasnarbe angelangt stellt sie lächelnd fest: „Hier sind wir. Fast 400 Generationen nach dem Feuer. 14. April 2019. Zehn Uhr." Sie zeigt darüber hinaus in die Luft: „Tja, und morgen …"

„Was war das denn für eine Feuerstelle?"

Die Archäologin erhebt sich und streicht ihre Haare aus dem Gesicht: „Eine Brenngrube. Typisch in dieser Lage."

Ich schaue mich um. Überall sprießt und summt es, hinter den alten Dorflinden gleich der Ortsrand, dahinter weite Felder, darin versprenkelt einige moorige Sölle. Dann der Wald. Über allem der uckermärkisch getupfte Himmel. „Warum gerade hier?"

„Hier war früher viel mehr Wasser. Schmelzwasser des Eises. Die Brüche ringsum sind jetzt meistens ausgetrocknet – früher waren das alles Seen." Sie weist auf die tiefer gelegenen Wiesen um uns herum. „Sehr fischreich vermutlich. Dort wird das Dorf gewesen sein." Dabei zeigt sie auf den höchsten Punkt der Topografie, den Hügel, auf dem das Gutshaus steht, gut hundert Meter entfernt. „Durch die erhöhte Lage war man fast vollständig vom Wasser umgeben. Ein guter Schutz vor Feinden. Und dann hier, etwas außerhalb – die Brenngrube."

„Wofür? Zum Kochen?"

„Es gibt mehrere Theorien. Sehr wahrscheinlich ist, dass man hier im Winter Steine erhitzt hat. Die wurden in die Hütten getragen, auf Holzschalen, die mit Lehm bedeckt waren. Offenes Feuer in den Hütten war gefährlich. Die waren nur aus Holz und Stroh. Außerdem braucht Feuer in einer Hütte Zuluft und Abluft, da kommt viel Kälte rein."

„Also waren die Steine zum Heizen?"

„Ja. Ziemlich modern, nicht wahr?“ Sie lacht: „Fernwärme. Dadurch konnte man die Hütten schließen, ohne zu ersticken. Die Feuer wurden wohl meist von Kindern und Jugendlichen gehütet. Hatte auch den Vorteil, dass sie dabei warm blieben.“

„Und wie geht es jetzt weiter? Wird die Straßensanierung gestoppt?“

„Nein. Der Bagger hat die Fundlage leider ziemlich zerstört. Das Problem haben wir oft, da kommt viel durcheinander und dann gibt es nur noch Streufunde, die können wir nicht eindeutig zuordnen. Ich werde die Brenngrube heute nur gründlich untersuchen, vermessen, skizzieren und kartografieren.“

„Und dafür sind Sie extra aus Prenzlau rübergekommen?“

„Natürlich. Das ist mein Job.“

Ich zeige auf mein Haus. „Hatten Sie schon einen Kaffee? Ich bringe Ihnen einen – garantiert nicht prähistorisch, sondern frisch aufgebrüht.“

Sie nickt erfreut.

Als ich ihr wenig später einen heißen Kaffeepott reiche, stellt sie ihn kurz auf ihr Köfferchen, löst aus der Ascheschicht einen faustgroßen schwarzen Stein und gibt ihn mir: „Hier, ein kleines Dankeschön für den Kaffee.“

Zwei Jahre später, liegt der Stein auf einem Schuhschrank im Flur neben unserer Haustür. Manchmal nehme ich ihn in die Hand, vorsichtig, mit spitzen Fingern, damit ich die daran anhaftenden Kohlenstaubpartikel des vor Ewigkeiten erloschenen Feuers nicht verliere. Dann stehe ich am Fenster zur sanierten Straße hin, schließe die Augen und versuche mir vorzustellen, was hier mal war. Ein Dorf im Winter, umgeben von vereisten Seen und viel Wald. In weißen Walzen rauscht der Wind. Eine Handvoll Hütten. Errichtet aus Baumstämmen, verschmiert mit Lehm, gedeckt von Schilf, halb verborgen unter angewehtem Schnee. Etwas abgelegen das schmökende, glühende Feuer, an seiner Steinumrandung Kinder. Sie tragen

Pelze und legen Holz nach, mit einem langen Schieber bewegen sie Steine in der Glut. Und während ich ihnen dabei zuschaue, nimmt der Schneesturm abrupt ab, Sonnenlicht und blauer Himmel blitzen über uns auf. Eines der Kinder hält inne und schaut in meine Richtung, als hätte es bemerkt, dass es beobachtet wird. Dann treffen sich unsere Blicke. Durch die Jahrtausende hindurch lächeln wir uns zu.

NU, EENER MUSS DO NICHTERN BLEIM

Der 14. Juni 1935 ist ein denkwürdiges Datum. Dieser Tag kann getrost als der Geburtstag des ersten Hochleistungsnavigationsgeräts der späteren DDR, wenn nicht gar der gesamten Welt, angesehen werden. Es kam ohne Netzgerät, Satelliten oder Batterien aus und es lief mehr als 86 Jahre lang einwandfrei, bis es im letzten Sommer seinen Geist aufgab. Das war mein Opa, ausgestattet mit dem besten Orientierungssinn der Welt, und das ist eine durch und durch wahre Geschichte.

Schon als Kind vertiefte sich mein Opa in Heimatkarten aller Art, die in seiner Kinderzeit immerhin bis nach Stalingrad und Afrika reichten. Später, als alle anderen Kinder mithilfe der FDJ ihre Jugenduniformen wechselten, schaute er sich die Karten des jungen Ostblocks an. Als Jugendlicher konnte er bereits das gesamte Straßennetz der DDR aufzeichnen bis hin zu den kleinsten Sommer- und Waldwegen. Es war die Inselbegabung eines ansonsten, ich darf das so frei und voller Liebe sagen, talentfreien Mannes, dem außer einer gewissen Expertise für grobe Bemerkungen (wir kommen später dazu) keine weiteren Fähigkeiten oder Kenntnisse im Wege standen.

Orte finden und außerdem fluchen können – ganz folgerichtig wurde mein Opa Berufskraftfahrer. 1954 heuerte er beim VEB Baustoffversorgung Dresden an, weitere Fahrten für andere Betriebe folgten und führten ihn durch die gesamte DDR. So transportierte er mit seinen Kollegen Kartoffeln von Mecklenburg nach Berlin, Kohle aus der Lausitz nach Rostock, Sprelacartprodukte von Spremberg nach Leipzig, Aale von Rüdersdorf (dort hielt man die Knochenfische tatsächlich in den Wasserbecken des Zementwerks) nach Wandlitz, Thüringer Holzspielzeug in den Westen, sogar Malimo-Stoffe aus Karl-Marx-Stadt zu den Fiat-Werken nach Italien. Mit der Zeit testeten ihn die faszinierten Kollegen und versuchten, ihm Fallen zu stellen. Doch den Weg nach dem abgelegenen Laasan in der Nähe Jenas, das der Legende nach noch nicht mal von Napoléons Truppen entdeckt werden konnte, fand er im Halbschlaf. Und wenn die Dispatcher ihm nicht existierende Namen in seinen Routenplan schrieben, erkannte er es sofort.

Seine Vorgesetzten waren eigentlich sehr zufrieden mit ihm. Wenn da nicht die ausgesprochene Geselligkeit meines Opas gewesen wäre, die ihn immer wieder dazu verführte, einen zur Brust zu nehmen. Nu, eener muss do nichtern bleim am Steuer, pflegten die Kollegen zu sagen, und daraufhin lachten sie alle herzlich über den gelungenen Scherz. Alkohol schadete seinen erstaunlichen Peilungsqualitäten nicht, im Gegenteil, fast hatte man das Gefühl, dass einige Radeberger Pilsener und Nordhäuser Doppelkorn seine Fähigkeiten auf eine noch höhere Bewusstseinsstufe stellten. Und so sah man eingedenk dieses besonderen Talents meines Opas über Pils und Korn hinweg.

Doch als sein Robur Garant Laster im Jahr 1962 in den engen Straßen von Görlitz einmal die Limousine eines Ministers streifte und der darin sitzende wichtige Genosse ausfällig wurde, blitzte das zweite Talent meines Opas auf, der den einflussreichen Genossen einen rot lackierten Hundertsassa nannte, der lieber aufpassen soll, dass er nicht mal nachts in eine unbeleuchtete Faust läuft. Auf Anweisung von oben wurde daraufhin sein Führerschein eingezogen. Als er deshalb persönlich auf dem Amt erschien und die dafür verantwortlichen Behördenmitarbeiter als Halbaffen, Waldwichtel und Dünnschissgurgler bezeichnete, verbesserte das die Aussichten auf den Wiedererhalt seiner Fahrerlaubnis nicht.

Mein Opa nicht mehr auf dem Bock? Dagegen wehrten sich seine Kollegen, die ohne seine Kenntnisse und Erfahrungen in der Schilderlosigkeit der DDR verloren waren. Also einigte man sich unter Ausschluss aller behördlichen Autoritäten darauf, dass mein Opa bleiben durfte. Weitere 27 Jahre kam er als

Fernfahrer in jeden Winkel der DDR, ohne Führerschein, nun immer auf dem Beifahrersitz und immer mit dem richtigen Weg im Kopf, den er seinen Kollegen wies. 1990 ging er in den Vorruhestand, auf den Westen hatte er keine Lust mehr, zu viele Schilder, wo bleibt denn da der Spaß, sagte er.

Im letzten Jahr dann ein schwerer Herzinfarkt. Wir fuhren ihn selbst ins Städtische Klinikum, weil wir dachten, dass es so am schnellsten geht. Mein Opa war kaum noch bei Bewusstsein, konnte aber mit schwacher Hand unterwegs eine Abkürzung anzeigen.

Kurze Zeit später wurde er auf dem St.-Pauli-Friedhof in Trachenberge beerdigt. Auf seinem Stein steht auf Vorschlag seiner ehemaligen Kollegen: *Wenn jemand den Weg in den Himmel kennt, dann er.*

SICHER IST NUR DAS VIELLEICHT

Und zählte ich als Kind alle Wellen des Gilgestroms – vor unserem Haus floss er durch die Niederung westwärts bis zum Kurischen Haff –, die Anzahl aller Wellen wäre geringer gewesen als die Anzahl aller Menschen, die in ihrem Leben fliehen mussten. Es musste und muss um den Erdball herum geflohen werden, dass man dächte, es ließen sich kaum allgemeingültige Wahrheiten aufstellen, die jene ewig furchtbaren Geschehnisse in einem Kern verdichten. Von frühen Völkerwanderungen bis zu neuzeitlichen Vertreibungen. Über unterschiedlichste Epochen, Regionen und Motive hinweg. Doch gibt es eine Gemeinsamkeit, die alle Fluchten der Menschheitsgeschichte eint, und davon möchte ich erzählen, weil es mich selbst betrifft.

Ich bin Irmela Mattulat. Einiges weiß man noch über mich, vieles schon nicht mehr.

Geboren wurde ich am 9. Juni 1937 in Rauterskirch, das heute Bolschije Bereschki heißt. Man nannte es auch mal Alt Lappienen und die Litauer kennen das Dorf unter dem Namen Lapynai. Einerlei, es war mein Zuhause in der Niederung der Elche. Dort, zwei Kutschenstunden im Westen von Tilsit, verbrachte ich nahezu mein gesamtes Leben.

Rauterskirch am Gilgestrom südlich der Memel. Die moderne Brücke im Ortszentrum hat man erst einige Jahre nach meiner Geburt errichtet. Zuvor bediente mein Vater Fritz Mattulat eine Fähre, setzte Menschen, Lasten und Gespanne über nach Rautersdorf. Von oben an der Deichkrone bis hinunter zum Fluss führten hölzerne Stufen, an die ich mich noch gut erinnern kann. Im Westen, auf dem Damm entlang, ging es Richtung Tawellningken, irgendwann wurde es morastiger und immer wilder, bis die Hütten schwanden. Dort begann das graublaugrüne Land der Elche und Seeadler, ein Zauberland, gestrickt aus Weite, Licht und Frieden. So hat es mir meine Großmutter erzählt.

Mein Elternhaus lag direkt hinter dem Deich an der Brücke und gehörte den Eltern meiner Mutter Helene Mattulat, einer geborenen Rupsch aus Neufrost. Vier Häuser hinter meinem Elternhaus der Bahnhof. Drei Häuser zur Rechten die alte Schule, ein Stückchen weiter, hinter der Kirche die neue Schule mit dem großen Sportplatz. Die neue Schule besuchte ich noch ein gutes Jahr lang, bis ich später verloren ging.

Unsere Nachbarn waren die Daerns und die Krusats. Mit ihren Kindern habe ich gerne gespielt. Ihnen gegenüber wohnte der Küster, der uns manchmal einen Apfel zusteckte. Auf der Gilge fuhren die Flößer auf Stämmen westwärts am Schloss Rautenburg vorbei, das den Grafen von Keyserlingk gehörte. Manche der Flößer sangen, manche winkten, manche riefen etwas herüber, manche dösten. Holz aus den Wäldern Litauens und Weißrusslands trieb in langen Teppichen an meinem Kinderzimmerfenster oben im Dach vorbei, im gemächlichen Tempo des Stroms, um irgendwann später am Kurischen Haff gen Königsberg, Danzig und Hamburg verschifft zu werden.

Meine Mama Helene war in der Niederung sehr beliebt, denn sie war eine tüchtige Hebamme. Alle nannten sie Lenchen. An meinen Papa Fritz habe ich kaum Erinnerungen. Bis auf sein verschmitztes Lächeln. Ich war vier Jahre alt, als er 1941 zum Krieg eingezogen wurde. Krieg war schlimm, das spürte ich. Damals machten wir ein Familienfoto; meine Mutter gefasst im schwarzen Kleid mit weißem Kragen, mein Vater mit beklommenem Blick, ich zwischen ihnen als von den Veränderungen eingeschüchtertes Geschöpf.

Im Sommer 1943 feierte meine Familie in Ibenberg unweit von Rauterskirch ein schönes Fest, mein Papa stammte von dort. Seine Mutter, meine Oma Emilie, feierte ihren 70. Geburtstag, sogar mein Vater und einige seiner Brüder konnten da sein. Heimaturlaub nannten sie es. Sie weinten einige Male, daran kann ich mich erinnern, und mein Vater ließ die Hand meiner Mutter nicht los, noch nicht einmal für das Foto, auf dem ich rechts unten am Bildrand eine Grimasse ziehe. Meines Vaters Kummer oder Ahnung – nach dem Fest habe ich ihn nicht wiedergesehen.

Ich erinnere mich auch, dass wir ein Jahr später, zum Ende des Winters 1944, Besuch von einer Schwester meines Vaters bekamen. Hedwig besuchte uns mit ihrer einjährigen Tochter Christa, die fröhlich in ihrem weißen Kinderwagen hockte. Die Frauen trugen dicke Mäntel mit Pelzkragen und ihre Mienen waren verhalten. Ich weiß nicht mehr, wer das Foto schoss, auf dem ich eine kecke Mütze trage, im Arm halte ich meine Puppe mit dem lustigen Haarschopf. Meine Püppi war fast so groß wie ich und immer bei mir. Selbst beim Werkeln im Garten hinter unserem Haus hockte sie im Puppenwagen und schaute uns zu, wenn wir dort hinter dem Deich Karotten, Kartoffeln und Äpfel ernteten. In zwei Ställen hinten am Staketenzaun hielten wir Hühner und Kaninchen.

Dann, ganz plötzlich und doch von allen wissend erwartet, geht der Krieg seinem Ende zu. Es heißt, die Russen kommen, wir müssen fliehen. Im Oktober 1944 wird unser Landkreis evakuiert. Schon im Sommer waren bei uns, aus Tilsit fliehend, Mamas Schwester mit ihrer kleinen Tochter und der Großmutter untergekommen. Für Püppi ist kein Platz im Koffer. Das macht nichts, meint Mama, wir kommen wieder zurück, bestimmt. Also lasse ich Püppi in meinem Kinderzimmer. Ich setze sie so ans Fenster, dass sie einen guten Blick auf den Gilgestrom hat. Flöße fahren dort längst nicht mehr und bald wird es wieder Eis geben. Ich flüstere ihr noch ins Ohr, dass ich schnell wiederkäme, gut solle sie auf alles aufpassen.

Zu fünft verlassen wir Rauterskirch. Mit der Kleinbahn geht es nach Seckenburg und von dort weiter per Zug in den Kreis Heiligenbeil auf ein Rittergut, wo wir für einige Monate bleiben. Der Gauleiter verbietet alles weitere Fliehen. Mit meiner

Cousine werde ich in der Dorfschule unterrichtet und wir spielen viel miteinander. Ein letztes Weihnachtsfest feiern wir zusammen. Im Esszimmer des Gutshauses leben wir zu fünft, Soldaten kochen für uns ein Weihnachtsessen, alle sind bedrückt.

Als es im Januar 1945 weiter Richtung Westen gehen soll, trifft meine Mutter die Entscheidung, sich von ihrer Schwester und ihrer Mutter zu trennen. Sie hat von Bekannten ganz in der Nähe gehört, denen sie sich anschließen möchte. Gemeinsam mit mir schlägt sie eine andere Richtung ein. Meine Cousine, meine Tante und meine Großmutter sehen wir nicht wieder. Meine Mutter stirbt auf der Flucht. Rückwirkend zum 31. Januar 1945 wird sie für tot erklärt, Ort und Sterbeursache sind unbekannt.

Dies alles erfolgt erst viel später, weil mein Vater Fritz Krieg und Gefangenschaft überlebt hat. Nun lebt er in Brandenburg an der Havel und möchte neu heiraten, dazu muss meine Mutter für tot erklärt werden. Mit seiner neuen Frau wird er zwei Töchter haben.

Ob er noch an mich gedacht hat?

Bis zu seinem letzten Tag, allein hier bin ich mir sicher.

Mit großer Wahrscheinlichkeit hätten meine Mutter und ich überlebt, wenn wir mit meiner Cousine und meiner Tante weiter geflohen wären. Sie quälten sich per Pferdewagen, geführt von einem französischen Kriegsgefangenen und beschossen von Tieffliegern, über das gefrorene Frische Haff und erreichten Stolp in Pommern. Von dort ging es weiter westwärts.

Zu meinem weiteren Schicksal – auf der Flucht bin ich sieben Jahre alt – gibt es bis zum heutigen Tag nicht den geringsten Hinweis. Etwas ist mit mir geschehen. Etwas muss mit mir geschehen sein. Es weiß nur keiner, was mit mir geschah.

Vielleicht war der Todeszeitpunkt meiner Mutter auch der meine, weil uns zum Beispiel eine Granate traf. Vielleicht starb ich vor ihr oder nach ihr auf meinem Fluchtweg als eines von ungezählten erfrorenen Kindern im Graben. Vielleicht kam der Tod als Brechdurchfall oder Typhus. Vielleicht haben mich andere Flüchtlinge mitgenommen oder ich kam in ein Heim. Vielleicht habe ich in den Wäldern zu überleben versucht und verhungerte dort. Vielleicht schlug ich mich als eines von tausenden von Wolfskindern durch Litauen. Vielleicht nahm mich dort eine Familie auf und ließ mich aus Angst vor sowjetischen Repressalien meine deutschen Wurzeln von einem auf den anderen Tag verleugnen. Sicher ist nur das Vielleicht …

Und so verliert sich jede meiner Spuren. Ich wurde ein Schatten, eine Fluchtnarbe, eine drückende Erinnerung.

Meine Cousine hat, als nach dem Zusammenbruch der Sowjetunion der Zugang zu bisher verschlossenen Archiven möglich wurde, bei vielen russischen Dienststellen angefragt und Nachforschungen angestellt. Überall half man ihr freundlich, als man von der Situation hörte – ein junges Mädchen, wie furchtbar traurig, und nein, leider kein Einzelfall, so viele Anfragen in dieser jungen Zeit nach der Perestroika, so viele Vermisste, und unschuldig sind doch immer nur die Kinder. Die Behörden durchforsteten Akten, verglichen Zeugenaussagen, prüften Dokumente, wühlten in vergilbten Listen nach meinem Namen. Es blieb alles vergebens.

Das Lieblingsfoto von mir und meiner Mutter können Sie noch immer sehen. Nutzen Sie das Internet, suchen Sie einfach nach meinem Namen. Sie werden meine Mutter finden, im feinen Kleid, und mich: Im weißen Kleid, mit dunkelroter Schleife im Haar lehne ich mich an sie, an meinen Felsen.

Wenn Ihnen das Foto gefällt und ich deshalb noch ein wenig in Ihrem Gedächtnis weiterklingen werde wie eine traurige Melodie, dann wird mein Name Sie zukünftig gelegentlich an diese eine Gewissheit erinnern, die mit jeder Flucht verbunden ist: Eine Flucht schlägt Wunden in die Seele. Es gibt keine Salben oder Medikamente. Keine Hilfe. Keine Minderung des Leidens. Keine Verjährung. Keine Halbwertszeit. Kein rationales Ausbuchen des emotionalen Verlustes.

Flucht bleibt für immer.

Der vorletzte Aufruf zur Klärung meines Schicksals durch meine Cousine liegt erst einige Jahre zurück. Und der jüngste Aufruf ist dieser, weil noch immer jemand leben könnte, der von mir zu berichten weiß: Wer also kannte meine Mutter Helene Mattulat und mich und war mit uns auf der Flucht in den Jahren 1944 und 1945, wer kann etwas zu unserem Verbleiben mitteilen? Bitte melden beim Autor dieser Erzählung.

DEN PAPST
IN DER TASCHE

„Ach, Sie wohnen in der Prenzlauer Allee? Was für ein Zufall. Da bin ich groß geworden."

„In welcher Ecke denn?"

„In der Knaackstraße, unweit vom Wasserturm."

„Das ist genau bei mir. Ich wohne Nähe Wörther Straße."

„Wörther Straße? Dort bin ich mal von einem Pferdefuhrwerk überrollt worden. Wir hatten darunter gespielt. Autos gab es kaum. Die Straßen waren so breit, ein einziger Spielplatz. Der Kohlenhändler hat uns nicht gesehen, als er anfuhr. Das Rad war eisenbeschlagen, brach mir das Becken, einmal mitten drüber. Ein halbes Jahr lag ich im Gipsbett in der Charité. Da war ich drei Jahre alt, kurz vor Kriegsende."

Ich überschlage die Jahrzehnte und stelle verblüfft meinen Kaffee auf der Tafel ab: „Das war dann also kurz vor Ende des Ersten Weltkriegs, nicht wahr?"

„Allerdings." Kurt, der fast Hundertjährige, lächelt vergnügt.

Wir sitzen an der Geburtstagstafel von Kurts Sohn, umgeben von feiner Dahlemer Gesellschaft, die im Garten der Villa den 70. Geburtstag des Hausherrn feiert. Ich bin eingeladen, weil meine mit dem Gastgeber befreundete Mutter mich als Begleitung auserkoren hat.

Unter ausladenden Platanen sitzen an einer langen Tafel ungefähr 50 Gäste bei Kaffee, Torten und Kuchen. Ein Tag im August, Sonne fällt durch die Blätter über uns und lässt gleißende Punkte auf der weißen Tischdecke tanzen. Das warme Licht fällt auf knochige, vom Gesprenkel des Alters übersäte Finger, die über das Leinen gleiten. Der alte Mann übt eine imaginäre Klavierpartitur: „Früher, als meine Frau noch lebte, habe ich zusammen mit ihr im Duett gespielt, aber das ist schon 20 Jahre her. Jetzt spiele ich noch manchmal mit meinem Sohn.

Aber ich bin ein wenig aus der Übung – und meine Finger waren schon mal geschmeidiger."

Ich bin noch immer fasziniert von seiner Schilderung meines Kiezes aus einer anderen Ära: „Sie haben Kaiserzeit, Weimarer Republik, Drittes Reich und die DDR erlebt."

„Und überlebt."

„Würden Sie mir davon bei Gelegenheit mehr erzählen?"

„Natürlich, gerne. Kommen Sie mich doch mal in Afrika besuchen."

„Wie bitte?"

Er ist amüsiert: „Ich wohne im Afrikanischen Viertel im Wedding. Togostraße, zwischen Sansibarstraße und Transvaalstraße."

„Gerne. Da war ich noch nie. Wie gefällt es Ihnen dort?"

„Es ist meine Heimat, seit mehr als 70 Jahren. 1931 sind wir in den Wedding gezogen. Mein Vater arbeitete in den Borsig-Werken. Alles nicht so schick wie in Dahlem. Aber die Menschen dort sind freundlich. Eine bunte Mischung, und jeder lebt ein bisschen für sich. Zumindest heute. Was soll's, das ist Berlin. Wo wohnen Sie denn?"

Ich stutze und Kurt ist unsicher: „Oder habe ich das schon gefragt? Sie müssen entschuldigen, mein Kurzzeitgedächtnis wird leider immer schlechter." Der alte Mann tippt sich verärgert an die Stirn: „Was vor 50 Jahren geschah, kann ich minutiös schildern. Aber was ich vor fünf Minuten gegessen habe, weiß ich manchmal nicht mehr."

„Sie hatten es bereits gefragt, aber das macht nichts. Ich wohne im Prenzlauer Berg. Und Sie meinten, ich solle sie einmal besuchen."

„Tun Sie das, junger Mann. Dann erzähle ich Ihnen, wie mir der Papst seinen Rosenkranz geschenkt hat."

„Der Papst hat Ihnen seinen Rosenkranz geschenkt?"

„Allerdings. Seinen ganz persönlichen."

„Welcher Papst?"

Kurt will gerade ausholen, als er von seiner Enkelin unterbrochen wird, die unvermittelt hinter uns steht. Sie beugt sich zum alten Mann hinunter, tätschelt seine Schulter und lächelt mich an: „Erzählt er wieder seine uralten Geschichten?"

Kurt strahlt seine Enkelin an und greift nach ihrer Hand.

„Ich weiß nicht, ob es eine uralte Geschichte ist, aber sie fängt gut an", sage ich.

„Er erzählt immer dasselbe. Nicht wahr, Opa? Komm, die Leute wollen, dass du uns zusammen mit Papa etwas vorspielst." Sie zieht ihn aus seinem Sessel, um ihn, der nicht mehr allzu gut zu Fuß ist und nicht mehr allzu gut sieht, auf die Terrasse zu führen, auf der ein Flügel steht. Dort wartet bereits sein Sohn und sie spielen ein mitreißendes Duett von Schumann. Alle Last der Zeit fällt vom Greis ab, seine Finger fliegen über die Tasten.

Doch der Vorrat an musikalischer Energie ist endlich, wenig später ist der alte Herr müde und beginnt, sich von den Gästen seines Sohnes zu verabschieden. Sein Enkelsohn soll ihn nach Hause fahren. Ich bedanke mich bei ihm für das wunderbare Konzert und er kramt aus seiner Sakkotasche eine selbstgebastelte Visitenkarte, die er mir überreicht: „Besuchen Sie mich doch mal auf einen Kaffee."

„Ja, gerne. Ich rufe Sie an."

„Dann erzähle ich Ihnen, wie mir der Papst seinen Rosenkranz schenkte."

„Ich bin gespannt."

Der Enkel kontrolliert Nachrichten auf seinem Smartphone und drängelt zum Aufbruch: „Komm, Opa, ich will los. Ich habe noch eine Verabredung."

Der fast Hundertjährige empfiehlt sich.

Eine Woche später rufe ich Kurt an und wir verabreden uns. Ich besorge Kuchen und fahre ins Afrikanische Viertel. Inmitten der sandfarbenen schlichten Gebäuderiegel finde ich schließlich in der Togostraße die gesuchte Adresse und klingle.

Oben im Haus öffnet sich ein Fenster. Kurt schaut herunter und winkt freundlich. Wenig später stehe ich in der Wohnung des alten Herrn, der sich sichtlich über Besuch freut. Die schlichte und veraltete Einrichtung steht im merkwürdigen Kontrast zur Dahlemer Villa des Sohnes. Ein schmaler Flur, vertäfelt und mit abgehängter Decke. Telefontischchen und Standgarderobe aus den fünfziger Jahren, darüber von allerhand Nippes gesäumte Regale. Eine kleine Küche, in der Kurt Kaffee aufbrüht, Resopal-Ambiente vor einer cremefarbenen Anrichte, in der ich im Porzellansammelsurium nach Tellern für den Kuchen schaue. Im Wohnzimmer wuchtiges Gründerzeitmobiliar vor grünen Plüschsofas, vor dem Balkon ein Schreibtisch, auf dem Familienfotos arrangiert sind. Wir nehmen Platz, essen Kuchen und trinken Kaffee.

„Habe ich Ihnen schon erzählt, wie mir der Papst seinen Rosenkranz schenkte?"

„Nein. Das wollten Sie mir erzählen, beim Geburtstag Ihres Sohnes sind Sie leider nicht mehr dazu gekommen."

Kurt lehnt sich zurück: „Das ist alles schon eine Weile her, wie Sie sich denken können. In den ersten zwei Jahren des Krieges war ich unabkömmlich gestellt, wie man so sagte, weil ich Feinmechaniker war. Doch dann zog man mich ein, zum Afrikakorps von Rommel sollte es gehen, nach Libyen. Alles war besser als Russland, das wussten wir damals schon. Also war ich ganz zufrieden mit meinem Los. Im Sommer 1942 fuhren wir mit dem Zug nach Italien. Von dort sollten wir verschifft werden."

Der Alte nippt an seinem Kaffee: „In Rom hatten wir zehn Tage Aufenthalt, weil alles länger dauerte. Uns kam es vor wie das Paradies. Irgendwann hieß es im Bataillon, dass zwölf Soldaten für eine Audienz beim Papst ausgesucht werden. Vermutlich haben sich alle deutschen Soldaten, die zu der Zeit in Rom waren, beworben. Also musste gelost werden, und ich hatte Glück. Am 14. Juni 1942 hatten wir unsere Audienz beim

Papst. Wir standen in einer Reihe und der Papst wechselte mit jedem von uns einige Worte. Sie müssen wissen, dass Pius XII. hervorragend Deutsch sprach."

Ich nicke: „Davon habe ich gelesen. Er war zuvor Nuntius in München und hat auch einige Jahre in Berlin verbracht."

„Genau!" Kurt nickt lebhaft. „Bis 1929. Mehr als zwölf Jahre hat er in Deutschland gelebt. Wir stehen also da in Reihe vor ihm, und wie er vor mich tritt, fragt er mich, woher ich komme, und ich sage, aus Berlin, Heiliger Vater. Und er sagt, Berlin kennt er gut, wo in Berlin leben Sie denn? Und ich sage, im Wedding, Heiliger Vater. Ah, sagt er, da gibt es doch diesen großen Volkspark, zu meiner Zeit in Berlin angelegt, wie heißt der noch? Sie meinen bestimmt den Volkspark Rehberge, sage ich, der ist ganz in der Nähe meines Elternhauses, Heiliger Vater. Dort blühen jetzt sicherlich die Kastanien, sinniert der Papst. Und dann sagt er, grüßen Sie mir das Berlin des Friedens, das ich kennenlernen durfte. Und ich sage, das will ich gerne tun, Heiliger Vater, sehr gerne, und dabei schaue ich ihn geradeaus an. Und er schaut mich an und dann fragt er mich, ob ich neben Gottes Segen auch seinen Rosenkranz haben möchte, seinen persönlichen, damit ich nur wieder nach Berlin komme, um die Grüße zu bestellen. Und ich sage: Sehr gerne, Heiliger Vater. Daraufhin greift der Papst in die Tasche seiner Soutane, zieht seinen Rosenkranz hervor und legt ihn mir in die Hand mit den Worten: Werden Sie kein Held, bleiben Sie ein Mensch."

Kurt zieht ein Taschentuch hervor und schnäuzt sich: „Ich habe noch manches Mal an die Worte gedacht. Einmal kamen wir unweit von Algier unter Beschuss. Ich warf mich unter einen Laster, umfasste den Rosenkranz in meiner Hemdtasche und betete. Vier Leute unseres Zugs überlebten den Angriff nicht." Kurt nickt nachdenklich und isst ein Stück von seinem Kuchen.

Dann meint er plötzlich: „Möchten Sie den Rosenkranz sehen?"

„Sehr gerne."

„Gehen Sie zum Schrank, in der zweiten Schublade unten links. Dort liegt er in einer Kassettenhülle."

Ich gehe zur Schrankwand, nahezu ehrfürchtig, und finde in der Schublade die Hülle einer zerkratzten Audiokassette. Als ich das schwarze Plastik aufklappe, liegt darin ein unprätentiöses Gebinde aus steingrauen Perlen, vereint durch ineinander verschlungene silberne Kettchen.

„Das ist er? Der Rosenkranz von Papst Pius?", frage ich etwas ungläubig, während die Perlen kühl in meine Hand gleiten.

Kurt nickt, erhebt sich mühsam vom Sofa, stellt sich zu mir und betrachtet den Rosenkranz. Dann sagt er: „Wissen Sie was? Ich schenke ihn Ihnen."

„Vielen Dank, das ist eine große Ehre, aber es ist Ihr Kranz, das kann ich nicht annehmen."

Kurt zuckt mit den Achseln: „Ich bin fast hundert Jahre alt. Meine Familie interessiert sich nicht sonderlich dafür. Weder für den Rosenkranz noch für die Geschichte dahinter."

Ich schüttle den Kopf, lege den Rosenkranz zurück in die Hülle und reiche sie ihm: „Er hat Sie gut behütet, und das soll er weiterhin tun."

Der alte Herr legt die Kassette zurück in die Schublade und setzt sich wieder auf das Sofa.

Wir trinken unseren Kaffee aus und nach einer halben Stunde verabschiede ich mich von Kurt, der lange meine Hand schüttelt: „Besuchen Sie mich bald mal wieder! Ich bekomme so selten Besuch. Wenn Sie das nächste Mal kommen, erzähle ich Ihnen, wie der Papst mir seinen Rosenkranz schenkte."

„Abgemacht, ich komme gerne wieder."

Als ich unten vor dem Haus mein Fahrrad loskette, schaue ich noch einmal hoch zum Fenster. Dort oben steht Kurt und winkt, sein weißes Haar flattert im Wind. Ich winke zurück.

Eine Woche später ruft mich meine Mutter an und teilt mir mit, dass Kurts Familie von meinem Besuch erfahren hat. Man sei erstaunt und auch etwas ungehalten, insbesondere die Enkel, denen sei schon während des Geburtstagsfests die seltsame Vertrautheit zwischen Kurt und mir aufgefallen. Man wäre gerne vorab über meinen Besuch beim Opa informiert worden und wünsche von nun an keine weiteren Besuche im Afrikanischen Viertel. Es rege den alten Mann zu sehr auf. Außerdem klingt an, dass im Raum die Frage stünde, was ich mir denn von meinen Besuchen verspräche.

Ich überlege lange, ob ich Kurt dennoch ein weiteres Mal besuchen werde. Versprochen habe ich es. Doch möchte ich den alten Herrn nicht in die Bredouille bringen, also lasse ich es sein. Als ich zwei Jahre später zufällig in der Nähe des Afrikanischen Viertels bin, mache ich einen kleinen Umweg, um zu Kurts Haus zu fahren. Sein Name steht nicht mehr auf dem Klingelschild. Ich schaue nach oben, als könnte dort jemand ein Fenster öffnen und herunterwinken.

HOTTENTOTTENBUMS

Es gibt wirklich räudige Ecken in Berlin. Hat er schon oft gedacht, wenn er mit seinem Kollegen auf Streife durch Neukölln fährt. Eben standen sie an der Ecke Kienitzer- und Karl-Marx-Straße und warteten auf das Ampelgrün. Er auf dem Beifahrersitz, sein Blick wanderte müde über die Hausmauern mit ihren immergleichen Graffiti. Dazu *ACAB*, *Scheißnazis*, *Türken raus*, hingerotzte Tags, das Berliner Einerlei aus stumpfen Parolen und farbgewordener Idiotie. Plötzlich durchfuhr es ihn. Da hinten hatte jemand alles übersprüht mit einem einfachen Satz, der so klar in meterhohen Buchstaben hervorstand, dass es ihn völlig überrumpelte.

Er las den Satz laut vor und sein Kollege lachte: „Was für ein Schwachsinn."

Für ihn war es Poesie. Deshalb sagte er nichts mehr dazu.

Später, nach der Schicht, sprach er mit seiner Frau darüber, doch auch sie lachte nur. Blöder Kitsch, und wieder schwieg er. Aber er überlegte, seinen Sohn anzurufen, seit langer Zeit mal wieder, um ihm diesen Satz zu sagen, um seine Stimme, seine Meinung zu hören. Er hatte schon nach dem Telefon gegriffen und die Nummer herausgesucht. Es war so lange her, dass sie miteinander gesprochen hatten. Der Sohn lebte in Aachen, mit seinem Lebensgefährten, weit weg von ihm. Er legte das Telefon wieder weg. Über seine Gefühle hatte er nie gut sprechen können.

Vielleicht eine Folge seiner Kindheit? Nein, eher nicht. Seine Eltern waren nicht allzu schlimm gewesen, auch wenn man gelegentlich aufpassen musste; wenn der Alte gesoffen hatte, hagelte es Schellen. Aber das war ziemlich normal gewesen in den siebziger Jahren in der Rollbergsiedlung. Irgendwann hatte es der Mutter gereicht und sie hatte sich scheiden lassen. Sein Vater war vor einigen Jahren verstorben. Kontakt hatte er da schon lange nicht mehr zu ihm gehabt. Es war ohnehin immer dasselbe Lamento gewesen, das er von ihm zu hören bekommen hatte. Sein einziger Sohn, nur ein Streifenpolizist, schuftet in einer heruntergekommenen Wache, ein Loser, der von allen aufs Maul bekommt. Das war dem Vater, der selbst nach seinem verkorksten Jurastudium Rechtspfleger geworden war, viel zu wenig gewesen.

Verschlossen war er als Kind. Hatte immer alles mit sich selbst ausgemacht. Später, als es Zeit wurde, hatte er sich ein Mädchen ausgesucht, das nicht dauernd über Befindlichkeiten quatschen wollte. Kennengelernt hatte er sie bei einem Jazzabend in der Eierschale, Podbielskiallee. Ausgerechnet beim Jazz, seiner Lieblingsmusik, für die ihn alle verlachten. Jazz hören nur Klugscheißer und Schwuchteln, hatten sie gehöhnt, wer von denen bist du? Ihm war es egal. Die Musik berührte ihn, dort im Innern, wo kaum etwas anderes hinkam. Sein Vater hatte gesagt, Jazz sei Negermusik, Hottentottenbums, aber was wusste der schon, der kannte nur Ernst Mosch.

Dizzy Gillespie und Miles Davis waren seine Idole. Gillespie hatte er sogar einmal live erlebt, 1985 war das, Jazzfest Berlin. Was für ein Auftritt! Das Blitzen der Trompete im Scheinwerferlicht. Das Glitzern der Schweißperlen, die den Musikern über ihre Gesichter liefen, während aus ihren Instrumenten Göttlichkeit perlte. Vielleicht hätte er doch Trompeter werden sollen.

Einmal nur hatte er selbst eine Trompete in den Händen gehalten. Lange war das her, damals, als er mit anderen Jugendlichen nachts Kleingartenkolonien durchstromerte, wo sie verlassene Hütten aufbrachen. In einem der Häuschen hatte in einer Kiste eine Trompete gelegen. Er war wie im Rausch, legte seine Finger um das Instrument, als hätte die feine Muskulatur ihr Leben lang nichts anderes gehalten, und setzte an. Nahezu spielerisch, mit ungeheurer Leichtigkeit entlockte er dem Goldmessing wunderschöne Töne. Es hatte seine Freunde überrascht. Dann hatten sie ihm das Instrument entrissen.

Bist du bescheuert, hier so einen Krach zu machen? Kichernd waren sie durch die Laubenpiepergänge geflohen.

Danach hieß es, Mensch, du hast ja Talent, hat gar nicht schlecht geklungen. Möglicherweise wäre er ein richtig guter Musiker geworden. Doch der Mut hatte gefehlt. Der Polizeidienst war ihm naheliegender erschienen.

Dann heute dieser Einsatz in der Blaschkoallee.

Eigentlich ein Routineeinsatz. Eine Person, die in ihrer Wohnung randalierte, wohl unter Rauschmitteleinfluss. Die Nachbarn hatten 110 gerufen. Als sie vor besagtem Haus eintrafen, zerschellte ein Fernseher vor ihren Füßen, splitterndes Plastik, tausend Scherben der Bildröhre über Asphalt und Schuhen. Sie stürmten nach oben zur Wohnung. Auf dem Klingelschild stand lediglich ein Vorname, Vera. Die Tür war offen. Im Wohnzimmer fanden sie einen Mann mit flackernden Augen, der wie eine Frau frisiert, geschminkt und gekleidet war. Ein elegantes Kostüm, die Bluse offen und etwas derangiert, sodass ein Büstenhalter aus schimmernder Seide sichtbar war. Keine Reaktion auf die Ansprache durch ihn und seinen Kollegen, ganz im Gegenteil, jetzt flogen Bücher durch das Fenster auf den Gehweg, ihnen blieb nichts übrig, als unter Verweis auf Paragraph 35 StGB Handschellen anzulegen.

„Wir nehmen Sie jetzt in Gewahrsam“, raunzte sein Kollege. Zu dritt ging es durchs Treppenhaus, nach unten und auf den Rücksitz des Streifenwagens. „So.“ Der Kollege schmiss die Wagentür zu. Das, was an Hausrat auf dem Fußweg gelandet war, räumten sie behelfsmäßig beiseite. „Immer diese Freaks! Da drüben ist ein Kiosk. Ich hol mir schnell einen Kaffee. Für dich auch einen?“

„Nein, danke.“

„Bin gleich wieder da.“

Während sein Kollege entschwand, setzte er sich auf den Beifahrersitz und fixierte im zweiten Innenspiegel die Rückbank. „Sind Sie Vera?“

Vera nickte.

„Was war los bei Ihnen, Vera?"

Vera schwieg. Er musterte sie verstohlen. Bemerkte ihre gepflegten Hände, ihre manikürten Nägel, ihre schlanken Arme. Veras Lippen waren dezent geschminkt. Er fand sie attraktiv.

„Ich weiß, warum Sie so schauen."

„Ich schaue nicht."

„Doch. Schon oben in der Wohnung haben Sie das getan."

„Ich tue nur meine Arbeit."

Vera drehte den Kopf zum Fenster: „Sie schauen mich die ganze Zeit an, weil Sie so sind wie ich. Weil Sie gerne so sein möchten wie ich."

„Unsinn!", antwortete er schroff.

„Sie waren so vorsichtig mit den Handschellen. Sie haben mein Kostüm befühlt, fast gestreichelt. Außerdem haben Sie auf meine Wäsche gestarrt. Nicht auf meinen Körper, nein, auf die Wäsche, als würden Sie sie selbst besitzen wollen, tragen wollen. Ihr Kollege war grob. Sie waren sanft."

Er schwieg.

Der Kollege kam mit dem Kaffee und wuchtete sich hinter das Lenkrad: „Na, alles klar hier?"

Vera sagte: „Alles bestens. Wir haben uns über Damenunterwäsche unterhalten."

Der Kollege lachte auf.

Er hörte sich selbst grummeln: „Lass die blöde Transe doch reden."

Am Abend legte er eine Platte von Gillespie auf, während er vor dem Spiegel im Bad stand und seine Augenbrauen zupfte. Gillespie sang *Something in your smile, something in you is rich and rare, and there is something more, something in you …* Er summte die Melodie mit, und als er sich dabei im Spiegel zulächelte, fasste er wie selbstverständlich den Entschluss.

Am nächsten Morgen stand er zur Frühschicht auf, die um viertel vor sechs begann. Er rasierte sich, zog sich an und fuhr zu seinem Abschnitt. Einige Kollegen seiner Wache waren bereits im Umkleideraum, ebenso sein Streifenpartner. Man wünschte sich einen guten Morgen, und während er seine Jacke in den Spind hängte und seine Schuhe auszog, sprach man über die letzten Tage, den schweren Autounfall auf der Sonnenallee, den gesprengten Automaten in der Germaniastraße. Als er seine Jeans abstreifte und darunter, von einem zarten Gürtel gehalten, rote Nylonstrümpfe und ein Seidenslip zum Vorschein kamen, verstummten die Gespräche. Er knöpfte sein Hemd auf. Im gleichen Rot leuchtete sein Büstenhalter aus feiner Spitze. Er zog sein Uniformhemd an, die Jacke, Hose, Gürtel und Schuhe. Routiniert kontrollierte er seine Pistole und verstaute sie im Halfter. Sein Blick hatte Wichtigeres zu tun, als die Mienen seiner Kollegen zu mustern.

Im Streifenwagen verbrachte er eine schweigsame Schicht. Manchmal spürte er, wie sein Kollege ihn betrachtete. Nicht auf blöde Art, eher teilnahmsvoll. Kein Wunder, seit mehr als acht Jahren verbrachten sie ihre Schichten gemeinsam.

Dann fragte der Kollege doch: „Warum hast du nie was gesagt? Willst du darüber sprechen?"

„Vielleicht ein andermal."

„Ich hatte mir schon mal Gedanken gemacht, auch wegen deiner Augenbrauen. Aber das ist ja ein Ding heute, mit deiner Wäsche."

„Lass gut sein."

Sie fuhren schweigend weiter.

Als sie um viertel vor zwölf wieder die Wache erreicht und das Fahrzeug im Hof abgestellt hatten, sprach ihn der Dienstgruppenleiter auf dem Flur an. Er habe da was von den Kollegen gehört und ob er einen Moment Zeit hätte? Der Chef der Inspektion sei auch da.

Im Büro baten ihn der Dienstgruppenleiter und sein Vorgesetzter, ein Polizeioberrat, Platz zu nehmen. Einen Kaffee vielleicht? Oder lieber ein Wasser oder beides? Natürlich, jeder habe sein Recht auf Privatsphäre. Aber habe er vielleicht Probleme, bei denen er Unterstützung bräuchte? Auch der Personalrat könne bestimmt helfen. Man habe vollstes Verständnis für seine Situation, aber er müsse auch die Kollegen verstehen. Vorbildfunktion und Vertrauen und so. Vielleicht wäre eine Auszeit gut, ein Urlaub, damit er sich besinnen könne? Eine Krankmeldung, auch für länger, alles kein Problem. Oder eine Versetzung?

Während man auf ihn einredete, drifteten seine Gedanken ab. Er starrte auf die Kaffeetasse, die unberührt vor ihm auf dem Tisch stand. Vielleicht würde seine Frau die Scheidung einreichen. Andererseits, vielleicht würde sie auch bei ihm bleiben. Sie mochten sich ja, irgendwie. Er könnte seinen Sohn anrufen. Ja, das würde er heute bestimmt noch tun.

Er dachte an Vera, an Dizzy, an sein Leben, und dann unvermittelt an den Schriftzug, der in der Kienitzer Straße die Graffiti verdeckte. Und während er sich so leicht fühlte wie nie zuvor in seinem Leben, dachte er, ja, dieser eine Satz, der stimmt, man muss es nur erkennen, man muss unerschrocken nach dem Schönen leben und nach dem Wahren streben, dann gilt es: *Die ganze Stadt ist voller Glitzer.*

ANGELEGENHEITEN BEDACHT GEWÄHLTER WORTE

Erzählt sei die Geschichte des jungen Arztes Maximilian van Mechow, der am 23. September 1891 in der Pathologie der Berliner Charité eine dem Befund nach unerklärliche innere Leichenschau durchführte.

Van Mechow obduzierte den Körper eines Wilddiebs und Mörders, der kurz zuvor im *Landarbeits- auch Zucht- und Irrenhaus* von Altstrelitz verstorben war. Wie dem Bericht des überstellenden Gefängnisarztes zu entnehmen war, sei der Wilderer Hanke plötzlich während des Hofgangs zusammengebrochen und habe, die Hände in seine Nierengegend gepresst, derart vor Schmerzen geschrien, dass man zunächst an ein gespaltenes Gemüt gedacht habe. Später, als die Kräfte ihn verließen, habe Hanke, bezeugt von zwei Wärtern, Verse in einer nicht verständlichen Sprache gemurmelt. Gleichzeitig habe Hanke begonnen, stark aus den Augen zu bluten. Wohl an diesem Blutverlust, vielleicht aber auch durch verborgene Geschehnisse *in corpore*, sei er schließlich am selben Tage in der Abendzeit verstorben. Man sei zwar, aufgrund der vielgestaltigen Gebrechen der Insassen des eigenen Hauses, mit den Abwegigkeiten menschlichen Irrsinns hinreichend vertraut, doch sei der Fall insgesamt so ungewöhnlich, dass man um die profunde Expertise der Doctoren und Excellenzen des Königlichen Charité-Krankenhauses zu Berlin bitte, dies umso mehr, da einige Wochen zuvor auf nahezu identische Weise das Leben des Wilderers Schwarz geendet habe. Schwarz, der Spießgeselle Hankes, habe ebenfalls und aufgrund des gleichen Deliktes – dem gemeinschaftlich begangenen Mord an Hegemeister Breuker aus der Herzoglichen Domäne Teschendorf, so geschehen im Sommer 1886 am Wanzkaer See westlich von Blankensee – in selbigem Altstrelitzer

Zuchthaus eingesessen. Der Wilderer Schwarz sei bereits beerdigt, doch jener zweite Todesfall in nunmehr kurzer Zeit habe zu großer Nervosität im Zuchthaus geführt. Umso dringlicher und unter Versicherung des allerhöchsten Respekts gegenüber den Ärzten aus der Reichshauptstadt sei das Ansinnen um kollegiale Unterstützung zu verstehen, von der man sich eine medizinische Erklärung erhoffe.

Van Mechow dachte an das umständliche Schreiben und besah sich den aufgebahrten Leichnam genauer. Aufgrund der gelblich braunen Haut des Toten vermutete er ein Versagen der Nieren. Er öffnete den Leib und durchtrennte mit einer Säge Brustbein und Rippen. Mit großer Sorgfalt entnahm er die inneren Organe sowie die großen Gefäße und betrachtete sie. Der Befund war *in toto* unauffällig, bis er zu den Nieren vordrang.

Er rief seine Kollegen, die in die Bauchhöhle des Wilderers schauten und sich bekreuzigten. Hankes Nieren waren verbrannt. Kohleartig trocken und schwarz staubend zerfielen sie unter den behutsamen Händen van Mechows.

Später, als die erschrockenen Kollegen längst den Obduktionssaal verlassen hatten, öffnete van Mechow den Schädel des Verstorbenen und stellte fest, dass der Sehnerv von der Netzhaut getrennt war, aber nicht sauber, sondern als sei er mit stumpfer Kraft abgerissen worden. Der Glaskörper selbst war unversehrt geblieben, ebenso die ihn umgebende *Uvea* sowie die *Tunica interna bulbi.*

Van Mechow, von gesegneter Nervenstärke und nicht übermäßig von den vielfältigen Abgründen menschlichen Sterbens erschüttert, verfasste ein Schreiben an den zuständigen Arzt des *Landarbeits- auch Zucht- und Irrenhauses* von Altstrelitz, das aufgrund des darin festgehaltenen erratischen Befunds solcherart Wellen schlug, dass das Documentum den Weg auf den Schreibtisch seines obersten Dienstherrn, Rudolf Virchow, fand. Dieser bat persönlich noch einmal um einen Vortrag der sonderbaren Ergebnisse und ließ später die derart auffälligen

Präparate – zwei von innen heraus zerstörte *Nervi optici* und zwei Briefchen Asche – seiner pathologisch-anatomischen Sammlung zuführen, wo sie bis zum heutigen Tage bestaunt werden können. Die inneren Verletzungen des Wilderers Hanke blieben unerklärlich.

Mehr als zwei Jahrzehnte nach der Obduktion wurde van Mechow an den seltsamen Tod des Wilderers erinnert, als er – mittlerweile zum ärztlichen Direktor einer Klinik in Potsdam berufen, glücklich verheiratet und mit fünf Kindern gesegnet – an einem Wochenende im September 1912 anlässlich einer Gesellschaftsjagd südlich des Tollensesees verweilte. Obgleich seit Wochen von einem fiebrigen Infekt geplagt, hatte er sich dieses Jagdvergnügen nicht nehmen lassen wollen.

Man hatte eine fabelhafte Strecke von Rehen und Schwarzwild verblasen, und als man abends im Liepser Schlösschen zu Prillwitz in waidmännischer Eintracht und großer Runde zusammensaß, mit Treibern und Jägern bei deftigem Eintopf mit viel Einlage und dazu Selbstgebrautem, kam das Gespräch auf das Metier des Försters, der beständig gewahr sein müsse, seinem Erzfeind, dem Wilderer zu begegnen. Jeder wusste ein Schurkenstück zu berichten, und van Mechow dachte an den einen Wilderer, den er vor langer Zeit obduziert hatte. Überraschend klare, aber deswegen nicht weniger unangenehme Erinnerungen stiegen in ihm empor wie Fäulnisgase im Sumpf. Den Förster Uhland zu seiner Linken, einen gestandenen Reviermann mit ehrlichem Blick, fragte er also: „War es nicht hier in dieser Gegend, dass einmal ein Hegemeister namens Breuker zu Tode kam durch die Wilderer Hanke und Schwarz?“

Förster Uhland zuckte zusammen: „Ja, in der Tat. Es ist erstaunlich, dass Sie sich daran erinnern. Breuker hatte den beiden lange nachgestellt, damals, und war ihnen hart auf den Fersen. Deshalb brachten sie ihn um.“ Uhland lehnte sich näher an van Mechow. „Aus dem Dorf hieß es, man habe in jener Nacht im Norden ein kaltes Licht aufblitzen sehen und es gleich für ein schlechtes Zeichen gehalten."

„Es wird ein Wetterleuchten gewesen sein."

„Aber es gab weit und breit kein Gewitter."

Van Mechow winkte ab: „Es sind Dörfler, gefangen in ihrem Aberglauben. Man sollte nicht zu viel hineinlesen. Wie genau kam Breuker durch die Wilderer zu Tode?"

„Aus dem Hinterhalt schossen sie ihm mit einem Drilling eine Ladung Schrot in die Nieren."

Van Mechow beugte sich nach vorn: „In die Nieren, sagen Sie? Das ist interessant. Wissen Sie, der Zufall wollte es, dass ich einen der beiden Mörder zur Obduktion auf den Tisch bekam. Daher ist mir der Fall vertraut. Hanke starb an vollends zerstörten Nieren. Schwarz soll auf ähnliche Weise zu Tode gekommen sein."

Förster Uhland griff, kaum überrascht, zum Schnapsglas: „Nun, so ist es wohl die gerechte Strafe. Es waren rohe Gesellen. Wie die Tiere hausten sie in ihrer Kate im Wald, hier ganz in der Nähe. Gelegentlich tauchten sie im Dorf auf, drangsalierten die Bauern, stahlen Essen oder belästigten die Frauen. Notorische Verbrecher, das waren sie. In Groß Nemerow haben sie ein Hausmädchen auf obszöne Weise genötigt und fast zu Tode gewürgt, dabei war es noch ein Kind. In Stargard nagelten sie junge Katzen an einen Staketenzaun. Den Pastor von Möllenbeck knüppelten sie nieder. Seine Ziegen und Hühner haben sie erschlagen, aus purer Lust am Töten."

„Ohne dass sich jemand dagegen gewehrt hätte?"

Der Förster schwieg eine Weile, das Thema schien ihm nicht zu behagen.

Van Mechow beschloss, nicht zu insistieren, doch Uhland meinte schließlich: „Es ist schon lange her. Die Menschen hatten Angst. Und sie haben noch immer Angst."

„Wovor? Hanke und Schwarz sind längst tot."

Förster Uhland schaute van Mechow mit prüfendem Blick in die Augen: „Der Hanke behauptete damals, er sei im Besitz des sechsten und siebenten Buches Mosis."

„Tatsächlich?" Van Mechow verzog belustigt das Gesicht. Davon hatte er schon einmal zu seinen Studienzeiten gehört. Die Bücher galten als verrufene Grimoires okkulter Sprüche, ein kabbalistisches Vielerlei und satanisches Traktat, eine entfesselte Magie der Worte. Aus dem Mittelalter sollten sie stammen, doch sie könnten angeblich noch viel älter sein, vielleicht stamme der Inhalt gar aus den *Papyri Graecae Magicae* des vierten Jahrhunderts. Damals, im akademischen *circulum*, hatte es geheißen, mit dem sechsten und siebten Buch Mosis könne man Krankheiten heilen, Frauen schwängern, Wollust wecken und Feinde verfluchen.

Förster Uhland war das Amüsement des Doktors aus Potsdam nicht entgangen, doch er blieb ernst: „Es gibt niemanden mehr bei uns im Dorfe, der darüber lacht, Herr van Mechow."

„Verzeihen Sie, ich wollte nicht respektlos erscheinen."

„Fritz Breuker, der Sohn des alten Hegemeisters, hat endlich als junger Forstanwärter die Mörder seines Vaters im Ziemenbachtal verhaften können."

„Und so kamen die beiden ins Zuchthaus von Altstrelitz."

„So ist es. Allerdings erzählt man sich, dass der junge Breuker über das allzu milde Urteil des Güstrower Schwurgerichts sehr erbost war. Die Hinrichtung mit dem Beil hatte er den Mördern seines Vaters sprichwörtlich an den Hals gewünscht. Doch Hanke und Schwarz beriefen sich darauf, dass sich der Schuss versehentlich gelöst habe."

„Aber hinter Schloss und Riegel kamen die beiden allemal. Trotz ihrer okkulten Wunderbücher."

„Das schon. Doch –"

„Doch?"

„Ich weiß nicht recht, ob es gottgefällig ist, über solche Dinge zu sprechen."

„Ich bitte Sie, erzählen Sie!"

Förster Uhland stürzte sein Glas, winkte der Bedienung für ein Neues, schaute den Arzt aus Potsdam lange an und seufzte schließlich: „Dort, wo es an Ausleuchtung mangelt, sprießen Fragen wie Pilze in einer feuchten Sommernacht, nicht wahr? So will ich Ihnen etwas Helligkeit verschaffen, auch wenn nicht alle Geschehnisse aufgeklärt werden konnten. Viel Hörensagen ist dabei."

„Nun, Gerüchte haben oft einen wahren Kern."

Förster Uhland nickte nachdenklich: „Man erzählt sich, dass Fritz Breuker dem Hanke das sechste Buch Mosis abgenommen hat, welches dieser in seiner Tasche bei sich trug."

„Unvorsichtig von Hanke, ein solcher Schatz – düster zwar! – einfach in der Tasche."

„Durchaus, vor allem wenn man das seltsame Sterben der Förstermörder im Altstrelitzer Zuchthaus betrachtet. Auch wir haben davon gehört. Bei uns im Dorf denkt seit diesen Tagen jeder, dass der junge Breuker sich in den alten Sprüchen versucht hat." Der Förster senkte die Stimme: „Angeblich hat ihm der alte Apotheker aus Punschendörp geholfen, die Zutaten für einen Zauber zu besorgen. Im Gegenzug hat ihm der Fritz wohl versprochen, dass er ihn mithilfe des Buches von der Französischen Krankheit befreien würde."

„Von der Lues? Wie soll er das angestellt haben? Das ist schlicht unmöglich."

Jetzt flüsterte der Förster nur noch, obwohl niemand ihrer Konversation folgte, im Gegenteil, die Umsitzenden stimmten in prächtiger Laune ein Loblied auf den heiligen Hubertus an, sodass van Mechow die Worte des Alten kaum mehr verstand: „Man muss sich eingraben. Bis zum Hals muss man nackt und eine Nacht lang in Pferdeäpfeln stehen."

„Und dann?"

„Dann, heißt es, sei es eine Angelegenheit bedacht gewählter Worte."

„Aha." Van Mechow schwieg, wider Willen beeindruckt.

„Worte, die in eben jenen Büchern stehen", nickte Uhland bedeutungsschwanger und schien sehr zufrieden, nun in van Mechows Schweigen einstimmen zu können.

Weil die Neugier im Potsdamer Doktor aber zu stark war, fragte er weiter: „Hat das Sprüchlein beim Apotheker gewirkt?"

Förster Uhland kratzte sich am Bart: „Vielleicht. Angeblich zeugte er noch im hohen Alter ein Kind mit der buckligen Magd des Nachbarn, gepriesen als Wunder des späten Augustsaftes. Sie wissen ja, man erzählt sich vieles. Und das klaffende Syphilitenloch auf seinem Nasenrücken sei auch verschwunden."

„Das ist mehr als erstaunlich! Man müsste ihn der Charité vorstellen!"

„Er lebt nicht mehr, er starb vor einigen Jahren."

„Und der junge Breuker?"

„Auch er ist tot."

„Woran starb er?"

Wieder rückte Uhland näher: „Sei er gewiss, ich bin selbst kein abergläubischer Mensch. Auch meine Mutter war es zeit ihres Lebens nie. Doch sie sagte mir, dass Breukers Grimoire, so er es dem Wilderer denn wirklich abgenommen hat, ein Buch ist, das man nicht anfassen sollte. An diesem Buch ist nichts Gutes und wer die Schöpfung versucht, wer namenlose Kräfte weckt, sie beschwört und binden will, muss immer damit rechnen, dass jene Kräfte sich gegen den Recitator selbst richten."

„Was ist mit dem jungen Breuker geschehen?"

„Gott steh mir bei, er war sicherlich nicht mit jener tiefen Verkommenheit der Seele ausgestattet, die es braucht, um die nötigen Formeln mit genügender Inbrunst auszustoßen."

„Was soll das bedeuten?"

„Er hat sich vor neun Jahren umgebracht", wisperte Förster Uhland. „Lange Jahre bekamen er und seine Frau keine Kinder, obwohl sie sich sehnlichst eines wünschten. Dann, plötzlich, brachte die Frau innerhalb nur einen Jahres zwei Jungen tot zur Welt."

„Weiß man, warum es Totgeburten waren?" Das professionelle Interesse van Mechows blitzte auf.

„Ihnen fehlten die Köpfe."

Der Doktor schwieg.

„Breuker erschoss sich mit der Jagdwaffe seines ermordeten Vaters."

„Eine Tragödie", merkte van Mechow erschüttert an und konnte sich wiederum nicht bezähmen: „Hat man denn das sechste und siebente Buch Mosis je bei ihm gefunden?"

Nur kurz sträubte sich der Förster: „Wir zogen dem Toten ein zerlesenes Pamphlet aus der Tasche, voll wüster Kritzeleien, Rezepturen und Versen, gebunden in rotes Leder. Es war nur der erste Teil vorhanden, also das sechste Buch. Ein Knecht, der es mit seinen Fingern berührte, erlitt eine Blutvergiftung in der Hand."

„Zufall. Die Sepsis ist die Berufskrankheit der Knechte wie der Gerber. Gibt es das Buch noch?"

„Nein. Wir suchten eine Schaufel, trugen es damit in den Kirchhof und verbrannten es dort."

Van Mechow war gebannt von den Schilderungen, die seinem Streben nach der Vernunft aller Dinge so sehr zuwiderliefen: „Und das siebente Buch Mosis? Wo ist es verblieben?"

Förster Uhland hob abwehrend die Hand: „Befassen Sie sich nicht damit. Es wird Ihnen kein Glück bringen. Niemandem hat es Glück gebracht."

„Hat man das fehlende Buch gefunden?"

„Nein. Es hat auch niemand danach gesucht."

Van Mechow überlegte. „Wo genau befand sich denn die Kate der Mordbuben? Sie sagten, es sei hier ganz in der Nähe gewesen?"

„Ich kann nicht einmal sagen, ob der Unterschlupf heute noch als solcher zu finden wäre, aber ja, er lag nicht weit von hier, gerade über die Lieps hinweg auf der Halbinsel Nonnenhof am Nordufer, wohl am Bacherswall. Aber Sie sollten nicht dorthin gehen, Herr van Mechow. Es ist kein guter Ort. Unweit spukt es über den Gräulichen Gruben, wo man früher die Pesttoten ablud. Und angeblich stand dort vor ewigen Zeiten Riedegost, die Tempelburg der Slawen. Es heißt, dass dort nicht einmal Vögel brüten."

Van Mechow winkte ab: „Seien Sie beruhigt. Ich bin ein Mann der Wissenschaft, nicht des Hokuspokus."

Der alte Förster wirkte erleichtert, und später, als die Herrschaften infolge des zugesprochenen Alkohols müde wurden, verabschiedeten sie sich herzlich voneinander und zogen sich in die Schlafräume des Schlösschens zurück.

Am nächsten Morgen erwachte van Mechow früh. Die Kutsche zur Bahnstation in Blankensee würde nicht vor Mittag eintreffen, die Stunden drohten lang zu werden, und so erwachte ein Plan im umtriebigen Kopf des Doktors. Er konnte, entgegen seiner Worte des Vorabends und entgegen seiner hartnäckigen Erkältung, der Neugier nicht widerstehen.

Ohne zu wissen, was ihn in der sicherlich längst verfallenen Kate der Wilderer und Mörder erwarten würde, so er sie überhaupt entdecken sollte, begab er sich auf den Weg. Die Sonne schob sich schnell am Himmel aufwärts, ihm wurde warm. Auch merkte er das leichte Fieber seines Katarrhs, das ihn nicht loslassen wollte, sodass er zu schwitzen begann. Zwischen Kiefern hindurch führte ihn ein Pfad am Ufer entlang, ein Gürtel aus mannshohem Schilfgras, das gelegentlich von modrigen Stegen durchbrochen war, verbarg den Wanderer. Im Rund breitete sich die Lieps vor ihm aus, das Inselchen Kietzwerder zu seiner Rechten ließ er schnell hinter sich. Die Wiesen waren aufgeweicht, leise gurgelte es unter seinen Schritten. Mücken ließen sich auf van Mechow nieder und versenkten ihre Stachel in seiner Haut, über ihm, in den Spitzen des Röhrichts, wippten Rohrkolben im Spiel der Windböen, umschwirrt von Libellen.

Bachstelzen und Kiebitze riefen ihm, unsichtbar im Dickicht, aber aufgebracht ob der Störung, ihre Beschimpfungen zu, eine aufgescheuchte Blässralle fügte ihren wütenden Schrei hinzu. Verfolgt von einer Schar zerzauster Küken, verschwand sie mit ihrer Brut rasch wieder in Binsen, Schwertlilien und Kalmus. Frösche glitten von Seerosenblättern. Einige Male war van Mechow, als sei hinter ihm ein Geräusch zu vernehmen, ein Knacken von Zweigen, das Rascheln alter Blätter. Doch wenn er innehielt, so war weder etwas zu sehen noch zu hören.

Also ging er weiter, bis er den Alten Graben erreichte, hinter dem sich die Halbinsel anschloss. An einer seichten Stelle überquerte er den Graben und wanderte am Ufersaum entlang zur Spitze der bewaldeten Landzunge.

Doch so lange er auch jenseits des Schilfs suchte, er konnte keine Kate entdecken. Also zwängte er sich weiter durch das Unterholz, das nordwärts in eine Senke führte, und als er wieder leichter vorausschreiten konnte, wurde es still. Vögel verstummten, sogar das Spiel der Wellen verlor sein Glucksen und der Wind raschelte nicht mehr in den Blättern. Plötzlich fuhr zwischen den Bäumen hindurch ein gleißender Strahl in seine Augen. Ihm war, als tropfe Licht schmelzend an den Zweigen herunter, es fiel auf seine Schultern und wurde ihm zu einer Angst, die ohne Namen war. Etwas strich vor ihm über seinen Weg, kaum mehr als ein Schemen, und berührte ihn eisig an der Brust. Van Mechow erschrak heftig. Er geriet ins Stolpern, hielt sich an einem jungen Trieb fest, der nachgab und ihn stürzen ließ. Er rollte die Senke hinab und schlug hart mit dem Kopf auf.

Als van Mechow wieder zu Bewusstsein gelangte, bemerkte er, dass er in einem Geviert verrotteter Balken lag, umgeben von totem Schilf, das wohl einmal zu Reetgarben gebunden gewesen war. Seine Stirn blutete, sein Kopf musste gegen den einzigen Stein inmitten des modernden Holzes geschlagen sein. Als er den Brocken wütend wegstieß, gab dieser nach. Seine

Hand glitt ab, rutschte in eine Vertiefung unter dem Stein und er fasste in eine graue Masse feuchten, halb zerfaserten, halb zerfressenen Papiers.

Van Mechow sprang auf, wischte seine Hand voll Ekel an seinem Mantel ab und rannte, aus dem Augenwinkel noch den Farbstich roten Leders erkennend, zum Forsthaus zurück. Dort verband man seinen Kopf. Später brachte ihn der Kutscher zum Bahnhof. Gegen Abend erreichte er sein Zuhause.

Seine Frau erschrak ob der Kopfverletzung, doch van Mechow winkte nur erschöpft ab, eine oberflächliche Schramme, kein Grund zur Besorgnis, und ging zu Bett. Am nächsten Morgen drängten die Kinder ins elterliche Schlafzimmer, um nach dem Befinden des werten Herrn Vaters zu schauen, doch van Mechow wachte nicht mehr auf. Man führte sein Ableben auf allgemeine körperliche Überlastung und ein zu lange verschlepptes Lungenleiden zurück.

Seine Witwe ließ eine Traueranzeige veröffentlichen, und sie entschied sich für einen Bibelvers aus dem zweiten Buch Mose. Kapitel 23, Vers 20: *Ich aber will einen Engel vor dir einhergehen lassen um dich unterwegs in meine Hut zu nehmen und ich will dich mit einem Licht an die Stätte geleiten, die ich festgesetzt habe.*

I TASTED FREEDOM AND I LIKED IT

Barrakuda fällt mir immer dann ein, wenn ich versuche, mich an die Zeit zu erinnern, als ich meine Ideale nicht nur liebte, sondern lebte. So um 1980 muss das gewesen sein, im Hochsommer. Mal unter uns, um ganz ehrlich zu sein, danach kam ja nicht mehr viel von mir.

Damals geht mir Beate so dermaßen auf den Sack mit ihrer schlechten Laune und ihren Fressattacken. Wenn sie nicht den Kühlschrank plündert, leidet sie unter Migräne. Sie hat die gesamte Wohnung verdunkelt, so, dass ich gegen Möbel laufe. Von unserer Tour habe ich ihr nichts erzählt. Zu viel Gezeter, das braucht kein Mensch.

Als ich am Morgen meinen Rucksack packe, die Kabel zusammensuche und meinen Ibanez Blazer im Case verstaue, steht sie in der Tür und fragt, während draußen mehrfaches Hupen ertönt, was das hier werden soll. Ich sage: „Ich bin weg. Ich gehe mit den Jungs auf Tour." – „Du willst mich hier alleine lassen mit dem Baby und den Kopfschmerzen?" – „Ja." – „Du bist ein Arschloch." – „Ich tu's, um Geld zu verdienen."

Sie schnauft höhnisch: „Na klar. So wie ihr sauft, wirst du Geld mitnehmen müssen." – „Wenn du meinst." – „Wann kommst du zurück?" – „Weiß nicht, in zwei Wochen oder so." – „Brauchst gar nicht mehr wiederkommen." – „Auch okay."

Ich gehe in den Flur, ziehe meine Boots an und die Tür hinter mir zu. Ich höre noch, dass sie zum Kühlschrank watschelt und dort die Tür quietscht, dann bin ich weg.

Unten auf der Straße steht unser Bedford Blitz, schwarz, grün und lila besprüht mit dem Schriftzug unseres Bandnamens. Die Angefassten Bulletten, Bulletten mit doppeltem L, das sind wir. Hinter dem Lenkrad hockt Desperado, unser Gitarrist.

Auf dem Beifahrerplatz die blonde Wuschelmatte vom schmächtigen Funghi, Sänger und Texter unserer Notenanarchie. Die Rückbänke des Transporters fehlen, wie immer, damit wir Platz für Equipment und Matratzen haben. Zwischen Verstärkern, Boxen, Drum Cases, Kabeln und Bierkästen hockt Chris und grinst. Er ist mit 27 Jahren unser Ältester, Gründer und Schlagzeuger unserer Band, Antichris genannt.

Wer wie wir aus einem Kaff bei Greven kommt, für den ist der Pott das Land von Manna und Ekstase. Die A 43 ist unsere Aorta, über die wir uns das Adrenalin ins Leben pumpen.

Nach einer Stunde Fahrt sind wir da. Antichris hat hier und da angerufen und eine Handvoll Gigs klar gemacht. Unser erster Auftritt ist in Gelsenkirchen, in einem Kulturzentrum im Lörenkamp, wir schieben uns mit unserem Zeug durch die feiernde Menge. Wir sind spät dran, die Vorgruppe steht bereits auf der Bühne, eine lokale Truppe, die sich Schmierblutung nennt. Die Frontfrau trägt Glatze und Springerstiefel, die Beine in zerrissenen Strumpfhosen, obenrum eine offene Karoweste, darunter nix außer großen Brüsten. Sie steht starr auf der Bühne, als hätte man Zimmermannsnägel durch ihre Sohlen getrieben, schreit ihre Texte von verwesenden Bankern in das Mikrofon und kippt dabei Steinhäger aus der Betonbuddel. Ungefähr hundert Punks zucken vor der Bühne mit den Köpfen, ganz vorn wogt in den harten Riffs kreischender Stromgitarren unser aller Pogo. Rückkopplungen stechen mit Messern in unsere Ohren, ein Wirbel von explodierenden Rimshots hämmert auf die Trommelfelle.

Berauscht bauen wir in der Pause unser Set auf, aus den Boxen über uns wummern die Stiff Little Fingers, die guten alten Songs vom *Inflammable Material.* Unser Gig ist purer Furor. Wir spielen um unser Leben, Funghi kotzt sich durch die versengten Stimmbänder die Seele aus dem Leib, Desperado schneidet sich die Hände auf den Saiten blutig, feucht platzen die Blasen auf den Fingerkuppen meiner rechten Hand.

Ahornholz staubt in winzigen Splittern über die Hängetoms, als Desperado seine Sticks auf den Crashbecken zerspant. Zwei Stunden lang delirieren wir auf der Bühne, vor uns ein einziges Brodeln, und nach dem Konzert, am Morgen, schlafe ich mit der Frontfrau von Schmierblutung, draußen, auf dem Parkplatz, wir ficken auf irgendeinem Golf und verbeulen die Motorhaube.

Vor dem Konzert am nächsten Abend in Herten hat Funghi heftige Kopfschmerzen, die er mit Bier, Aspirin und einem mexikanischen Kahlkopf herunterspült. Weil ihn der psychotrope Pilz dazu animiert, ins Publikum zu pinkeln, ist das Konzert nach zehn Minuten beendet. Eine der ersten geworfenen Bierflaschen trifft ihn an der Stirn und erlöst ihn. Funghi blutet wie Sau. Kichernd nähen wir noch auf der Bühne die klaffende Platzwunde. Antichris, schließlich studiert er manchmal Medizin, führt die Nadel, mit der er sonst seine Klamotten nach Konzerten zusammennäht. Wir bauen unser Set ab und trinken einige Biere, bis Funghi wieder zu sich kommt und mit uns weitertrinkt. Er sieht schlimm aus. Später kriechen wir völlig zerstört in unseren Bedford.

Den Tag verbringen wir im Freibad von Herten, am späten Nachmittag fahren wir nach Bochum-Wiemelhausen, um im Volxzorn aufzutreten, einem illegalen Kellerclub unweit des Malakow-Turms. Es wird ein solides Konzert, wir bringen unser Repertoire ohne Ausfälle durch. Nach dem Auftritt schiebe ich mich zum Tresen durch, um Bier zu holen. Neben mir steht ein Mann, der mir begeistert auf die Schulter schlägt. Er ist bestimmt zehn Jahre älter als ich, tropfenförmige Figur mit schmaler Brust, die in einen gewaltigen Bierbauch übergeht. Sein T-Shirt ist ausgewaschen und der unter Spannung stehende Aufdruck *Thekenfräsen* ist nur noch schwach zu erkennen. Seine domestosierte Jeans ist an den Nähten aufgeplatzt. Er bestellt zwei Kurze und reicht mir eines der Gläser: „Wer austrinkt, muss auch einschenken können.“

Wir kippen, und während ich die nächsten Kurzen ordere, sagt er mit stolpernder Zunge: „Geile Mucke seid ihr am Machen. Wie heißt du?“ – „Mücke.“ – „Angenehm. Barrakuda. Einen sollen wir noch, oder?“ – „Immer.“

Heiß läuft der Korn durch meine gebeizte Röhre, und er fragt mich: „Weißt du, wie ich zum Punk gekommen bin?“ – „Keine Ahnung, ist doch egal.“ – „Das war 1976, im Dezember.“ – „Aha.“ – „Immer bei Thyssen am malochen, alles andere war mir nix. War aber auch scheiße.“ – „Und was hat das mit Punk zu tun?“ – „Eines Tages gibt mir ein Kumpel ein zerfleddertes Heft, was Zusammenkopiertes, *Sideburns* hieß das oder so ähnlich. Und drinnen ein paar Gitarrengriffe.“ – „Kenn ich, alter Hut, da stand so was drunter wie: Das sind drei Akkorde und jetzt gründet eine Band.“

Der Mann lacht und nickt: „Eine Band. Genau das haben wir gemacht. Hier, mein Shirt, die Thekenfräsen, das waren wir!“ – „Schöner Name.“ – „Und ne schöne Zeit.“ – „Ist doch noch nicht lange her.“ – „Wie man's nimmt. Auf jeden Fall haben wir gesoffen wie die Stiere. Jeden Tag weiße Mäuse gesehen und Schlägereien gehabt, mit der Polizei und den Glatzen aus Unna.“ – „Spielt ihr nicht mehr?“ – „Bin raus, hab vor zwei Jahren in den Sack gehauen.“ – „Warum?“ – „Hatte Sorge, dass ich kaputt gehe. Zu viel Alk. Bin nach USA gereist.“ – „Was wolltest du denn da?“ – „Weiß nicht. Das Land hassen.“ – „Und, hat's geklappt?“

Der Mann zieht ein paar lose Zigaretten aus seiner Jeans und bietet mir eine an, also rauchen wir und er pustet den Qualm stoßweise in die Luft, weil er lachen muss: „Kam alles anders. Hab mich dagegen gewehrt, aber scheiße, ich liebte es da, jeden Tag ein bisschen mehr. Vielleicht lag's einfach nur am Wetter, Sonne und so. In Florida hab ich auf einer Krokodilfarm gearbeitet. In Georgia hab ich Erdnüsse auf der Plantage von Carter gepflückt.“ – „Beim Präsidenten?“ – „Allerdings. Und in Graceland hab ich Gras am Grab von Elvis ausgerissen und geraucht. Dann weiter auf der Mother Road, der Route 66 – Ey, noch zwei Kurze! – bin die ganze Strecke getrampt, von Chicago bis nach Los Angeles. Über Bloomington und Springfield, Convay und Lebanon, Oklahoma City und Albuquerque. Dann am Pazifik nach Norden. In Big Sur hab ich Tannenzapfen so groß wie Basketbälle gefunden. Und in San Francisco hab ich monatelang in Haight-Ashbury gelebt. Einmal hab ich sogar mit Jerry García beim Bäcker über seine legendäre Gitarre geplaudert." – „Über die *Tiger*?" – „Tatsache." – „Nicht schlecht." – „Ja, das war schon was."

Wir lassen die Gläser auf die Theke knallen. Ich frage: „Und dann?" – „Was, dann?" – „Na, erst USA, jetzt wieder hier, Thekenfräsen? Das dann." – „Nix dann." – „Kannst doch einfach mit deiner Band weitermachen." – „Die gibt's nicht mehr." – „Dann eben eine neue Band." – „Was weißt du schon? Ist doch Ewigkeiten her. Im Kalender vielleicht nicht, aber hier drin." Der Mann schlägt sich auf die linke Seite seiner Brust. „Schau mich an. Weißt du, was ich heute mache?" – „Keine Ahnung." – „Ich bin im Vertrieb. Weiße Ware, Kühlschränke und Waschmaschinen bis zur Rente. Dazu ein Reihenhaus in Mülheim. Ich bin ein Toter, so sieht's aus." – „Warum machste das auch? Selbst schuld, oder?"

Erst will er auffahren, doch dann werden seine Augen müde: „Ich hab ne Frau angebufft, als ich wieder zurück in Deutschland war. Kaum war das erste Kind auf der Welt, war das zweite unterwegs. Wir brauchten Kohle, also musste ich arbeiten gehen. Ihr Schwager wusste, wo gerade einer einen sucht. Und seitdem steh ich jeden Montag auf der Matte und lass mir von meinen Disponenten den Arsch bis zum Stehkragen aufreißen. Egal. Prost." – „Egal. Prost. Scheiß drauf." – „Richtig, scheiß drauf." – „Weißt ja, was Phil Lynott gesagt hat." – „Phil Lynott von Thin Lizzy?" – „Wer denn sonst?" – „Was hat er gesagt?" – „*I tasted freedom and I liked it.*" – „Das gefällt mir. Das gefällt mir wirklich. *I tasted freedom and I liked it …*"

Wir trinken noch einen Kurzen, tschüss dann, ich suche meine Band und Barrakuda bleibt am Tresen kleben.

Am nächsten Nachmittag fahren wir nach Essen. Es ist so heiß, dass der Asphalt Blasen wirft. Unser Bus pflügt durch flirrend stehende Hitze, ein Tag wie gemacht für das Leben am Baggersee. Wir sind schweigsam, trinken Bier und lassen einen Joint kreisen. Ich sitze am Lenkrad, Funghi und Antichris dösen neben mir, Desperado schnarcht auf seinen Toms, Sabber läuft über die Felle. Funghi legt ein Mixtape ein, während wir die Fensterscheiben herunter kurbeln und die Sommerluft durch unsere Haare rauscht. Aus den Boxen drängt *Soundtracks zum Untergang 1*, Störtrupp spielt *Karriere*. Ich denke an Barrakuda und Phil Lynott und Jerry García beim Bäcker und drehe den Lautstärkeregler nach rechts bis zum Anschlag, bis die Türen des Busses vibrieren und die Plastikbeplankung mitsummt.

In Essen steuern wir *Anarchie im Forst* an, ein unangemeldetes Open-Air-Konzert unweit des Baldeneysees hinter Fischlaken, gut versteckt in den Wäldern des Hardenbergufers. Die anderen Bands, die ihren Kram mitten ins grüne Nichts karren, sind Trebegang aus Dortmund, die Räudigen Raouls aus Hamburg, Sputum aus Köln, Royal Anarchy aus Holland. Überall stinkt es nach den Dieselabgasen der Stromaggregate. Hunderte von Punks haben es sich schon gemütlich gemacht, viele gehen schwimmen. Nackt hocken sie zwischen den Bäumen, trinken seegekühltes Bier und freuen sich auf das Konzert. Wir treten als einer der Opener auf und spielen uns in Trance, traumatisierte Eichhörnchen fallen aus den Bäumen. Schnell kreuzt die Polizei auf und beendet die Lebensfreude, wir kommen rechtzeitig davon.

Nächster Auftritt in Wuppertal, auf einer Party im Keller eines Studentenheims der Bergischen Universität, ein Abend wie ein Irrtum. Sieben Punks schubsen sich verloren vor der Bühne hin und her, während sich Maschinenbaustudenten und angehende Elektrotechniker an die Wände drücken und am Pils festhalten. Als zwei Mädchen uns zurufen, wir sollen was von Rod Steward spielen, bauen wir ab und treten in der Toilette die Pinkelbecken runter. Einige Studenten erwischen uns dabei und es kommt zur Prügelei. Wir hauen den Herren Jungakademikern die Jacken in Flammen, doch auch Desperados Auge ist danach mächtig zugeschwollen. Ich habe eine Platzwunde am Hinterkopf und Antichris befühlt später an der Theke, als wir uns betrinken, mehrere verstauchte Finger, die ihn aber beim Trommeln nicht stören, meint er, und kippt das nächste Bier.

In einer Turnhalle in Gladbeck ist das Konzert ähnlich erfolglos, aber wenigstens spendieren die Organisatoren danach Pasta und Schnaps. Es wird ein lustiger Abend mit drei Punketten aus Iserlohn, zwei heißen Trixie und Paula, Paula ist sehr hübsch, und die dritte habe ich vergessen. In Witten verdienen wir 500 Mark, weil uns jemand mit fünf Promille im Turm in den Bedford rauscht und wie wir keinen Wert auf Polizei legt. Nur ein Blechschaden, und den eingedrückten Kotflügel können wir selbst wieder aus dem Radlauf ziehen. Von Herne sind wir so deprimiert, dass wir unser Konzert absagen und uns lieber auf einem Parkplatz betrinken. Später fahren wir ins Krankenhaus, weil sich Funghis Stirnnaht entzündet hat und eitert.

Dann kommt das *Ungewollt*-Festival im Eschhaus Duisburg, wo wir nicht auftreten, sondern nur dabei sind, doch was heißt schon nur? Einen Nachmittag lang trinken wir mit Punks aus dem ganzen Land und schmücken den Hof des Hauses mit einer feinen Schicht grünbraunem Bierflaschenbruch. Abends sind alle Großen da, KFC, Hass, Artless, die Idiots, die wilden Säue sollen auch noch spielen, und wir mittendrin. Im Eschhaus dampft es so sehr, dass immer wieder die Sicherungen herausfliegen und die vom Kippenqualm verblaute Luft schwitzend von der Decke tropft. Irgendwann ruft jemand Bullenalarm und als wir neugierig rauslaufen, werden wir von Polizisten in Empfang genommen, die auf alles einprügeln, was mehr als eine

Haarfarbe hat. Uns lässt man in Ruhe, vielleicht, weil man aufgrund unserer Blessuren aus Wuppertal denkt, man habe uns bereits großzügig bedient. Wir verschwinden wieder im Konzerthaus und Det Caruso von Artless – der Stecher von Prunella Pustekuchen, wie einer später zu berichten weiß – gibt uns allen heftig auf die Fresse und in die Ohren, während sich seine Combo ins Nirwana schrammelt und wir alle über den Lärmwolken schweben, eins werden mit dem Gott des Phons, weil in uns reines Glück mit der Lust am Wahnsinn kopuliert.

Eschhaus Duisburg, hat meine Freiheit jemals weiteren Auslauf genossen? Desperado ist nach der Wende nach Ostberlin gezogen und macht jetzt irgendwas Soziales mit Kindern. Funghi arbeitet als Techniker bei RWE und Antichris ist Orthopäde im Sauerland geworden. Ich selbst habe Geschichte in Bochum studiert, bin Lehrer geworden, habe mit Beate drei Kinder. Ich gehe immer noch auf Konzerte, manchmal, spiele auch selbst noch in einer Bluesrockband. Wir covern meist, spielen Songs wie *Got my mojo workin‘* von Muddy Waters oder Zeug von Mayall nach, ich zupfe einen ganz gepflegten Walking Bass, macht auch Spaß.

Neulich in der Zeche Carl treffe ich einen, den ich von früher kenne. Andreas aus Wattenscheid, ganz schön grau geworden, war mal Gitarrist in einer Punkband, irgendwann sind die ins Metal abgerutscht. Wir kommen auf lustige Bandnamen zu sprechen und mir fällt noch einer ein. Thekenfräsen, schon mal gehört? Jau, kennt er. Auch Barrakuda? Na klar, Barrakuda aus Mülheim, so ein Dicker. Spielte eine pissgelbe Flying V, guter Solist. War mal mit der Schwester einer Verflossenen zusammen. Harter Punk, nur viel zu weich. Hat sich irgendwann einen Schlauch in seinen Kadett gelegt, ist aber auch schon gut dreißig Jahre her.

HALALI

Im Mais war Bewegung. Doch den guten Blick, den die sternenklare Mondnacht im späten August zugelassen hatte, trübte der Frühnebel der Morgendämmerung, der aus dem Feld aufstieg. Auf den brandenburgischen Wipfeln der Bäume entlang des Feldrains erschienen erste Nuancen zarter Aurora.

Mensing war durchgefroren. Er hatte die Temperaturen der Nacht unterschätzt, wieder mal. Etwas Wärme hatte ihm gelegentlich der Calvados verschafft, doch sein Flachmann war längst leer. Mit den hörbaren Regungen in ungefähr hundert Metern Entfernung schärften sich wieder seine Sinne. Auch Blacky, sein Münsterländer, der, wie gewöhnlich, unter dem Ansitz still verharrte, hatte Witterung aufgenommen. Aufgerichtet, starr folgte er den Geräuschen brechender Pflanzen. Mensing schaute angestrengt durch sein Nachtglas. Da, erneut. Ein grauer Schatten, genau dort, wo der Mais von den Rotten niedergetrampelt worden war. Mensing wusste schon nicht mehr, wie viel Geld ihn die Schwarzkittel gekostet hatten, weil er als Förster den Bauern die Ernteschäden zu ersetzen hatte. Es war definitiv genug.

Das Tier war leidlich gut anzusprechen. Vermutlich ein abgesprengter Keiler, vielleicht auch ein jüngerer Überläufer. Dieses verdammte Schwarzwild. Jetzt würde es keinen Wind bekommen, eine klare Gunst des Moments, die Brise wehte zu seinem Ansitz herüber.

Mensing griff behutsam nach seinem Drilling. Er legte an. Schnell und routiniert hatte er sein Ziel erfasst. Als er für einen Bruchteil die graue Flanke inmitten der Maisstauden sah, drückte er ab. Ein gewaltiger Büchsenknall rollte über das Feld, aus dem Schwärme aufgeregter Vögel himmelten. Ein dumpfes Grunzen im Nachhall des Schusses, das schnell erstarb. Beim Hubertus, er hatte das Mistvieh erwischt! Waidmannsheil!

Behände kletterte er von seinem Ansitz herunter und gab Blacky ein Zeichen, der sofort losschoss, um das Feld abzuspüren, dem Duft des Schweißes folgend. Mensing stapfte guter Dinge hinterdrein und schob die ihm entgegenschlagenden Maispflanzen aus dem Weg. Mannshoch standen sie bereits, verschluckten ihn regelrecht von den kalten Füßen bis zum Hutband.

Kurze Zeit später hatte er seinen Hund eingeholt. Blacky beschnupperte den Kopf des alten Mannes, der von Mensing niedergestreckt worden war. Die Wucht des Schusses hatte ihn auf den Rücken geworfen. Sein grauer Pyjama war bis unters Kinn zugeknöpft, der Blick seiner gebrochenen Augen starr in den Himmel gerichtet. Er hatte einen struppig weißen Bart, Mensing schätzte ihn auf mindestens 80 Jahre. Die Kugel hatte den mageren Körper unterhalb der rechten Schulter getroffen, im oberen Rippenbereich unweit der Achsel. Der Alte musste sofort tot gewesen sein, es war kaum Blut ausgetreten.

Blacky schaute Mensing fragend an, der sich am Kopf kratzte. Was hatte denn der alte Mann im Maisfeld verloren? Er kauerte sich neben den Leichnam und suchte am Handgelenk nach einem Pulsschlag. Widersinnig, natürlich war da nichts mehr, nur noch zerrinnende Wärme.

Eine Weile hockte Mensing so da, dann sagte er, eher zu sich selbst als zu seinem Hund: „Tja, auf den Aufbruch können wir wohl immerhin verzichten, was, Blacky?“

Er wusste, was zu tun war. Dieses Vorkommnis war ein Fall für die 3-S-Regel: Schießen, Schippen, Schweigen. Eigentlich galt sie für streunende Hunde und Katzen, im seltenen Fall auch für Wölfe, doch Mensing beschloss, in diesem durchaus speziellen Fall nicht kleinlich zu sein. Er ging zu seinem Auto und holte eine Schaufel.

Es dauerte nicht allzu lange, bis er den Toten in den Wald gezogen hatte, wo er im weichen Boden neben einer Wildschweinsuhle eine Grube aushob. Tief genug musste sie sein, mindestens anderthalb Meter, er handhabte die Schaufel mit gekonntem Schwung. Warm wurde ihm, und die in den ersten Sonnenstrahlen des Tages tanzenden Mücken piesackten ihn wie übereifrige Racheengel. Schließlich bugsierte er den alten Mann in das Loch und schippte die Erde wieder zurück.

Als er Stunden später sein Werk beendet hatte, begab er sich auf den Heimweg. Blacky sprang in den Kofferraum des Autos, ächzend ließ sich Mensing hinter dem Steuer nieder. Was für eine Nacht. Er schaltete das Radio ein und fuhr langsam über holprige Forstwege, bis er die Landstraße erreicht hatte. Mit den Schlagern seines Lieblingssenders kam er langsam zur Ruhe.

Zur vollen Stunde wurden die Nachrichten verlesen, der übliche Weltenwahn aus Politik, Wirtschaft, Wetter und Verkehrsfunk, allerdings ergänzt um eine Durchsage: „Achtung, liebe Brandenburgerinnen und Brandenburger, gesucht wird Werner Zeisner aus Neustadt-Glewe. Er wird seit gestern Abend vermisst und irrt vermutlich orientierungslos umher. Werner Zeisner ist 83 Jahre alt, trägt einen grauen Schlafanzug ..."

„Aha", sagte Mensing.

„... hat weiße Haare, einen weißen Bart und ist von schlanker Gestalt. Bitte informieren Sie umgehend die nächste Polizeidienststelle, wenn Sie Werner Zeisner sehen. Werner Zeisner benötigt dringend ärztliche Hilfe."

Mensing drehte das Radio aus, schüttelte den Kopf und schaute in den Rückspiegel zu seinem Hund: „Das sind ja wohl Fake News, was, Blacky? Werner Zeisner braucht definitiv keine ärztliche Hilfe mehr."

Blacky gab kurz Laut und Mensing drehte sich wohlwollend nach seinem Hund um: „So sieht's aus, Blacky! Hunde bellen, Frauen tratschen, Männer reden, Jäger schweigen."

Weiter fuhr Mensing durch den späten Morgen. Und, als er eine ganze Weile intensiv über das Geschehen nachgedacht hatte, kam er, kurz bevor er den heimischen Hof erreichte, zu einer gewichtigen Erkenntnis, die ihm in der Hast des gesamten

Vorgangs bisher unzugänglich geblieben war. Bei aller nicht unberechtigten Kritik am fehlerhaften Ansprechen des vermeintlichen Wildschweins blieb doch zweifelsfrei festzustellen, dass ihm da ein tadelloser Blattschuss gelungen war.

Mensing stellte den Wagen ab und stieg aus. Er streckte sich, gähnte ausgiebig. In der nächsten Nacht würde er wieder ansitzen, vielleicht hatte er da etwas mehr Jagdglück.

FUCK YOU, ROSEBUD

Im letzten Sommer starb der alte Wellershoff. Er lag im Schlafzimmer, die Arme über der Decke wie Stöcke, das kahle Haupt schweißglänzend, und er starrte auf die andere Decke, jene über ihm. Wolf, am Bett seines Vaters sitzend, betrachtete den alten Herrn, der bereits zur Hälfte entschwunden war, da der Tod in Gestalt multipler Tumoren an ihm kaute. Seit Tagen hatte der alte Wellershoff nicht mehr gesprochen, halb dem Morphin, halb seinen Erinnerungen ergeben, die durch sein von Metastasen getrübtes Bewusstsein mäanderten. Nur noch gelegentlich kehrte er aus den Schemen seines Lebens zurück. So wie jetzt, als er sich plötzlich im Bett aufrichtete und verkündete: „Sohn, wenn es so weit ist, soll man eine Nylonstrumpfhose in meinen Sarg legen."

„Wie bitte?"

„Man soll eine Nylonstrumpfhose in den Sarg legen."

„Warum?"

Wolfs Vater sank in seine Kissen zurück: „Du musst nicht alles wissen, Sohn."

„Vater, ist es ...?"

„Versuche es gar nicht erst."

„Bei allem Respekt, Vater, warst du heimlich ein Transvestit?"

„Mit solch frechen Fragen riskierst du dein Erbe, Sohn. Und auf keinen Fall wirst du auch nur ein Wort gegenüber deiner Mutter verlieren. Es ist unser Geheimnis. Versprichst du es?"

„Ja, ich verspreche es."

„Gut. Jetzt gib mir einen Kuss und dann lass mich schlafen."

In der Nacht starb der alte Wellershoff. Alsbald besuchte ein Bestatter Witwe und Wolf. Wolf nahm den Mann beiseite und klärte ihn über den Wunsch des Vaters auf, der an der Witwe vorbei zu erfüllen sei. Der Bestatter reagierte gleichmütig: „Eine Nylonstrumpfhose? Soll ich sie ihm gleich anziehen?"

„Nein, sie soll nur in den Sarg gelegt werden."

Der alte Wellershoff wurde beigesetzt.

Während der Aussegnung stellte Wolf sich vor, wie sich das Holz des Sarges den Maden, Larven und Asseln hingab, die ihre Fraßgänge in die Maserung trieben, immer tiefer hinein bis zu den textilen Stoffen, durch das mit Körperflüssigkeiten getränkte Doppelkrepp und das angetackerte Baumwollleinen, alles Fleischliche verstoffwechselnd, um schließlich verdutzt an der Unverdaulichkeit einer Strumpfhose aus Kunstfaser zu scheitern. Und während das Gewimmel im Erdtiefen nicht nach Erklärungen suchte, fragte Wolf sich mehr denn je, warum in des Schöpfers Namen eine Strumpfhose im Sarg liegen sollte.

Ein Freund namens Eugen, Endokrinologe mit einem Faible fürs dramatische Fach, brachte ihn auf eine Spur: „Es ist offensichtlich, dein Vater ist ein verhinderter Citizen Kane. Ein schwärmerischer Hedonist, ein Jäger auf der Pirsch nach dem Glück in elysischen Feldern."

„Wer ist Citizen Kane?"

„Citizen Kane ist ein Film aus der Schwarzweißblüte Hollywoods. Foster Kane, reichster Mann der Welt, Magnat aller Magnaten, stirbt in seinem Schloss Xanadu, und im Moment des Ablebens flüstert er, während ihm aus greiser Hand eine Schneekugel entfällt und in Myriaden von Splittern zerbirst, ein letztes Wort: Rosebud. Ein Reporter sucht bis zum Ende des Films vergebens nach der Bedeutung des Wortes."

„Also bleibt Rosebud ein Geheimnis?"

„Nein, der Zuschauer erfährt es in der letzten Sequenz. Die Besitztümer Kanes – Möbel, Teppiche, Bücher, Gemälde –, zusammengetragen in einer gewaltigen Halle, werden von Arbeitern in einem Ofen verbrannt. Irgendwann wird ein Kinderschlitten in das Feuer geworfen, und im Züngeln der Flammen wird der Name des Schlittens sichtbar. Rosebud – die Erinnerung an einen traumatischen Wintertag in der Kindheit Foster Kanes, der Tag, an dem ihn seine Mutter verließ."

„Und du denkst, dass die Strumpfhose meines Vaters die gleiche Bedeutung hat?“

„Eine ähnliche. Ich vermute, dass bei Foster Kane ein Schub des Oxytozins ursächlich war – ein Neuropeptid aus der Gruppe der Proteohormone, welches die Bindung zwischen Mutter und Kind prägt. Bei deinem Vater könnte es sexuell konnotiert sein, die Reminiszenz an einen ekstatischen Dopamincocktail, dessen Zuckerrand aus Testosteron bestand.“

„Was empfiehlst du?“

„Suche nach dem Rosebud deines Vaters. Die Strumpfhose war für deinen alten Herrn von Bedeutung, weil sie ihn an die unerfüllt erfüllteste Zeit seines Lebens erinnerte.“

„Aber warum braucht er sie im Sarg?“

„Wer weiß das schon? Wollte er vorbereitet sein auf das Kommende? Vielleicht dachte er gar an eine holde Ophelia, wie im Hamlet? Wir wissen wohl, was wir sind, aber nicht, was wir werden können – so ihre Worte.“

In den nächsten Tagen und Wochen versuchte Wolf auf alle erdenklichen Weisen, das Rätsel zu ergründen. Er befragte die Mutter – subtil, ohne das Geheimnis preiszugeben –, löcherte ergraute Weggefährten, recherchierte nach Liebschaften, stöberte in Briefen, durchforstete vergilbte Notizbücher. Die Nylonstrumpfhose des alten Wellershoff blieb ein Mysterium.

Nach Monaten der vergeblichen Suche stellte Wolf resignierend gegenüber Eugen fest: „Er wollte es nicht sagen – und jetzt muss ich es nicht mehr wissen. *Fuck you, Rosebud!*“

Nun könnte es für Sie als Leserin oder Leser dieser Erzählung unbefriedigend sein, nicht zu erfahren, warum sich der alte Wellershoff mit einer Nylonstrumpfhose einsargen ließ, nicht wahr? Welch langer Anlauf für einen kurzen Sprung.

Doch seien Sie ehrlich mit sich selbst, was nützen Ihnen die Weihen höherer Erkenntnis? Wäre es nicht übergriffig von Ihnen, taktlos, ja, ausgesprochen sensationslüstern, Zugang zum intimsten Glück eines Verstorbenen zu verlangen, der sein klandestines Wissen noch nicht einmal mit dem Sohn zu teilen bereit war? Was ist schon Glück? Ein kurzer Rausch, mediokre Lebenszufriedenheit oder die Seelenleere eines Simpels?

Da Sie noch immer den Zeilen folgen, ist davon auszugehen, dass Sie dem Vorwurf des Voyeurismus ungerührt standhalten und weiterhin auf die Erklärung hoffen, die der alte Wellershoff unterschlug. Also gut, Sie sollen es erfahren.

Der Rosebud des alten Wellershoff, und hier lag Eugen ganz richtig, war ein erotisches Abenteuer, und vielleicht war es sogar mehr. Dazu müssen wir uns in die Jugend des alten Herrn versetzen. Genauer gesagt, in zehn seiner Tage im Sommer vor 61 Jahren, als er so frei war wie die Brisen, die sein volles Haar umspielten.

1960 fuhr er, ein hübscher Junge von 18 Lenzen, mit seinem Motorrad an den Plattensee. Nicht, weil er sich in besonderer Weise für das Land der Magyaren interessiert hätte. Die bezaubernde Landschaft, das Glitzerblau des Sees, Töltött Paprika, Gulyás Csárda, der Charme Transdanubiens, all das war ihm herzlich egal. Ihm ging es allein um das Abstreifen seiner Virginität. Jemand hatte ihm erzählt, dass die ungarischen Mädchen bereit seien, sich für ein Paar Nylonstrumpfhosen – *le dernier cri* im gloriosen Westen – ganz und gar zu vergessen, sofern man ihnen im gleichen Maße Lieblichkeit und Lebensfreude entgegenbrächte, wie sie es selbst täten. Also war er mit einem Koffer voller Nylonstrumpfhosen und einem Zelt aufgebrochen. Und als sich unter den Mädchen von Siófok herumsprach, dass da abseits am Strand ein charmanter junger Deutscher zeltete, dessen körperliche Nähe alles andere als ein Opfer sei und der diese Nähe auch noch mit französischen Nylonstrumpfhosen und vollen Gläsern süßen Erlauer Stierbluts zu vergüten bereit war, bildete sich nächtens wie tagsüber eine derart lange und kichernde Schlange vor des jungen Wellerhoffs Zelt, dass dieser zwei Tage früher als geplant nach Hause fahren musste, insbesondere einem der Mädchen – Eniko –

nachtrauernd, um dem totalen Zusammenbruch durch Übervögelung zu entgehen. Erfüllter und gleichzeitig leerer, geheilter und gleichzeitig wunder ist nie wieder ein Mensch gewesen.

Simple as that, Sie wollten es wissen.

Was aber zeigt der Wunsch des alten Wellershoff? Einerseits, dass Glück sehr wohl käuflich ist, wenn man bedenkt, dass der junge Wellershoff damals für zwei Dutzend Nylonstrumpfhosen 216.- DM investierte. Andererseits, dass die Himmelsmacht der Liebe eine Schwester der Sehnsucht ist. Wie sonst wäre zu erklären, dass das Mädchen Eniko, welches vor zwei Jahren in Budapest starb, sich eine Flasche Erlauer Stierblut in ihren Sarg legen ließ, in Erinnerung an jenen Sommer 1960, in dem sie eine Nacht voller Liebe im Zelt eines namenlosen Deutschen verbrachte?

ADAM UND DAS UNTERFELL DER KASCHMIRZIEGE

Adam und ich wurden am selben Tag in einem Hospital von Budweis unweit des Piaristenplatzes geboren. Da dies im ungewöhnlich heißen Sommer des Jahres 1950 geschah, standen alle Fenster der Wöchnerinnenstation weit offen, als könne allein das gleichmütige Rauschen von Moldau und Maltsch, die sich nur einen Steinwurf weit entfernt in ihrem gerade vereinten Bett vergnügten, die Gesichter unserer Mütter kühlen. Süß erklang das Animando der Moldau, in hellen Arpeggien strömte darüber die Maltsch, die sich ihren Akzent des Gratzener Berglandes auf ihrer Reise durch das Südböhmische bewahrt hatte.

Meine Mutter erzählte mir, der ich einige Stunden nach Adam zur Welt gekommen war, später von seiner Geburt. Sie sagte mir, dass Adam nicht geschrien, sondern gesungen habe. Es sei eine Melodie voller Schönheit gewesen, und da sie selbst als Violinistin eines Tanzorchesters der Musik kundig war, hatte es sie an die ersten Geigenklänge des *Nymphenreigens* aus Smetanas *Moldau* erinnert. Eine Stimme, die so vollkommen gewesen sei, dass sie sogar noch schöner geklungen habe als die meinige, also die Stimme ihres eigenen Sohnes. Noch auf ihrem Sterbebett sprach sie von dem großen Wunder – dass die beiden talentiertesten Stimmen des Landes am selben Tag auf derselben Station zur Welt gekommen waren.

Weder Adam noch ich kannten unsere Väter, die den eisernen Besen, der auch nach dem Krieg durch Europa kehrte, nicht überlebt hatten. Alles, was uns in der Schule nachgeschrien wurde – Bankert, Hurenkind, Bastard –, es führte Adam und mich noch enger zusammen. Manche Nase meiner Mitschüler habe ich damals unter meiner Faust knacken hören, um Adam, den Zarteren von uns beiden, freizuprügeln, der sich selbst nie wehrte oder handgreiflich wurde.

Unsere Mütter – Adams war als Sängerin im selben Tanzorchester wie meine Mutter angestellt – verschwiegen uns, wer uns gezeugt hatte. War es vielleicht sogar ein und derselbe Mann, der sie in jenen Tagen beglückt hatte? Ein reisender Musikant, vielleicht, der es verstand, den beiden jungen Witwen zur gleichen Zeit Trost zu spenden? Im Grunde spielte es keine Rolle, fühlte ich mich doch Adam in jedem Fall wie ein Bruder verbunden. Nicht nur, weil ich auf Schulwegen und Pausenhöfen so lange zuschlug, bis die Hänseleien endlich verstummten.

Was Adam und mich außerdem zusammenhielt, war ein weitaus mächtigeres Band, das des Gesangs. Es führte uns in die Arme des von uns beiden verehrten Gesangslehrers Ismail Ban-Tashi, als unsere Lebensjahre noch kein Jahrzehnt füllten. Ismail Ban-Tashi war ein vertrocknetes Männchen, das aus Kaschgar in der chinesischen Provinz Sinkiang stammte. Niemand wusste, unter welchen Umständen der uralte Uigure in unsere Stadt gekommen war.

Da Ismail Ban-Tashi ein höflicher Mensch von ausnehmend fröhlicher Natur war, war sein mit zwei pupillengroßen Augen gespicktes, apfelförmiges und von Faltenmyriaden durchzogenes Gesicht ein beliebter Anblick in unserem Städtchen. Auch wurde seine Trinkfestigkeit gerühmt, oft sah man ihn im Masné krámy oder in anderen Kneipen sitzen und gelegentlich hörte man ihn sogar singen, oder besser: in orientalisch anmutenden Weisen seiner Liebe zum Budějovický Budvar, jenem Saft aus Gold, huldigen. Wenn Ismail Ban-Tashi begann, seine Stimme zu entfachen, war es, als würde ein Virtuose sein Instrument aus dem schützenden Fell seines Koffers schlagen. Dann ließ er den Atem durch seinen Kehlkopf fahren und es war, als bestünde der gesamte Mann aus nichts anderem als juvenilen Alveolen, die seiner Stimme unvermittelt das Volumen eines tutenden Kreuzfahrtschiffes verliehen.

Noch vor unserer Einschulung schickten uns unsere Mütter zu ihm in die gesangliche Ausbildung. In seiner winzigen

Wohnung am Hauptplatz unweit des Samsonbrunnens, die angefüllt war mit Instrumenten und Bergen von Notensammlungen, zeigte er uns, wie man ohne flache Zunge singt, die Gewalt der Bruststimme und das Flackern der Vibrati zähmt. Er brachte uns bei, die Kopfstimme schweben zu lassen. Er lehrte uns das Atmen und Stehen und bescherte uns immer wieder ein derart schmerzendes Zwerchfell, dass wir uns gelegentlich sogar übergeben mussten. Wir verknoteten unsere Stimmbänder und Silbenkanons in kauderwelschianischen Sprachübungen und kletterten auf seinen Tonleitern bis zur Erschöpfung empor. Adam erreichte dort gar das fünfgestrichene Cis, ein von mir nie zuvor gehörter Klang, es mutete an, als würde man einen Diamanten aufsägen. Mit diesem Ton war er dem höchsten Anschlag des Flügels, mit dem uns Ismail Ban-Tashi die Tonfolgen vorgab, sogar um einen Halbton überlegen. Ein Umstand, der Ismail Ban-Tashi veranlasste, seine Ohren zu reiben und seine Stimmgabel ungläubig an den Korpus des Tasteninstruments zu halten.

Bald sangen wir Liturgien in den Chören von Budweis. Unsere ungestümen Soprane kaperten im Handstreich jedes Kirchenschiff. Wir erreichten einen gewissen Status der Bekanntheit, immer größer wurde unsere Anhängerschar, man schmeichelte auch meiner Mutter, welch musikalisches Kind ich sei und dass mir eine große Zukunft an einem der Konservatorien des Landes vorbestimmt war, ohne Zweifel.

Nun war es so, dass Ismail Ban-Tashi meine Stimme – abgesehen von meiner Vorliebe für zart flatternde Modulationen, die ihm Zornesröte und derbes Fluchen entlocken konnten – durchaus mochte. Adams Stimme aber liebte er. Und während er mich mit einiger Strenge antrieb, bat er Adam nur immer wieder, ihm zu singen, was ihm gerade in den Sinn käme. Öfter verabschiedete mich Ismail Ban-Tashi vorzeitig und ungeduldig, um allein mit Adam weiterzusingen. Während ich dann mit hängenden Schultern und dem Bündel meiner Noten nach

Hause trottete, zeichnete er mit Adam Gesangsstücke auf seinem Tonbandgerät auf, einem modernen Röhrengerät aus der DDR, das für uns in jenen Tagen eine unerhörte Kostbarkeit darstellte.

Einmal bat ich, bleiben zu dürfen, um Adam zuzuhören, und widerwillig gewährte Ismail Ban-Tashi mir die Bitte, auch weil Adam sich für mich einsetzte. Doch gesungen wurde zunächst nicht. Ismail Ban-Tashi erzählte uns stattdessen von den zwölf *Muqam*, einer Sammlung von Volksliedern, Balladen und Weisen, die im 16. Jahrhundert von der Konkubine des Khans von Yarkent gesammelt worden waren. Diese Stücke waren damals schon alt. Sie stammten aus einer Zeit, als auf der jungen Seidenstraße Marco Polos die ersten Güter und Ideen ausgetauscht wurden, als die Han-Dynastie über das Kaiserreich gebot und Kaschkar kaum mehr war als eine geschäftige Karawanserei am Rande des Tarimbeckens. Dieser Sammlung, so erzählte es Ismail Ban-Tashi, ging ein Gesang voraus, der niemandem mehr auf der Welt bekannt sei – außer ihm selbst. Ein Gesang von solch außerordentlicher Schönheit, dass man vermuten könne, der Schöpfer aller Welten selbst habe das Stück gesummt, als er die Erde, den Himmel, Blumen und Bienen erschuf, und dass man, sofern man geschwächten Herzens sei, an der Süße der Tonfolge sterben könne.

Ismail Ban-Tashi nannte den Gesang *Xīyù yīnyuè* – die Melodie der Großen Weite im Westen. Dann erklärte er, Adam in dieser Melodie unterrichten zu wollen, und während Adams Stimme mit der Leichtigkeit eines Kolibris alles erste Ansingen durchflog, um seine Klangbänder zu wärmen, durfte ich noch anwesend sein. Kaum mehr als eine zarte Ahnung erlangte ich von den Klängen der Weise – als Ismail Ban-Tashi daran ging, das Tonbandgerät einzuschalten, bat er mich, zu gehen, die kommende Arbeit erfordere höchste Ruhe und Konzentration.

Natürlich fragte ich Adam, ob er mir die Melodie einmal vorsingen könne, doch er verweigerte es bedauernd, der Meister habe den Vortrag außerhalb seiner Wohnung strikt verboten. So bekam ich die Melodie der Großen Weite im Westen nie zu hören, was mich, wie ich zugeben muss, traurig stimmte und mit Neid erfüllte, auch wenn ich es Adam nicht nachtrug.

Wenn ich zu unseren Proben verfrüht erschien, traf ich gelegentlich Ismail Ban-Tashi beim Beschriften seiner Tonbandhüllen an. Er hielt die Bänder an sein Ohr, und allein kraft seiner Imagination erweckte er die Aufnahme zu tönendem Leben. Die Tonbänder verwahrte er in Kartons in seinem Wohnzimmer.

Mein Leid dieser früheren Tage, das Darben des Guten im Schatten des Besseren, sehe ich heute klarer denn je. Obgleich ich so viel erreicht habe, obgleich auch ich über das absolute Gehör verfüge, so war ich doch mein Leben lang ein Salieri, der sich gegen einen Mozart stemmte. Mein ordentliches Talent, mein braver Fleiß, meine gewissenhafte Arbeit, was war dies schon gegenüber der Naturgewalt, die der Schöpfer Adams Körper einzupflanzen beliebt hatte? Ich haderte, doch es trieb meinen Ehrgeiz an und ich übte weiter.

Später, hinterhältig, schlich sich die Mutatio in unsere Stimmen, während Flaum über unseren Oberlippen spross. Unser beider Adamsapfel wuchs und Ismail Ban-Tashi neckte Adam, dass man in der vorspringenden Beule seines Halses die verbotene Frucht vom Baum der Erkenntnis überdeutlich erkennen könne. Höhen brachen und Tiefen kippten. Doch Ismail Ban-Tashi hatte uns darauf vorbereitet. Er befahl uns, leiser zu singen, um die sich verändernden Stimmlippen nicht zu sehr zu beanspruchen. Gleichzeitig unterrichtete er uns in Musiktheorie, brachte uns die Grundzüge des Klavierspiels bei und lehrte uns den Aufbau eines sinfonischen Orchesters. Gelegentlich verwöhnte er unsere Kehlen mit warmer Milch, in die er je einen Teelöffel Kurkuma, Zimt, Honig, Thymian und Kardamom einrührte.

In diese Zeit fielen unsere ersten Erfahrungen mit Mädchen, zunächst zaghaft, doch im steten Strom drängender Aufmerksamkeit immer ungestümer, wilder, hungriger. Adam, mit schwarzen prachtvollen Locken und von schlanker Statur, war so zart und so männlich zugleich, dass ich in seinem Abglanz zahllose Amouren mit all jenen Schülerinnen, Studentinnen, Hausfrauen und Witwen erleben durfte, die Adam aus rein zeitlichen Gründen nicht zu beglücken im Stande war. So oft lag in diesem Jahr und in den vielen kommenden eine der von ihm abgewiesenen Grazien neben mir, dem Vierschrötigen mit dem fahlen Haar, und während meine Hand über ihren Rücken glitt oder ich die Anmut ihres Busens bewunderte, seufzte sie, ach, Adam, der Wunderknabe, ob ich ihn wohl bei passender Gelegenheit auf ihre fraulichen Qualitäten aufmerksam machen könnte? So manches Bekenntnis versetzte mit einen Stich der Eifersucht und ich hätte tausendfach gekränkt sein sollen, doch auch ich liebte Adam, nicht nur dafür, dass an Mädchen und Frauen zu keiner Zeit für mich ein Mangel bestand.

Den Stimmbruch meisterte Adam mit unerhörter Leichtigkeit. Seine Fähigkeit, vom Blatt zu singen, ließ ihn mühelos durch alle Stimmlagen vom ersten Sopran bis zum zweiten Bass gleiten, wobei – und dies war ebenso seltsam wie unerklärlich – sich sein stimmliches Volumen mit jeder Note noch zu potenzieren schien. Sein gleißender Sopranissimus, einem heißen Schwerte gleich, blieb ihm gar erhalten, während ich Höhe für Höhe abfiel, um schließlich in tiefen Basslagen zu verharren.

Es fiel in diese Zeit, dass Adam eine seltsame Empfindlichkeit gegenüber dem Wetter entwickelte. So genügten manchmal ein geringer Temperaturwechsel, ein leichter Landregen oder ein pudriges Schneegestöber, um seine Gesangskunst zu schwächen. Ismail Ban-Tashi gefiel dies gar nicht, und so sehr er meine Robustheit – die er insgeheim bewunderte – als bäurische Schlichtheit verspottete, so sehr sorgte er sich um seinen bevorzugten Eleven. Es war, als sei ihm im reinen Porzellan von Adams Stimme für das Momentum eines Blinzelns der Anflug eines Haarrisses sichtbar geworden.

Als wir einige Monate vor unserem 18. Geburtstag standen, wurde unser Lehrer immer nachdenklicher und stiller, bis er eines Tages feststellte: „Alles, was ich euch beibringen konnte, habe ich euch vermittelt. In diesem Sommer werdet ihr das Konservatorium der Hauptstadt besuchen. Ich habe euch bereits dort angemeldet. Aus den Sälen des Landeskonservatoriums heraus werdet ihr die Bühnen der Welt erobern."

Adam und ich schauten uns freudig, überrascht und traurig zugleich an.

„Zuvor aber habe ich für euch ein Geschenk."

Zu mir sagte Ismail Ban-Tashi: „Dir schenke ich meine Stimmgabel, damit du dich deiner elenden Modulationen erwehren kannst. Ob etwas im Innersten rein ist, wirst du damit immer herausfinden. Außerdem gebe ich dir einen Rat, wertvoller als Gold."

„Welchen Rat, Ismail Ban-Tashi?"

„Bleibe fleißig. Denn Fleiß schlägt Talent. Der untalentierte Faule erreicht nichts. Der talentierte Faule erreicht kaum mehr. Der untalentierte Fleißige erreicht vieles. Und der talentierte Fleißige kann es zum Genie bringen. Sei fleißig in deinem Talent und du wirst es weit bringen."

Ismail Ban-Tashi wandte sich an Adam: „Dir konnte ich vom ersten Tage an nichts beibringen. Du bist kein Talent, sondern ein Genius. Du wirst ein Orpheus sein, der mit seinem Gesang Tiere um sich schart und Felsen zum Weinen bringt. Doch deine Stimme ist verwundbar. Deshalb will ich dir helfen, sie zu schützen." Er griff nach einer Schachtel und öffnete sie. Ein Stoff kam zum Vorschein. Ismail Ban-Tashi entfaltete ihn. Es war ein Halstuch von gewöhnlicher Färbung, in das bunte, doch ebenso schlichte Blütenmotive eingewebt waren.

Andächtig legte Ismail Ban-Tashi das Tuch um Adams Hals: „Dies ist ein Halstuch, das meine Urgroßmutter webte, als sie ein Mädchen war. Jede Faser wurde einzeln aus dem Unterfell von Kaschmirziegen gezupft. Diese Ziegen sind Wundergeschöpfe, die härtesten Halme der Taklamakan-Wüste verwandeln ihr Fell in den weichsten Stoff. Weicher ist nur Quellwasser, das Produkt der Maulbeerraupen ist dagegen von ordinärer Provenienz. Es dauert elf Jahre, ein solches Tuch zu weben, doch es hält für die Ewigkeit. Im Sommer kühlt es wie der Fallwind eines Gletschers. Im Winter wärmt es wie ein Lehmofen. Gleichzeitig wiegt es nicht schwerer als ein halber Schmetterlingsflügel. Spürst du es?"

Adam nickte.

„Du wirst es immer tragen, hörst du? Sobald das Wetter dir mit Kälte, Hitze oder Feuchtigkeit zusetzt. Denn das Wetter ist deine Ferse, Achill. Deine Stimme darf nicht erkranken. Es wäre ein Sakrileg. Versprichst du es mir?"

Adam nickte erneut.

„Sage es."

„Ich verspreche, das Tuch immer zu tragen."

Ismail Ban-Tashi war damit zufrieden: „Gut, so wollen wir die Zeit bis zum Sommer nutzen, um euch auf die große Stadt vorzubereiten."

Wir probten weiter.

Zwei Monate später rief uns die Haushälterin Ismail Ban-Tashis an. Sie hatte unseren Lehrer tot in seinem Zimmer gefunden. In seiner Hand hatte ein mit chinesischen Schriftzeichen versehenes Tonband gelegen. Er war beim imaginären Hören einer der letzten Aufnahmen von Adams *Muqam*-Gesängen verstorben. Das Herz, sagte die Haushälterin, habe plötzlich aufgehört zu schlagen, so habe es der Arzt konstatiert.

Adam und ich weinten an seinem Grab. Groß war die Anteilnahme unter den Budweisern. Hunderte nahmen Abschied. Adam und mich musterten sie scheu. Vor allem Adam war bereits eine bewunderte Persönlichkeit – die ihm angedachte Anerkennung benetzte auch mich, doch eher versehentlich, es wirkte wie ein Fehler, tropfte auf mich herab wie der Saft roter Rüben, sodass es alle sahen und ich mich unwohl fühlte.

Später, beim fünften Bier – natürlich prosteten wir unserem trinkfreudigen Förderer mit vollen Nestorbechern im Masné krámy nach – erwachte in mir die Erinnerung an einen längst vergangenen Tag, an dem unser Meister die Melodie der Großen Weite im Westen als dem Herzen nicht zuträglich beschrieben hatte. Also fragte ich Adam: „Denkst du, dass dein Gesang unseren Lehrer getötet hat?"

Erschrocken sah mich Adam an: „Mein Gesang?"

„Die Melodie."

Adam wusste sofort, wovon ich sprach: „Natürlich nicht! Es ist nur eine Melodie. Wie kann eine bloße Melodie gefährlich sein?"

„Magst du sie mir nicht doch einmal vorsingen?"

Adams Blick wurde scheu: „Nein, es geht nicht. Ich habe es unserem Lehrer versprochen."

„Dann musst du es nicht tun. Es ist vielleicht besser so."

Wir schwiegen.

„Vielleicht hören wir sie uns später einmal in seiner Wohnung gemeinsam an", schlug Adam vor, ohne mich anzusehen. „Seine Haushälterin hat mir die Kartons mit seinen Tonbändern hinterlassen. Ich werde sie verwahren."

Er zog sein Kaschmirtuch fester um seinen Hals und ich vergewisserte mich, dass in der Innentasche meiner Jacke die Stimmgabel von Ismail Ban-Tashi sicher verwahrt war.

Wir zogen nach Prag in ein Studentenwohnheim unweit der Altneu-Synagoge. Dort teilten wir uns ein Zimmer. Wenn wir das Fenster öffneten, hörten wir, wie schon damals am Tag unserer Geburt, die Moldau in ihrem Bett fließen, die es in der Landeshauptstadt – wie wir – zu einer ordentlichen Größe gebracht hatte. Nur einige Steinwürfe entfernt lag das ehrwürdige Pražská konzervatoř, in dem seit dem Jahr 1811 die Patriziersöhne des Landes höhere Weihen in der Musik und den Darstellenden Künsten zu erlangen trachteten, bis viele

Jahrzehnte später auch hochgeborene Mädchen und schließlich, nach dem Krieg, sogar Plebejer wie wir Aufnahme fanden.

In diesen Sommer des Jahres 1968 fiel jener besondere Frühling, der unser Land in den Grundfesten erschütterte. Schwelende Konflikte entzündeten sich, Verwerfungen brachen auf, explosiv, aggressiv. Kommilitonen erzählten uns, wie sie im Oktober zuvor von den Schlägertruppen Novotnýs durch die Straßen geprügelt worden waren.

Am 20. August probten wir im Konservatorium das *Stabat mater* des von uns bis in höchste Höhen verehrten Antonín Dvořák – ein Werk, das für mich zu den meistunterschätzten Kompositionen der Menschheit gehört. Musik gewordenes Herz. Während Dvořák das Opus 28 schuf, starben seine drei zarten Kinder, eines nach der Geburt, eines an einem Gift, eines an Pocken. Die Pein ob des Verlustes führte dem Komponisten die Feder.

In der folgenden Nacht marschierten fremde Divisionen in unser Land ein und besetzten es. Auch Adam und ich liefen durch die Straßen und schrien uns die Stimmen aus dem Leib. Er trug sein Kaschmirtuch, das ihn wohl vor Schäden an seinem empfindlichen *Ligamentum vocale* bewahrte, während meine Stimme robusterer Prägung sich vor gelegentlichen Überamplituden ohnehin nicht zu fürchten brauchte. Mit Demütigungen im Gepäck kehrte Dubček wenige Tage später aus Moskau zurück und der Sozialismus mit menschlichem Antlitz verkam für uns endgültig zur fratzenhaften Chimäre.

Im Januar 1969 verbrannte sich Jan Palach, ein Student, als erste Fackel für die Freiheit auf dem Wenzelsplatz. Adam und ich suchten die Stelle auf, an der ein Fahrdienstleiter der Prager Straßenbahn vergebens versucht hatte, die Flammen auf dem brennenden Menschen rechtzeitig zu löschen. Ein Berg von Blumen – und das mitten im Winter – wies uns die Stelle.

Stabat mater – es stand die Mutter schmerzerfüllt. Adam und ich sangen eine Strophe, und als wir endeten, nahmen uns die Sicherheitskräfte nicht fest. Ihre Helme und Mützen hatten sie zur Andacht abgenommen. Für die Dauer einer Strophe hielt das Leben vor dem Nationalmuseum unseres Landes inne.

Ist ein Mensch auf aller Erden,
der nicht muss erweichet werden,
wenn er Christi Mutter denkt,
wie sie, ganz von Weh zerschlagen,
bleich da steht, ohn alles Klagen,
nur ins Leid des Sohns versenkt?

In den nächsten Jahren fand Adam als *Vox universalis* auch über die engen Grenzen unseres Landes hinaus immer mehr Verehrer. Und, bei aller Bescheidenheit, auch meine stimmliche Potenz als Oktavist, der ich die Kontraoktave unter der Baritonlage umfänglich beherrschte, sprach sich herum. So bekamen wir erste gemeinsame Einladungen an größere Bühnen.

1971 führten wir in Brno mit dem Tschechischen Sinfonieorchester das *Gerusalemme distrutta* von František Josef Dusík auf, im gleichen Jahr feierte man uns in Ostrava für unsere Darbietungen als Ferrando und Don Alfonso in Mozarts *Così fan tutte*. Dort geschah es auch, dass ich der nahezu unwirklichen Attraktivität, die Adam auf Frauen allen Alters und aller Schichten ausübte, erneut und auf eindrucksvolle Weise gewahr wurde.

Nach dem Abgang suchten wir unsere Garderobe auf, die wir uns brüderlich teilten. Vom Auftritt verschwitzt und aufgekratzt hasteten wir durch die Gänge unter der Bühne und berauschten uns an den Klängen, an denen wir soeben hatten teilhaben dürfen. Vor der Tür zu unserer Garderobe stockten wir. Dort angelehnt stand eine ausgesucht schöne Frau mit der Figur eines Mannequins und mit langem blondem Haar, das über ihren grünen Ledermantel fiel. Sie war wohl doppelt so alt wie wir und sie lächelte Adam an. Für mich hatte sie keinen

Blick, sodass ich ihre Makellosigkeit umso ungenierter bewundern konnte. Unvermittelt schlug sie ihren Mantel auf. Darunter trug sie nichts. Adam nahm sie, ohne ein Wort zu sagen, an ihrer Hand und führte sie in unsere Kabine. Ich blieb draußen. So war es abgesprochen, dies war nicht die erste Gelegenheit jener Art. Doch in Ostrava öffnete sich die Tür erneut. Adam schob, um mit der blonden Schönheit allein zu sein, eine protestierende Brünette aus unserer Garderobe, die dort auf ihn gewartet hatte. Sie war aufgelöst, bat ihn, bleiben zu dürfen und ihm wie der Frau zu dienen, doch er lehnte lächelnd ab, gab ihr einen Kuss auf die Wange, drängte sie in meine Arme und pries meine Qualitäten als Sänger wie Liebhaber, sodass sie sich nach anfänglicher Widerspenstigkeit gerne von mir trösten ließ.

Im Jahr darauf fuhren wir zu ersten Auftritten in Bruderländer. In Breslau und Warschau sangen wir polnische Lieder aus dem Opus 74 von Fryderyk Franciszek Chopin, den die Franzosen viel lieber Frédéric François nennen. Anfang November 1972 – es war bereits so kalt, dass die Moskwa ihr aufgetürmtes Eis an den Brücken der Metropole entlang schob – verbrachten wir wilde Tage in Moskau und stürzten uns wie junge Hunde in das Gemenge des Moloch. Immer trug Adam sein feines Kaschmirtuch, dem alle Belastung nichts anhaben konnte. Es schützte seine Stimme, auch während wir tagsüber gemeinsam durch die Ulitsas der Stadt schlenderten und mit weißen Atemfahnen unsere Noten in einem gesummten Dialog verinnerlichten. Im Bolschoi-Theater präsentierten wir das Stück *Mozart i Saljeri* von Nikolai Andrejewitsch Rimski-Korsakow. Adam sang als Tenor den Mozart, ich gab den Salieri als Bariton, und es war auf solch absurde Weise auch unser beider Leben, welches wir intonierten, dass ich mich fragte, ob Adam, dem Hintersinnigkeiten aller Art fremd waren, dennoch wie ich das Gleichnis in dieser Oper erkannte. Was, wenn ich ein Salieri im Charakter wäre und nicht sein einziger Freund?

Würde ich dem Genie schaden wollen und können, weil ich dessen Erfolge niemals erzielen würde?

Die Nächte im Hotel Rossija waren ein einziger Exzess, den wir, wieder einmal, Adams vortrefflichem Charme zu verdanken hatten. Die Deschurnaja, die, wie in der Sowjetunion üblich, auf der Hotel-Etage alle Schlüssel und somit die Türen des Flures wie ein Zerberus bewachte, schmolz dahin, als sie Adam um ein Autogramm bat und dieser ihr darauf das *Nessun dorma* aus Puccinis Turandot vortrug.

Nessun dorma – niemand schlafe. Dies stand über all unseren Moskauer Nächten, in denen uns durchaus klar war, dass jede der langbeinigen Grazien, die unsere Deschurnaja unermüdlich durch unsere Betten schleuste, neben uns auch für irgendeinen Geheimdienst die Beine spreizte. *Osoboje wnimanije* – wir standen unter besonderer Beobachtung und es war uns herzlich egal. Unsere Deschurnaja brachte uns, nur damit Adam ihr noch einmal etwas vorsänge, Wodka, Tee und scharf eingelegte Gürkchen, die jeden Kopfschmerz der Nacht wegbliesen. Wund kehrten wir nach Prag zurück.

Im Jahr 1973 starben unsere Mütter, das Geheimnis um unsere Väter mit in ihre Gräber nehmend. Meine Mutter ging im Februar von mir, Adams verließ die Welt zwei Tage später. An ihren Gräbern konnten wir nicht singen. Nur weinen.

Frühjahr, Sommer, Herbst, Winter, alles zog an uns vorüber, Unterricht, Proben, Auftritte verschwammen, bis im Sommer des Jahres 1974 – wir hatten gerade unser Studium abgeschlossen und bewohnten noch immer gemeinsam unser Zimmerchen – Adam und ich vom Direktor des Konservatoriums in sein Büro gebeten wurden. Er zeigte auf sein Telefon: „Könnt ihr euch vorstellen, wer mich vor einigen Wochen anrief?"

Adam und ich schauten uns an und schüttelten die Köpfe.

„Natürlich, wie solltet ihr es wissen? Es war Rafael Kubelík."

Adam und ich waren sprachlos. Kubelík, gebürtig aus dem böhmischen Býchory. Uns allen, die wir am Konservatorium gelernt hatten, galt er als der größte Meister für tschechische Komponisten. Und weitaus faszinierender: Rafael Kubelík war der musikalische Direktor der Metropolitan Opera in New York.

„Ich kenne ihn von früher und habe ihm vor einigen Monaten eine Aufnahme mit euren Stimmen geschickt. Er möchte mit euch arbeiten. Es ist bereits alles arrangiert. Ihr werdet zwei Monate in New York verbringen."

Mit diesen Worten griff der Direktor in eine Schublade und holte Visa-Papiere hervor, die er vor uns auf den Tisch legte: „Was sagt ihr?"

Ich sah pures Glück in Adams Augen, unisono nickten wir.

Der Direktor strich sich mit den Händen über sein kahles Haupt: „Es hat mich sehr viel gekostet, die Behörden davon zu überzeugen, dass ihr zurückkehren werdet. Dies umso mehr, da ihr beide keine engeren Verwandten mehr in unserem Land habt. Ich habe eure sozialistische Weltanschauung in hohen Tönen gerühmt. Tatsächlich hafte ich mit meiner Position und meinem Renommee dafür, dass ihr nicht fliehen werdet."

Adam und mir war klar, dass wir unseren Direktor nicht enttäuschen würden, doch dieser fuhr fort: „Um ehrlich zu sein, haben mich meine Position und mein Renommee nie sonderlich interessiert. Ich bin ein einfacher Musiklehrer aus Leitmeritz, mehr wollte ich nie sein. Und wenn es so sein soll, dass man mich aus meinem Amt entfernt und ich bis zum Lebensende auf meiner kleinen Chata Kartoffeln und Karotten ziehe: Ich will, dass eure Stimmen frei sind. Dass die ganze Welt ihre Schönheit vernimmt – und dass ich davon in den großen Zeitungen lesen kann. Falls ihr euch also irgendwann mit dem Gedanken tragt, euren Rückflug auf unbestimmte Zeit hinauszuzögern, könnte ich das nicht verhindern. Dass im Little Bohemia an der Upper East Side, 1200 Second Avenue, ein Mann namens Matyas Štěpánek lebt, der bereits mehreren Landsleuten geholfen hat, die ersten unruhigen Wochen fern und losgelöst vom Schoße der Heimat zu überstehen, könnt ihr nicht wissen. Und von mir werdet ihr es ohnehin nie erfahren. Eure Flüge gehen morgen."

Er stand auf und trat um seinen Schreibtisch herum. Wir erhoben uns und er umarmte uns: „Ihr seid Söhne unseres Landes. Aber ihr seid vor allem Stimmen meines Hauses. Erfüllt mich mit Stolz."

Am 14. September 1974 glitt für Adam und mich zum ersten Mal der Vorhang der Metropolitan Opera New York beiseite. Eine halbe Tonne aus goldenem Damast, mit Kordeln aus purer Seide und mit herrlichen Pailletten versehen, wich vor uns zurück und offenbarte den allerprächtigsten Blick in den Zuschauerraum dieses Opernhauses, in dem viertausend Menschen in froher Erwartung den ersten Klängen der *Verkauften Braut* von Bedřich Smetana entgegensahen.

In diesem Stück war ich als Bassist der Micha, ein Bauer, natürlich, aber immerhin reich, während Adam als Tenor den Hans gab, meinen Sohn, den Glücklichen, der nach fröhlichen Verwicklungen die hübsche Marie zum Altar führen darf – eine Rolle, die ihm passte wie seine eigene Haut. Und als im zweiten Akt der Furiant ertönte und der Reigen der im Taktwechsel Tanzenden und Springenden die Röcke und Haarschleifen fliegen ließ, fühlte ich mich freier als je zuvor in meinem Leben. Der vollendete Klang füllte mühelos den Saal. An den nicht enden wollenden Rängen stieg die Lebensfreude der Musik empor, sie durchdrang die Logen, umspielte die Lüster, funkelte im Deckenglanz und durchfuhr die Herzen, während sich das unbändige Vergnügen einer böhmischen Kirchweih in den glücklichen Gesichtern der Zuschauer spiegelte. Die führenden Feuilletonisten der Stadt überschlugen sich tags darauf in ihren Lobpreisungen und stehende Ovationen wurden zum Begleiter einer jeden Vorstellung.

Nach dem Ende unseres vereinbarten Engagements in der Stadt an Hudson und East River warteten die Aufpasser unserer Botschaft vergeblich auf uns. Einige Wochen verbrachten wir bei Matyas Štěpánek in diskreter Abgeschiedenheit. Wir badeten am Orchard Beach in der Bronx, lauschten, in den letzten Reihen sitzend, tschechischen Gottesdiensten in Astoria und verschlangen köstliche Pelmeni in Little Odessa.

Später, als man uns nicht mehr verfolgte, zogen Adam und ich nach Manhattan. Wir wagten die Rückkehr ins Licht der Bühne, wurden Teil des festen Ensembles der Metropolitan Opera. Tagsüber probten wir. Abends traten wir auf. Am Wochenende schwammen wir im nie versiegenden Nachtleben der Stadt, um in alle nur möglichen Ströme der Musik abzutauchen. Im Copacabana in Harlem rieben wir uns beim Cha-Cha an anmutigen Gazellen, angestachelt von entfesselten Bläsersätzen und synkopierenden Two-Beat-Rhythmen. Im Black Flamingo huldigten wir dem Soul, im CBGB kloppten wir uns beim Pogo mit den Ramones und den Dead Boys. An den Wochenenden besuchten wir irgendwelche Kennedys oder Gettys in den Hamptons und betranken uns dort in den Gärten obszön großer Strandhäuser mit Starlets und koksenden Gouverneuren. *Aquam foras, vinum intro* – raus das Wasser, hinein den Wein.

Dann verliebte ich mich zum ersten und einzigen Male in meinem Leben. Ich traf die ungarische Gräfin, von der niemand wusste, ob sie tatsächlich eine ungarische Gräfin war, im The Loft. Adam war gerade auf der Tanzfläche im Discofunk mit der noch unbekannten Grace Jones vereint und ich trank an der Bar einen Wodka, als eine Frau neben mir den Rauch ihrer Zigarette aus und mir ins Gesicht blies. Ich schaute sie an und war sofort fasziniert. Sie war delikat, feingliedrig, und in ihrem von nussbraunem Haar gesäumten Gesicht leuchteten grüne Augen über hohen Wangenknochen wie Smaragde. Zwischen den Lippen ihres dunkelrot gefärbten Mundes hielt sie eine Zigarettenspitze.

Mein Blick hing an den transparenten Unterarmhandschuhen, die sie zum dunklen Kleid trug, und sie zog an ihrer Zigarette, um mich erneut anzupusten und dann spöttisch zu fragen: „Du bist also dieser eine Sänger aus Prag, nicht wahr?"

„Nein, ich bin der andere Sänger aus Prag."

Sie beugte sich zu mir vor, ich roch ihren Duft von Tuberosen und Lavendel, und sie gab mir einen Kuss auf die Wange: „Ich bin Csilla Baronin Bakalarz-Zákos von Torda."

„Das klingt wie eine unanständige Cousine der Csárdásfürstin."

„In der Tat", sagte sie und schaute mich mit großen Augen unverwandt an. Näher und näher kam ihr sphinxenhaftes Lächeln, bis sie mir zart in mein Ohrläppchen biss und einen Titel aus der weltberühmten Operette Imre Kálmáns summte: „*Ganz ohne Weiber geht die Chose nicht …*"

Ich muss wohl sehr benommen gewirkt haben, denn sie zog mich einfach fort. An vieles in dieser Nacht kann ich mich nicht mehr erinnern. Ich weiß noch, dass wir uns liebten, lange, immer wieder.

Irgendwann, und daran erinnere ich mich allerdings sehr gut, kramte ich die Stimmgabel Ismail Ban-Tashis aus meinem Jackett, meinen Talisman, den ich nicht nur in meiner Arbeit als Sänger niemals aus der Hand gab. Da Csilla mir wie das reinste und edelste Geschöpf vorkam, mit dem ich jemals Decken zerwühlt hatte, und weil ich wirklich verliebt war, schlug ich, als sie mit halb geöffneten Augen wie eine satte Katze auf der Seite lag und Champagner trank, die Stimmgabel am Bettpfosten an und hielt sie dann an ihren Busen, der sich im Ein und Aus ihres Atems bewegte. Als ich mein Ohr an die Stimmgabel führte, war ich kurz irritiert.

Ich hatte den Klang ihres Herzens hören wollen, doch der Ton war seltsam, als trüge er eine unwesentliche Verunreinigung in sich. Ich konnte mich nicht zurückhalten und sprach meine Verwunderung aus. Doch sie lachte nur, nahm mir die Stimmgabel ab und schlug sie ebenfalls am Bettrahmen an. Dann hielt sie mir das schwingende Metall an die Brust und wir lauschten. Der gleiche Ton wie bei ihr erklang. Leidlich klar, nicht wirklich unrein, aber eben auch nicht vollkommen. Und das – das passte zu mir. Ich war so fasziniert, dass ich ihr sagte, dass ich sie heiraten will, sofort. Sie lachte nur.

Als Csilla eine Woche später Adam kennenlernte, verliebten sie sich ineinander. Csilla bat mich, sie nicht mehr zu besuchen und auf meine weinerlichen Anrufe zu verzichten, diese würden sie nur ermüden.

Csilla zog bei Adam ein. Adam sah mein Leiden und fragte mich: „Sag es ehrlich, soll ich sie verlassen? Du bist mein Freund, für dich tue ich es."

„Nein. Du kannst nichts dafür. Niemand kann etwas dafür. Es ist mein Schicksal. Und es ist auch deines. Keine Frau kann dir widerstehen. Ich hätte es wissen müssen."

Csilla wurde schwanger. Adam kaufte seiner Gräfin ein Penthouse in der Madison Avenue – eine herrliche Wohnung mit nicht enden wollender Terrasse im 25. Stock, mit weitem Blick über das Delacorte Freilufttheater und The Great Lawn im Herzen des Central Parks.

Ein letztes Mal, kurz vor der Hochzeit, als wir uns zufällig im Foyer der Carnegie Hall über den Weg liefen, sprach ich mit Csilla, aber die Erinnerung daran ist wie weggeblasen. Das meiste aus dieser Zeit habe ich vergessen oder verdrängt. Ich trank viel, um den Schmerz zu betäuben.

An Details der Hochzeit kann und will ich mich nicht erinnern. Aber ich weiß noch, wie das Brautpaar auf die Terrasse trat. Es war Winter, frisch gefallener Schnee lag auf den Mahagonidielen und wir alle achteten darauf, nicht auszurutschen. Die Winter New Yorks sind von großer Kälte und Feuchte, sodass Adam auch zum Smoking wie selbstverständlich sein Kaschmirtuch trug. Als er vor Csilla in den Schnee und auf die Knie sank, um ihre Schönheit und ihre gemeinsame Liebe zu besingen, griff sie lächelnd nach seinem Halstuch und sagte mit dem ihr eigenen spöttischen Tonfall: „Schau nur, wie schmuddelig dein Tuch geworden ist. Zu alt und abgerissen für unser großes Glück, denkst du nicht?"

Adam schüttelte überrascht den Kopf: „Ich kann es nicht abnehmen. Ich trage es immer im Winter. Es wärmt meinen Hals."

„Jetzt hast du mich und ich wärme dich, besser als jedes Tuch. Du willst unsere Liebe besingen. Wenn du mich liebst, legst du es für mich ab."

Erschrocken, gebannt und gleichzeitig unfähig zur kleinsten Regung sah ich, wie Adam flink den Knoten seines Kaschmirtuchs löste und es hinter sich in den Schnee warf. Und während die Kälte an seinen erhitzten Hals sprang, sang er das *Je t'aime* von Ludwig van Beethoven in einer Eindringlichkeit, die ich so noch nie bei ihm erlebt hatte – bis zur letzten Note, die begleitet wurde von einem Geräusch, als würde etwas reißen, als sei eine Gitarre zu lange an einem Lagerfeuer gestanden, sodass eine bereits leicht aufgefaserte tiefe Saite dem Zug des Wirbels unversehens nachgeben würde.

Niemand außer mir schien es gehört zu haben, und ich erschrak, weil ich sah, wie sehr auch Adam plötzlich erblasste. Er wandte sich um, griff nach dem Kaschmirtuch unseres Lehrers und legte es hastig wieder an, während die Umstehenden seine Liebeserklärung an Csilla bejubelten.

Danach wurde alles anders, auch wenn es uns zunächst nicht bewusst war.

Während eines Konzerts in der St. Patrick's Cathedral im März – man zelebrierte das Gedenken an den irischen Heiligen und wir sangen gemeinsam mit einem Dubliner Chor Traditionals – klagte Adam mir gegenüber über ein stimmliches Problem, welches seiner Meinung nach im winzigen Eingetrübtsein des Gis in der Kleinen Oktave bestand. Ich bat ihn, mir vorzusingen. Er tat es. Doch so oft er mir die Tonfolgen rund um das gis vortrug, für mich klang es rein. Was er beschrieb, konnte ich beim besten Willen nicht heraushören. Adam insistierte, ich hob hilflos die Schultern.

So blieb es ein unbestimmtes Gefühl seinerseits, und Adam begann, seiner Stimme nicht mehr zu trauen. Er, der Zeremonienmeister seines ureigenen Klangkörpers, ahnte zum ersten Mal in seinem Leben Unzulänglichkeiten auf dem ureigenen Gebiet seines Genies. Dies führte zu Unsicherheiten, aus denen unmerkliche Fehler erwuchsen, die niemand außer ihm selbst zu erkennen schien. Zunächst. Doch dann spürte er, dass es mehr war als flüchtiger Misshall, dass es nicht mehr allen verborgen blieb. Er entdeckte es im überraschten Blick eines Dirigenten oder im aufkommenden Wispern eines Orchesters. Es nahm ihm seine Unbeschwertheit, ein Schatten fiel auf seinen Erfolg.

Wir verloren uns aus den Augen. Jahre vergingen, wir suchten uns neue Herausforderungen, wurden von ihnen absorbiert, ließen uns auf verschiedene Pfade führen. Die ungarische Gräfin gebar Adam in schneller Folge drei Kinder und sie verstand es, ihm zu verdeutlichen, dass sie auf einen verringerten sozialen und auch finanziellen Status innerhalb der New Yorker High Society keinen Wert legte. So war Adam gezwungen, seine Präsenz auf den Bühnen der Stadt hoch zu halten. Gleichzeitig hörte ich von gemeinsamen Bekannten, dass er immer öfter medizinische Kapazitäten um Rat fragte, Pausen ersehnte, weil er befürchtete, seine Stimme fortschreitend und irreversibel einzubüßen.

Ich selbst erlebte einen ungeahnten Zuspruch. Meine Stimmlage und mein mittlerweile umfangreiches Können, pragmatisch und voller Inbrunst zugleich auch schwerste Partituren innerhalb kürzester Zeit verinnerlichen und vortragen zu können, führten mich an die Mailänder Scala, die Wiener Staatsoper, an das Sydney Opera House und das Teatro Colón in Buenos Aires. Und auch, wenn das Band zwischen Adam und mir etwas fadenscheiniger und transparenter geworden war, so schwang es noch immer.

Als Adam 1981 mit dem Choir of Westminster Abbey ein Weihnachtkonzert gab und mit seiner Stimme ausrutschte, so sehr, dass es die Feuilletons der nächsten Tage komplett ausfüllte, habe ich es zur gleichen Zeit körperlich gespürt, obwohl ich auf einem anderen Kontinent weilte. Als Arkel, König von Allemonde, lag ich auf dem Bett meines Hotelzimmers und ruhte mich für den kommenden Konzertabend aus (im Theatro Municipal de São Paulo stand heute die Uraufführung von *Pelléas et Mélisande* von Claude Debussy auf dem Plan), als mir während des exakten Moments des Adam'schen Stimmenstolperns – wir haben es später festgestellt – ein Stich in den Kehlkopf fuhr, der mich aufschrecken ließ.

1982 erlitt Adam während des *Werdegangs eines Wüstlings* von Igor Strawinski auf der Bühne der Bayerischen Staatsoper einen Zusammenbruch. Panikattacken vor seinem Einsatz hatten ihn, der sonst selbst im wärmsten Scheinwerferlicht niemals transpirierte, zu Schweißausbrüchen geführt, so heftig, dass er, aus der Angst heraus, Kameras könnten sein physisches Derangement einfangen, kollabierte. Ein Ersatz für ihn war am nächsten Tag gefunden, doch, was das Schlimmste für Adam war – niemand schien ihn zu vermissen. *Au contraire*, es erschienen spöttische Berichte, die raunten, wie dem einfachen Jungen, dem einstigen Wunderkind aus Böhmen, Erfolg und das Leben im Jetset zu Kopfe gestiegen seien, alles gespeist von den glamourösen Auftritten seiner Frau Csilla. Gleichzeitig gab man sich genüsslichen Spekulationen hin. Da gäbe es doch diese Legende, irgendein Halstuch, das den berühmten Sänger vor Ungemach schütze, wohl eine bloße Erfindung seiner Public Relations, im Grunde lächerlich. Adams Fehler mehrten sich.

1983 erhielten Adam und ich die traurige Nachricht, dass sich der Direktor unseres Konservatoriums in seinem Kleingarten erhängt hatte. Wir trafen uns in einer Bar in Downtown Manhattan, um gemeinsam um dem Mann, dem wir so viel verdankten, zu trauern, und dabei fiel mir auf, dass Adam viel trank. Und dann erzählte er mir unter Tränen, dass Csilla sich einen Liebhaber genommen habe und nichts unversucht lasse, ihn vor den Kindern schlecht darzustellen.

Ein Jahr später traten Adam und ich wieder gemeinsam auf. Die Kritiken konstatierten, dass sein Tenor meinem Bass unterlegen war. Als sei das, was wir taten, nicht ein Vereinigen von Harmonien, sondern ein Ringen um die Gunst des Publikums, ein Wettkampf, eine Art kultivierteres Football Match. Ich schämte mich für die mediokren Schreiberlinge in ihren überheblichen Verlagskartausen, doch noch peinlicher war mir die bloße Möglichkeit der Sichtbarwerdung eines unredlichen Kräftemessens, als sei der Fleiß des Handwerkers dem Genius des Göttlichen nur dank einer unsichtbaren Verletzung des von der Polyhymnia Geküssten überlegen. Nach dem Konzert sagte Adam zu mir, wie sehr er sich für mich freuen würde, und das war so ehrlich und aufrichtig, dass es mir das Herz zusammenschnürte.

Adam, der einer der gefragtesten Tenöre der Welt gewesen war, klagte über nachlassendes Interesse. Sein Management wurde unzufriedener und ich wies mein eigenes Management an, dezent und auf meine Kosten nach Auftrittsmöglichkeiten für Adam zu suchen. Ich selbst sprach ebenfalls bei vielen einflussreichen Veranstaltern vor und bat darum, Adam wieder öfter zu buchen. Doch sie erzählten mir von schwierigen Bedingungen. Oft käme er zu spät, vernachlässige seine Hygiene, und außerdem erzähle er, der früher so charmant gewesen war, gelegentlich derbe Witze, welche die Frauen verschreckten. Mehr als einmal sei er betrunken zur Probe erschienen.

Es war kaum etwas auszurichten. Während ich weiter auf meiner Leiter emporkletterte, war Adam gezwungen, zweitklassige Engagements an kleineren Bühnen anzunehmen, was wiederum an seiner internationalen Reputation zehrte. Ein stetes Trudeln aus den Höhen des Sängerolymps.

Dann wies ihm Baronin Bakalarz-Zákos von Torda kühl den Weg aus dem von ihm finanzierten Penthouse, welches sie ab sofort mit ihren drei gemeinsamen Kindern und gelegentlichen Liebhabern zu teilen gedachte. Adam zog in die South

Bronx in eine umfassend deprimierende Wohnung. Abends hörte man in seinem Stadtteil oft Schießereien. Seine Kinder bekam er nie zu sehen, dafür sorgte Csilla nach der Trennung.

Als ich bei einem meiner Besuche in seinem Loch sah, dass er mit bereits nikotingelben Fingern nach Zigaretten griff, schlug ich sie ihm aus der Hand. Zu spät. Adam war alles egal: „Welchen Zweck hat meine Existenz noch?"

„Du hast noch immer eine der schönsten Stimmen der Welt."

„Du ahnst nicht, wie oft ich den Tag meiner Hochzeit verfluche. Warum habe ich mein Tuch abgenommen! Jetzt hocke ich im Elend der Bronx, meine Stimme schwindet, die schönste Frau der Welt hat mich verlassen und meine Kinder wollen nichts mit mir zu tun haben. Wie soll ich da nicht zum Trinker werden?"

„Zerstöre dich nicht weiter. Komm zu dir und besinne dich auf die Musik. Sie wird dich retten."

„Ach was! Wer soll mich noch buchen? Schau, wie ich aussehe!"

Ich betrachtete ihn und musste zugeben, dass er nicht mehr dem Ideal entsprach, dass er so viele Jahre verkörpert hatte. So viele Plattencover hatten den Jüngling gezeigt, der einem Adonis gleich jede Bühne in den Bann schlug, mit seiner Gestalt, seinem Charisma. Jetzt waren seine Locken schütter geworden, sein einst graziler Körper durch hartes Trinken aufgeschwemmt, sein Blick eingetrübt.

„Ich werde sehen, wie ich dir helfen kann. Vielleicht ist es Zeit, neue Erfahrung und Anerkennung zu sammeln. Jenseits der Bühne."

„Meinst du das wirklich?"

„Ja, Adam."

Es gelang mir, für Adam eine Anstellung zu finden. Er wurde Leiter des bekannten Gospel Traditional Choir in Haarlem, einem achtstimmigen Kirchenchor mit beachtlichem Repertoire weltlicher und geistlicher Stücke. Er fasste wieder Fuß. Doch dann, im Weihnachtstrubel des Jahres 1987 lief er Csilla und den Kindern auf einer belebten Einkaufsstraße über den Weg. Ein schrecklicher Zufall. Er bat sie um Zeit mit seinen Kindern, sie verspottete ihn als gescheiterten Minnesänger. Er ohrfeigte sie. Dem öffentlichen Skandal schloss sich ein Prozess mit ungebührlicher Berichterstattung an, der Chor kündigte ihm.

1989 ließ die Samtene Revolution den Sozialismus auch in unserem Heimatland zusammenbrechen. Ich besuchte Adam in seiner Wohnung, die er mittlerweile kaum noch verließ, und überredete ihn, mit mir zurück in die Heimat zu fliegen. Jetzt, wo in der Tschechischen Republik der Geist der Freiheit wehte, konnten auch wir dort frei sein. Dieser Gedanke gefiel Adam.

Als wir in Prag landeten, wurden wir von einigen Journalisten empfangen. Doch die Liebe zu uns war erkaltet, man hegte keine übergroßen Sympathien für Leute, die das Land um persönlicher Vorteile willen verlassen hatten. Da uns in Prag nicht viel hielt, fuhren wir umgehend weiter nach Budweis. Hier war es anders. Die Menschen mochten uns noch. Viele erinnerten sich an unsere Anfänge und mehr als einmal fielen uns vermeintlich Fremde um den Hals. Adams Augen bekamen etwas von ihrem alten Glanz zurück.

Als wir über den Hauptplatz unweit des Samsonbrunnens gingen und das Haus betrachteten, in dem wir bei Ismail Ban-Tashi unsere Stimmen gefunden hatten, ergriff Adam meinen Arm und meinte: „Lass uns schauen, wer heute in Ismail Ban-Tashis Wohnung lebt!"

„Wofür soll das gut sein?"

„Ich möchte die Wohnung einfach noch mal sehen."

Wir betraten das Haus und stiegen die Stufen empor. Es war, als wären wir niemals fort gewesen, so genau erinnerten wir uns an jeden Farbabplatzer an der Wand und an jeden Riss im Holz der Treppe. Adam wurde mit jedem Schritt glücklicher. Als wir oben ankamen, klopfte er in freudiger Erwartung. Niemand antwortete, niemand öffnete.

Adam drückte die Klinke herunter und die Tür schwang auf. Die Wohnung stand offensichtlich seit Langem leer, einige zurückgelassene Stühle und brüchige Kommoden fütterten Holzwürmer. Aufgewühlt gingen wir durch die winzigen Räume, unsere Schuhe hinterließen dunkle Spuren im dicken Staub.

Später sagte Adam zu mir: „Ich habe dein Angebot, mir Geld zu geben, immer abgelehnt. Weil du mein Freund bist und Geld nicht zwischen uns stehen soll. Aber dieses eine Mal bitte ich dich um einen großen Gefallen. Kannst du die Wohnung Ismail Ban-Tashis kaufen? Für mich? Sie ist klein und baufällig, sie wird nicht teuer sein."

Ich kaufte für Adam die Wohnung und organisierte seinen Umzug aus New York, der aus wenigen Habseligkeiten in kaum einer Handvoll Kisten bestand. Meine Koffer, mit denen ich von Auftritt zu Auftritt reiste, waren üppiger gefüllt.

Ich war nun im besten Alter eines Oktavisten – meine erfolgreichste Zeit, sodass ich mehr denn je in den Hotelzimmern der Welt gefangen war. Gelegentlich telefonierten Adam und ich, er hatte angefangen, Schüler zu unterrichten, ganz so, wie es Ismail Ban-Tashi mit uns getan hatte. Er arbeitete mit den Methoden unseres alten Lehrers, zeigte seine Tricks, verwendete seine Übungen. Ich produzierte Tonträger um Tonträger, die meine Stimme in der Welt und meinen Ruhm vervielfachten. Meine Tourneen ließen die Zeit verfliegen und nichts hielt mich davon ab, meine Stimme immer weiter zu verfeinern. Der weise Bassist Nicola Zaccaria, der allein mit der Callas neun Opern gesungen hatte und vom Alter her durchaus mein Vater hätte sein können – wie gerne hätte ich einen solchen Vater gehabt! – unterrichtete mich in seiner Methode, Tiefen mit einer tollkühnen Kadenz anzuspringen. In Peking traf ich mich unter verschwiegenen Umständen mit tibetanischen Mönchen, die mich an ihren Kehlkopfgesang heranführten, der sie tiefste Urtöne erzeugen ließ, die im Westen nahezu unbekannt waren. Ich hörte nicht auf, sängerisches

Wissen in mich aufzusaugen, und wenn ich nicht studierte, brillierte ich in allen großen Rollen, dem Don Giovanni, dem Boris Godunow, dem Mephisto und Philipp dem Zweiten.

Irgendwann erschrak ich, als ich merkte, dass ich Adam seit fast acht Jahren nicht gesehen hatte. Ich rief ihn an – natürlich, er selbst rief mich nie an – und kündigte meinen Besuch an. Er freute sich sehr.

Im Herbst 1997 landete ich in Prag, besorgte mir einen Leihwagen und fuhr weiter nach Budweis. Im Haus am Hauptplatz stürmte ich die Stufen empor, so sehr fieberte ich unserem Wiedersehen entgegen. Doch seine Wohnung war leer. Eine Nachbarin sagte mir, dass ich Adam um diese Uhrzeit üblicherweise im Gasthaus der drei Bauern antreffen könne.

Ich fand ihn am Tresen. Als er dem Wirt sein leeres Schnapsglas vor die Nase knallte, erblickte er mich in der offenen Tür. Er sprang vom Barhocker, taumelte auf mich zu, umarmte mich und wollte mich gar nicht mehr loslassen: „Dass du da bist! Komm, wir trinken!"

„Hast du nicht schon genug gehabt?"

„Ich habe noch gar nicht angefangen."

Adams Gesicht war eingefallen, das intensive Rauchen hatte seine Haut mit schmutziger Patina überzogen. Doch als er aus dem Nichts und in großer Inbrunst das *Lied von der Erde* von Gustav Mahler anstimmte, ging mir das Herz auf und wir begannen zu trinken. Adam ließ sich vom Kellner eine Flasche Absinth reichen, die unter dem Tresen verborgen war. Er füllte ein Glas bis zum Rand, hielt es mit seinem grün schimmernden Inhalt gegen das Neonlicht und rief: „Schau, mein Freund, sie machen ihn hier wie früher. Nach dem dritten Glas siehst du weiße Mäuse, nach dem vierten Glas siehst du tanzende Frauen, nach dem fünften Glas siehst du das Leben. Ein herrliches Gesöff!"

So becherten wir das bittere Wermutdestillat und der starke Alkohol wischte all meine Bedenken fort. Wir schwelgten in

Erinnerungen, in Tönen und in Anekdotischem. Die grüne Fee verdrehte uns kräftig den Kopf, sie ließ uns halluzinieren und phantasieren, und so wunderten wir uns nicht, als plötzlich die Tür zur Kneipe aufging und ein Junge hineinkam, der dem Adam meiner Jugend bis auf das Haar glich.

Auch Adam sah ihn und hielt verblüfft inne. Dann herrschte er sein jugendliches Abbild an: „Was machst du hier? Verschwinde!"

„Ich bin schon längst verschwunden. Du hast mich versoffen. Wir hätten die Welt aus den Angeln heben können, wir hätten sie zu unserem Resonanzkörper gemacht, aber du, du hast alles verraten, was mir einmal heilig war!"

„Sachte, sachte, du Hosenscheißer! Das Gegenteil ist wahr, du warst es, der mich verraten hat. Du hast mich im Stich gelassen, mich an meiner Kontrolle zweifeln lassen, in der St. Patrick's Cathedral. Meine Stimme ist gebrochen, du bist gebrochen."

„Ich habe dich niemals verraten. Du selbst hast das Tuch vom Hals genommen, damals, im Winter, völlig ohne Not."

„Das bisschen Tuch, als ob es daran gelegen hätte", winkte Adam ab, doch ihm war anzusehen, wie unwohl er sich fühlte.

„Woran sollte es sonst gelegen haben? Wie kamst du nur auf diese Idee? Warum solltest du das Tuch abnehmen, das Geschenk von Ismail Ban-Tashi?"

„Weil meine zukünftige Frau mich darum gebeten hat."

Sein Alter Ego schüttelte verzweifelt den Kopf: „Du warst ein Samson, Adam, du warst so stark! Deine Kraft war in deiner Stimme, die du leichtfertig weggeschenkt hast! Für eine Frau, die keine Delila, sondern eine Hure war, wie Gomer, die dem Propheten Hosea drei Kinder schenkte. Es ist nur gerecht, dass du für den Verrat an mir selbst verraten wurdest!"

Adam wurde zornig. Er griff nach der Flasche vor ihm und warf sie nach seinem jugendlichen Selbst. Der Junge sprang auf, wich der Flasche aus und lief weinend aus der Kneipe. Danach brachte ich Adam nach Hause.

Als ich ihn in sein Bett legte, schlug er nach mir – zum ersten und einzigen Mal – und er schrie, dass er mich nicht wiedersehen wolle. Ich verbrachte die Nacht auf seinem räudigen Sofa. Am nächsten Tag verließ ich Adams Wohnung, ohne mich von ihm verabschieden zu können. Er hatte sich in seinem Schlafzimmer eingesperrt.

Telefonate liefen ins Leere, Briefe gingen Wochen später mit entsprechenden Rücksendevermerken an meine New Yorker Adresse. Als es sich Jahre später während einer Europatournee gut einrichten ließ, fuhr ich noch einmal nach Budweis. Drei Tage lang klopfte ich und wartete vor seiner Wohnung, in der Hoffnung, dass er sie einmal verlassen möge. Am ersten Tag schrie er, ich solle verschwinden, dann nichts mehr.

Manchmal, zu bestimmten Anlässen, wie dem Jahrestag eines unserer Auftritte, dachte ich an Adam, daran, ihn anzurufen, es noch einmal zu versuchen. Manchmal tat ich es dann, manchmal vergaß ich es.

Dann, im letzten Februar, bekam ich einen Anruf aus der Tschechischen Republik – ich erkannte es an der Landesvorwahl. „Adam, bist du es?"

„Nein, hier spricht Karol Veselý. Ich bin ein Notar aus Budweis. Ich muss Ihnen leider mitteilen, dass Adam verstorben ist. Ich bin damit beauftragt, seinen Nachlass zu regeln."

Ich hielt den Hörer von meinem Kopf weg und schrie lange, verzweifelt und lautlos.

„Hallo? Hören Sie mich? Sind Sie noch am Apparat?"

„Wann ist es passiert? Wie?"

„Vor wenigen Tagen. Bedauerlicherweise ist er erfroren."

„Erfroren?"

„Ja. Man fand ihn draußen im Schnee. Nackt. Nahezu nackt, um genau zu sein. Er trug lediglich ein Halstuch."

Ich weinte und Karol Veselý war taktvoll genug zu warten, bis ich wieder sprechen konnte.

„Wenn es um den Nachlass von Adam geht, bin ich nicht der richtige Ansprechpartner. Meines Wissens ist er immer noch verheiratet. Außerdem hat er drei Kinder. Alle leben in New York."

„Das ist richtig. Aber sowohl die Ehefrau als auch die Kinder haben das Erbe ausgeschlagen."

„Hat er mir denn etwas vermacht?"

„Nein, nichts Offizielles."

„Warum wenden Sie sich dann an mich?"

„Zunächst, um Ihnen mitzuteilen, dass die Beisetzung in zehn Tagen stattfindet. Sicherlich möchten Sie daran teilnehmen."

„Natürlich."

„Dazu möchte ich Ihnen einen Vorschlag unterbreiten, der wohl in Adams Sinne wäre. Vor der Beisetzung wird der letzte Besitz des Verstorbenen abgeholt, seine Wohnung wird geräumt." Er machte eine kurze Pause. „Es war auch die Wohnung Ihres ehemaligen Musiklehrers, des ehrenwerten Ismail Ban-Tashi, den kennenzulernen ich selbst das Vergnügen hatte. Vielleicht finden sich noch Dinge, die Ihnen als Sänger etwas bedeuten könnten, auch wenn sie keinen finanziellen Wert darstellen. Deshalb dachte ich mir, dass Sie vielleicht selbst einmal schauen möchten, ob sie von den Habseligkeiten Adams etwas gebrauchen könnten, als Erinnerungsstück an ihre musikalische Beziehung."

„Das ist sehr freundlich von Ihnen."

Wieder zögerte mein Anrufer, als wage er es nicht, zu tief in meine und Adams Vergangenheit zu greifen. „Ich habe sie beide einmal bei einem Auftritt in Brno gesehen. Sie haben so schön gesungen, dass meine Frau weinen musste. Und selbst mir als musikalischem Laien konnte nicht verborgen bleiben, wie innig sie beide miteinander waren. Sie können jederzeit anreisen und im Keller des Hauses am Hauptplatz den Nachlass durchsehen. Dort ist alles eingelagert, was Adam bis zum Schluss verwahrt hat. Der Keller trägt die Nummer 5. Er wird nicht abgeschlossen sein, dafür sorge ich. Nehmen Sie mit, was immer Sie gebrauchen können. Es wird bei Ihnen in den richtigen Händen sein. Adam hätte es so gewollt."

Zwei Tage später nahm ich den inzwischen vertrauten Weg über Prag nach Budweis, und der Zauber meiner Kindheit überfiel mich mehr denn je. Doch das Einzige, was an mir jung geblieben war, war meine Stimme, während ein alter Mann, die Knochen rheumatisch, der Gang gichtig, die Kellertreppe im Haus am Hauptplatz unweit des Samsonbrunnens hinabstieg.

Dort unten war es kalt, aber trocken. Am Ende des Ganges fand ich einen Verschlag, der mit der Nummer 5 gekennzeichnet war. An einem Haken hing ein offenes Vorhängeschloss. Dahinter nur wenige Habseligkeiten. Eine große Holzkiste, ein Sessel, einige Koffer, ein Regal, in dem stapelweise Notenhefte und Partituren lagerten. Ein Schrank mit abgetragenen Anzügen und Kostümen.

Ich öffnete die Holzkiste und fand darin ein Röhrengerät des VEB Fernmeldewerks Leipzig – das Tonbandgerät unseres Lehrers Ismail Ban-Tashi. Daneben Dutzende von Tonbändern, alle mit der erratisch-krakeligen Handschrift Ismail Ban-Tashis beschriftet. Sogar ein Adapter, der die unterschiedlichen Stromstärken Europas und der Vereinigten Staaten von Amerika überbrücken konnte, lag dabei. Und als ich die Steckdose an der Wand entdeckte und erkannte, dass der Sessel im Keller ganz und gar unverstaubt war, ahnte ich, wie oft Adam hier gesessen hatte, um den Aufnahmen aus unserer Budweiser Kindheit zu lauschen.

Ich verband das Tonbandgerät und suchte unschlüssig in den Aufnahmen umher, bis ich eine Hülle bemerkte, auf die Ismail Ban-Tashi chinesische Schriftzeichen gekritzelt hatte.

Ich legte das Tonband ein und sah, wie der Magnetstreifen begann, am Tonkopf entlangzustreichen, bis erstes Rauschen den Pegeln einen zarten Ausschlag verlieh. Dann setzte die Stimme Adams ein. Sie war so klar, dass alle meine Muskeln ihre Spannung verloren und mein Kopf nach hinten gegen die Lehne des Sessels sackte. Zwei Mäuse und eine Ratte tauchten aus Ritzen und Löchern zwischen den Kellerziegeln auf und verharrten reglos. Fledermäuse flatterten ohne Laut in den Verschlag hinein und verkrallten sich in der Decke über mir. Und – man mag es glauben oder nicht – ob der Schönheit von Adams Gesang traten Tränen aus den Steinen der Wand. Die Melodie der Großen Weite im Westen erklang.

Ein Stich in meinem Herzen.

Ich spürte, wie er sich rasch verstärkte, als würde mein Inneres in gleißendem Licht aufreißen. Die Hülle mit Ismail Ban-Tashis Schriftzeichen glitt mir aus der Hand. Und gerade, als ich starb, erinnerte ich mich daran, dass ich es gewesen war, der Adams Braut Csilla bei unserem zufälligen Treffen im Foyer der Carnegie Hall vor mehr als 40 Jahren gebeten hatte, sie möge versuchen, Adam zu überreden, sein Kaschmirtuch einmal nur, ein einziges Mal, abzulegen.

MÄNNER IN BADEHOSEN

Von 17 Millionen Ossis war ich wohl der Erste, der im Sommer 1988 vom bevorstehenden Mauerfall erfuhr. Das war am Plattensee. Ich habe nie ein großes Gewese darum gemacht, aber es ist eine wahre Geschichte. Ich schwöre es auf meine Eltern, und die sind mir heilig.

Geboren wurde ich 1959 im sächsischen Annaberg, dem Städtchen zu Füßen des Pöhlbergs. Dank meiner freiheitsliebenden Eltern entwickelte ich früh eine Abneigung gegen den miefigen Sozialismus meines Landes. Mein Vater war Fotograf, bediente aber ein Leben lang nur die gewaltige Reprokamera im VEB Verpackungsmittel Kombinat Annaberg-Buchholz. Mit seinen Reprografien wurden die Produktkataloge des Kombinats bestückt, mit denen man westliche Kunden auf der Leipziger Messe begeistern wollte, weil man sich von ihnen Devisen erhoffte. Mein Vater hatte mit diesem Staat gebrochen, der sich, wie er es formulierte, im Hinterzimmer wie eine Nutte auftakelte, um sich im Schaufenster von der westdeutschen Industrie bumsen zu lassen.

Sein inneres Exil führte ihn in die private Aktfotografie. Eines seiner Modelle, meine Mutter, die nebenberuflich für die Zeitschrift *Aus Garn und Wolle* vor der Kamera stand, heiratete er schließlich. Ihre Flitterwochen verbrachten sie am Plattensee, der ihnen in seiner Lieblichkeit zeigte, wie das Leben sein konnte. Wenig später kam ich zur Welt.

Als mein Vater bereit war, mit uns das Land zu verlassen, war plötzlich die Mauer da. Und so blieb der Plattensee das Schlüsselloch, durch das er auf eine Welt schaute, die ihm selbst verschlossen blieb, weil er zu lange gezögert hatte.

Jeden Sommerurlaub verbrachten wir am Plattensee. Ostsee, Harz, Thüringer Wald? Drauf geschissen, sagte mein Vater.

Er wollte lauwarmes Wasser spüren, das erst seine Knöchel, dann seine Knie, dann seinen Bauch umspielte. Er wollte einen Blick auf Berge haben, die im Hitzeflirren blauer wurden, bis sie im Dunst verschwanden. Er wollte in einem Duft aus Seegras, Rotwein, Letscho und Hackspießen stehen. So etwas gab es in der DDR nicht.

1963 erwarb mein Vater ein uraltes Segelboot. Und so klapperten wir damit alljährlich die Häfen am Nordufer des Plattensees ab, immer auf der Suche nach dem günstigsten Liegeplatz für unsere Wanderjolle aus den 30er Jahren mit winziger Kajüte, die wir auf den Namen *Remény*, Hoffnung, tauften.

Oft ging ich als Kind an der Hand meines Vaters hinaus in das badewannige Wasser. Unter der Oberfläche des glitzernden Sees sah ich gläserne Fische, die vor meinen Beinen zurückschreckten. Meine Füßchen streiften über von Strömungen geriffelten Sandboden, Sonnenreflexe tanzten auf meiner Netzhaut. Wenn mir das Wasser endlich, weit draußen, bis zu den Schultern stieg, bedeckte es gerade die Hüften meines Vaters und durchnässte seine Badehose. Dann blieb er stehen, wir drehten uns um und freuten uns über das Treiben am Strand. Das war unser Ritual.

Alles war so anders am Balaton. Die Leute lächelten. Sie aßen Knoblauch und scharfe Würste. Sie tranken süße Weine und sangen oberkörperfrei in den Uferkneipen frivole Lieder, die über das Schwarz des nächtlichen Sees hallten. Gelegentlich saßen meine Eltern mit dem Klassenfeind an einem Tisch und ließen sich einladen, weil die Westdeutschen großzügig sein wollten und weil wir als Ostdeutsche kaum genug Devisen für das Benzingemisch hatten, das unseren Wartburg auf seinem Weg zum größten mitteleuropäischen Binnensee und zurück befeuerte.

Manchmal nahmen meine Eltern mich mit in die Kneipe, damit ich, wenn es zu spät wurde, nicht allein auf dem Boot schlief. Wenn ich dann, während meine Eltern immer betrunkener wurden, auf dem Schoß irgendeiner Frau aus dem Westen saß, prägte ich mir den Geruch ihres Parfums ein, so viel aufregender als der brave *Tombola*-Duft meiner Mutter, komponiert in der Chemischen Fabrik Miltitz.

Mein Vater brachte mir das Wenden und das Halsen bei. Er erklärte mir, wie und wo der Balaton-Wind entsteht, zeigte mir, wie man navigiert, wie man Seekarten liest, wie man funkt, welche Vorfahrtsregeln herrschen, wie man Häfen ansteuert und wie man das Boot abfendert. Gemeinsam nahmen wir in jedem Frühjahr den schmalbrüstigen Motor unserer Jolle auseinander und setzten ihn wieder zusammen.

Als mein Vater 1980 verstarb, übernahm ich die *Remény*. Ich hatte in der Zwischenzeit eine Lehre als technischer Zeichner absolviert und begonnen, im VEB Feuerlöschgerätewerk Jöhstadt zu arbeiten. Mein erster selbst bezahlter Urlaub. Natürlich fuhr ich in diesem Sommer ebenfalls an den Plattensee. Dort lernte ich Monika kennen, eine hübsche Brünette, die mich in einem Lokal auf die *Remény* ansprach. Wir verliebten uns, sie zog zu mir.

1983 heirateten Monika und ich. Unser beider Liebe zum Balaton blieb und wuchs. Weil die Devisen aufgrund der ungünstigen Wechselkurse immer heftiger an unseren Ungarn-Urlauben zehrten, hatte ich irgendwann den Tank unseres von meinem Vater geerbten Wartburgs vergrößert. Zu meiner stillen Freude wurde das geheime Reservoir unter der Rückbank, das zusätzliche hundert Liter fasste und unsere Reisekasse deutlich entlastete, nie von den Grenzern entdeckt.

Als wir im Siófoker Hafen mit Glück einen wunderbaren Liegeplatz für erstaunlich geringes Geld ergattern konnten, kamen wir mit Seglern aus der Bundesrepublik ins Gespräch, schließlich war unsere *Remény* mittlerweile zu einer antiken Schönheit gereift. Da waren das Ehepaar Marwede aus Gütersloh und die Familie Voggenreiter aus München, mit denen wir bei ruhiger See mitten auf dem Balaton mit unseren Booten längs zu gehen pflegten. Verzurren, Anker werfen. Und dann sprachen wir fernab von möglichen Mitlauschenden über unser Leben. Marwedes schwärmten vom Segeln vor Ibiza und von der Freiheit auf dem Meer. Unsere Freunde aus dem Westen warnten aber auch, dass nicht alles Gold sei, was glänzt. Während die Wellen des Plattensees an unsere Boote schlugen und Böen die Takelage unserer Segel zart gegen die Masten klopften, erzählte man uns von der Einsamkeit des gehobenen Managements. Je mehr wir vom Wein der nahen Berge tranken, umso begeisterter spann ich Fluchtpläne für uns. Völlige Vertrautheit herrschte für einige Wochen zwischen uns, bis wir alle in unsere Wirklichkeiten von BRD und DDR zurückkehren mussten und uns zuvor versicherten, im nächsten Jahr wiederzukommen.

Immer stärker wuchs in mir der Drang, das andere Deutschland kennenzulernen. Je mehr ich mich für den Gedanken erwärmte, umso skeptischer wurde Monika. In der DDR haben wir alles, was wir brauchen, sagte sie. Ibiza ist auch nicht anders als Ungarn, nur kleiner und am Meer. Du hörst doch selbst, wie groß der Druck im Kapitalismus ist. Das sind wir nicht gewohnt, es wird uns kaputtmachen. Von Jahr zu Jahr wuchsen die Spannungen. Immer öfter stritten wir uns. Ich sah im Westen die Freiheit, sie nur ein Risiko.

Als im Mai 1987 Mathias Rust mit seiner Cessna auf der Großen Moskwa-Brücke unweit des Roten Platzes landete, war ich wie elektrisiert. So löchrig schien der Eiserne Vorhang zu sein. Doch etwas später im gleichen Jahr, als wir alle wieder unsere Boote inmitten des Sees zwischen Balatonakali und Balatonlelle vertäut hatten und mögliche Wege in den Westen diskutierten, verweigerte sich Monika komplett, stritt sich sogar mit den Marwedes und den Voggenreiters. Zurück im Hafen diskutierten wir erhitzt in unserer Kajüte weiter, so lange, bis Segler auf den Nebenbooten riefen, wir sollten endlich ruhig sein, sonst würden sie sich beschweren, und dann wäre es vorbei mit unserem Liegeplatz im begehrtesten Hafen des Plattensees.

Im nächsten Sommer gab Bruce Springsteen in Weißensee ein Konzert. Als wir wenige Tage später nach Ungarn aufbrachen, war ich noch immer wie berauscht von den Bässen und Beats, die mir mit Zehntausenden von Watt die Melodien der Freiheit in die Ohren gehämmert hatten.

Der erste Abend am See, Monika und ich saßen auf der *Remény* unter Deck. Wir hatten uns geliebt, doch dann kam ich wieder auf eine mögliche Republikflucht zu sprechen. Bald stritten wir heftig. Unsere Bullaugen standen offen, es war schon spät in der Nacht, doch immer noch heiß. Sie schrie, wenn ich in den Scheißwesten wolle, würde sie mich verlassen. Plötzlich klopfte es an unserer Kajütentür.

„Das hast du jetzt davon", zischte Monika mich an. „Wenn das die Polizei ist, sind wir geliefert!"

„Warum verlierst du auch immer gleich die Nerven und zeterst so laut!", gab ich zurück.

Wieder klopfte es, laut und bestimmt. Ehe Monika und ich etwas unternehmen konnten, öffnete jemand die Kajütentür, trat barfuß die drei Stufen zu uns herab. Ein älterer Mann, der lediglich eine Badehose trug. Er war klein und untersetzt, sein spärliches Haupthaar war nach hinten gekämmt.

Er schaute uns an und sagte mit starkem ungarischem Akzent: „Sie sind sehr laut. Mein Boot liegt direkt neben Ihrem. Ich rate Ihnen, nicht zu fliehen."

Monika versuchte zu leugnen: „Wir haben gar nicht über Flucht gesprochen."

„Doch, das haben Sie. Deshalb sage ich Ihnen, dass es ist nicht nötig ist, zu fliehen. Im nächsten Jahr wird die Mauer fallen. Es ist eine beschlossene Sache auf höchster Ebene."

„Eine beschlossene Sache?", fragte ich ungläubig. „Wer sind Sie, dass Sie hier nachts auf unser Boot kommen und einen solchen Blödsinn erzählen?"

„Mein Name ist Péter Várkonyi. Ich bin der Außenminister Ungarns und ich will einfach nur, dass Sie endlich still sind, damit ich in Ruhe schlafen kann. Gute Nacht." Er stieg die drei Kajütenstufen wieder empor und zog das Türchen hinter sich zu.

Am zehnten Mai 1989 wurde Péter Várkonyi durch Gyula Horn abgelöst, der als neuer Außenminister gemeinsam mit seinem österreichischen Amtskollegen Alois Mock den Grenzzaun bei Sopron symbolisch durchtrennte. Im November 1989 fiel die Mauer.

Ein Jahr später beantragte ich Akteneinsicht bei der Gauck-Behörde. Von der Menge der Dokumente war ich, gelinge gesagt, überrascht. Ich las, dass man Monika vor zehn Jahren auf mich angesetzt hatte, um mehr über westdeutsche Ungarnurlauber zu erfahren. Kein Wunder, dass sie an einer Flucht nie interessiert gewesen war. Der Liegeplatz im Hafen von Siófok war natürlich kein Zufall. Und auch mein versteckter Extratank war in der Akte mit dem Vermerk festgehalten, uns deswegen nicht an der Weiterfahrt zu hindern. Monika hatte umfangreiche Dossiers über die Familien Marwede und Voggenreiter zusammengetragen. Marwede war Top-Manager bei Bertelsmann. Voggenreiter arbeitete an Panzer-Optiken für Krauss-Maffei. Die Details der Berichte interessierten mich nicht.

Als ich von der Gauck-Behörde nach Hause fuhr, war Monika bereits ausgezogen. Sie sprach nicht mehr mit mir. Wir haben uns scheiden lassen.

Das alles ist lange her. Noch immer fahre ich im Sommer an den Plattensee. Die *Remény* habe ich verkauft. Doch ich will lauwarmes Wasser spüren, das erst meine Knöchel, dann meine Knie, dann meinen Bauch umspielt. Unter der Oberfläche des glitzernden Wassers, dessen Sonnenreflexe auf meiner Netzhaut tanzen, sehe ich dann gläserne Fische, die vor meinen Beinen zurückschrecken. Meine Füße streifen über von Strömungen geriffelten Sandboden. Wenn das Wasser meine Hüften bedeckt und meine Badehose durchnässt, drehe ich mich um, freue mich über das Treiben am Strand und weine.

ALSO GUT, REDEN WIR ÜBER DIE DICKE HEDWIG

Immer, wenn das Thermometer springt, wenn Klimafühligkeit die Empfindsamen ächzen lässt, wenn Frost über das Land kommt oder Regen gegen die Fenster peitscht, massiert mein Großvater schmerzverzerrt seine Schulter und murmelt: „Alle Wetter, und das nur wegen der dicken Hedwig."

„Opa", frage ich dann, „was ist mit der dicken Hedwig?"

„Nichts", grummelt er dann und will nicht darüber sprechen.

Eigentlich ist mein Großvater nicht empfindlich. Dies mag seiner bäuerlichen Herkunft geschuldet sein. Robust und unerschrocken war er in jungen Jahren, manche sprachen gar von einer Kühnheit seines Wesens, die ihn die verrücktesten Dinge tun ließ.

Einmal, in den fünfziger Jahren, besuchte er gemeinsam mit einem Cousin das Baumblütenfest in Werder. Sie fuhren mit dem Fahrrad dorthin, und auf dem Rückweg vom Fest, während sie wieder nebeneinander herradelten, kam er auf die Idee, man könne doch versuchen, bei leichter Bergabfahrt mit überkreuzten Armen jeweils das Fahrrad des anderen zu steuern. Dass sie zuvor dem Obstwein reichlich zugesprochen hatten, mag als eine der Ursachen für dieses abwegige Unterfangen gelten.

Man fand meinen Großvater und den Cousin bewusstlos an einem Alleebaum. Beide hatten sich bis zum Aufprall geweigert, das Rad des anderen loszulassen, aufgrund einer Dickköpfigkeit, die seit jeher in meiner Familie tiefe Resonanz erfährt. Mein Großvater hatte ein Loch im Schädel, einen Beinbruch, multiple Verstauchungen und seitdem häufig wiederkehrende Kopfschmerzen, doch er jammerte nie.

Später, in den Sechzigern, als die Zwangskollektivierung der ostdeutschen Landwirtschaft erst wenige Jahre zurück lag, fassten einige Funktionäre des Ortes zur Stärkung des sozialistischen Geistes den Entschluss, den Dorfausgang für den Tross der Erntefahrzeuge mit einem Plakat zu versehen, auf dem in großen Lettern stand:

Ohne Gott und Sonnenschein,
fahren wir die Ernte ein.

Einen Tag später hatte mein Großvater – seine Dickköpfigkeit hat bereits Erwähnung gefunden – sein eigenes Plakat gefertigt und über Nacht daneben gehängt:

Ohne Sonnenschein und Gott,
geht die LPG bankrott.

Schnell ergab sich aus diesem Affront eine handfeste Prügelei mit dem LPG-Vorsitzenden, sodass man beide Heißsporne zur Kühlung ihrer Mütchen für einige Wochen nach Brandenburg an der Havel verbrachte, wo sie die Zeit hinter verschlossenen Türen bei gemeinsamen Schachpartien verbrachten, bis die politischen Kontakte des LPG-Vorsitzenden griffen, der sich wiederum aufgrund der neu gewonnenen Schachfreundschaft für meinen Großvater einsetzte.

Die Schlägerei hatte meinem Großvater ein eingerissenes Ohr, einen Rippenbruch und einen Jochbeinbruch beschert, doch auch über diese Schmerzen verlor er kein Wort.

Umso erstaunlicher also die Empfindlichkeit, was seine Schulter betraf. Dies steigerte sich noch im Herbst, wenn zur Apfelzeit die Bäume rot leuchteten und die Nachbarn mit ihren Apfelpflückern in die Kronen der Bäume fuhren, um in den Wipfeln all die prachtvollen Goldparmänen, Muskatrenetten oder Hasenköpfe zu erhaschen.

Als Großvaters Ungemach nun vor einigen Wochen immer mehr zunahm, bestand ich darauf, mit ihm einen Spezialisten in Berlin aufzusuchen. Er willigte ein, aber nur, wenn ich, seine

Enkelin, ihn ins Behandlungszimmer begleitete: „Wer zum Quacksalber geht, soll Zeugen haben."

Der erfahrene Orthopäde betastete die Schulter meines Großvaters und bestand zugunsten einer umfassenden Anamnese derart engagiert bis unnachgiebig darauf, den Grund für den vorzeitigen Verschleiß exakt dieses Körperteils zu erfahren, dass mein Großvater schließlich widerstrebend einwilligte: „Also gut, reden wir über die dicke Hedwig. Aber wenn Sie lachen, gehe ich sofort."

„Warum sollte ich lachen? Ich bin Arzt. Nichts an einer Verletzung ist amüsant."

Eine Viertelstunde später saßen wir im Auto, und während wir nach Hause fuhren, schüttelte mein Großvater den Kopf: „Siehst du? Ich habe es doch gleich gewusst. Jetzt müssen wir nach einem neuen Arzt suchen."

Er musterte mich argwöhnisch: „Lachst du etwa auch?"

„Natürlich nicht", antwortete ich mit zusammengepressten Lippen und versuchte, nicht an jenen Junitag im späten Frühjahr 1971 zu denken.

Sie hatten die Mahd zunächst auseinandergestreut und einige Male gewendet, um sie dann zu einer großen Miete aufzutürmen. Dann war, wie in jedem Jahr zur Heuernte, aus dem Nachbardorf die dicke Hedwig gekommen. Niemand wusste, warum sie so dick war, doch man sprach von schweren Knochen, dem Stoffwechsel und den Drüsen, auch aß sie wohl gern. Um das enorme Gewicht Hedwigs zu verdeutlichen, konstatierte mein Großvater, dass sie damals so schwer gewesen sein musste wie die gescheckte Lotte aus Roskow, immerhin die meistprämierte Milchkuh der LPG.

Einmal im Jahr wurde Hedwig gebraucht, um mit ihrem Körpergewicht das Heu der Mieten zusammenzudrücken, damit es bei Sturm nicht davonflöge. Das heikle Unterfangen bestand nun darin, die Schwerstgewichtige auf die Spitze der

Miete zu befördern, was nur unter großer körperlicher Anstrengung fünf starker Männer und mit entsprechendem Gerät zu bewerkstelligen war. Man behalf sich mit Leitern und langstieligen Apfelpflückern, an denen sich die kichernde Hedwig festhielt, während unter ihr die Männer beherzt zupackten, um sie an ihrem gewaltigen Hinterteil auf den Scheitelpunkt der Miete zu schieben, wo ihr Körper den optimalen Anpressdruck entfalten konnte. Auch im Jahr 1971 wäre vermutlich alles wieder gut gegangen, wenn nicht einer der Apfelpflücker – wohl von morscher Beschaffenheit – durchgebrochen wäre, sodass die dicke Hedwig den Halt verlor und alle fünf Männer unter sich begrub.

Eine Kuh wiegt bis zu 650 Kilogramm. Wir wollen zur Ehrenrettung der dicken Hedwig annehmen, dass mein Großvater mit dem Bezug zur besten Milchkuh Roskows einen unstatthaften Vergleich gezogen hat. Allerdings ist ihm zugute zu halten, dass sich die danieder gehende Hedwig für ihn so angefühlt haben mochte, zumal nach den Regeln der Physik auch die Fallhöhe ein Aspekt massereicher Impulse ist.

Ungeachtet von Milchkühen und naturgesetzlichen Gewissheiten wurde die Schulter meines Großvaters zertrümmert. Auch die anderen Männer bezogen umgehend Gipsbetten, im Gegensatz zur überraschten Hedwig, die als einzige weich gefallen war.

Nach dieser Havarie schaffte die LPG eine Heuballenpresse an.

Mein Großvater bemerkte mein Grienen, schaute beleidigt aus dem Autofenster und schwieg.

Regen setzte ein, Tropfen platschten schwer auf die Windschutzscheibe. Mein Großvater rieb seine schmerzende Schulter und murmelte: „Alle Wetter, und das nur wegen der dicken Hedwig."

GERUCHSKASKADEN

Ein kalter Samstagabend im Februar in Zürich. Trotz des kräftigen Westwinds, der uns eben am See noch in die Mäntel fuhr, ist der Himmel sternenklar. Wir sind durch das Viertel der Villen am rechten Seeufer flaniert, die Goldküste von Zollikon, und haben uns Appetit erlaufen. Noch ein Bummel am Limmatquai entlang, hinter dem mittelalterlichen Zunfthaus der Zimmerleute biegen wir rechts ab in die Altstadt. Trauben junger Menschen scharen sich um die Eingänge angesagter Restaurants. Durch erleuchtete Fenster sieht man fröhliche Runden bei feiner Cuisine, Cocktails und Wein. Uns steht der Sinn nach Rustikalerem, und so steuern wir die beliebte Rheinfelder Bierhalle an, eine der ehrwürdigen Lokalitäten Zürichs inmitten der Altstadt, eröffnet im Jahr 1870, gutbürgerliche Küche, ein geselliger Treffpunkt für alle gesellschaftlichen Schichten.

Es ist 19 Uhr, beste Essenzeit. Fast alle Plätze sind besetzt, nur an einem Tisch erspähen wir noch zwei freie Stühle. Die Nähe zum Eingang stört uns nicht und die ältere Dame, die hier bereits zum Abendessen eingerichtet ist, nickt auf unseren Wunsch hin, die Hälfte ihres Tischs übernehmen zu wollen. Sie ist von vornehmer Erscheinung, zu einem feinen, mit dezentem Make-up inszenierten Gesicht trägt sie goldenen Schmuck an Hals und Fingern. Eine Pelzjacke mit hochgeschlossenem Kragen ist um ihre schmalen Schultern gelegt, vor ihr perlt ein Glas Champagner. Der Platz ihr gegenüber ist unbesetzt, doch ein volles Glas Bier steht bereit – ihre Begleitung ist vermutlich gerade auf der Toilette. Wir lächeln uns an. Reserviert und freundlich erwidert sie ein Grüezi, dann blättern wir in den Speisekarten. Oberländer Rösti, bitte, zweimal. Mit Speck, Spiegelei und Alpkäse für 19 Euro, dazu ein großes Pils für 7 Euro, für Zürcher Verhältnisse ausgesprochen günstig.

Wir haben Glück, zwei Plätze gefunden zu haben, um uns herum stehen schon Gäste, die auf frei werdende Tische warten.

Plötzlich kommt schlimmer Geruch auf. Trüber Mief, der uns den Atem verschlägt. Woher? Wer ist in etwas hineingetreten? Ich schaue mich um. Die Umstehenden wie -sitzenden sind genauso erschrocken und erblasst. Ein Mann schiebt sich durch das Gedränge, an den mit Mänteln behangenen Stuhllehnen entlang zu unserem Tisch. Das Gesicht zerfurcht, die Kleidung von undefinierbarer Form wie Farbe und völlig verschmutzt. Schräg gegenüber von mir nimmt er vor dem gezapften Bier Platz, vis-à-vis zur feinen Dame. Sie lächelt ihn an. Sein Geruch ist ein sumpfiges Allerlei aus ungewaschenen Kleidern, Alkohol, Nikotin, Müllsäcken, Urin, ewig menschlichem Körper.

Der Mann greift nach dem Bier und löscht es in einem Zug. Wie gehören er und die Frau zusammen? Ich mustere ihn verstohlen. Er scheint wohl ungefähr in ihrem Alter zu sein. Ihr Bruder? Ein Freund? Ein Bekannter, abgerutscht? Er wirkt fahrig, seine Hände gleiten zitternd über das Papiertischtuch vor ihm, nervös schaut er sich um.

„Möchtest du etwas essen?“, fragt sie ihn.

Keine Antwort.

„Du hast doch bestimmt Hunger.“

Mit misstrauischen Blicken prüft er, wer von den Gästen in seine Richtung schaut, wessen Augen zu lange auf ihm verweilen. Er riecht nach Aussatz, fühlt sich wohl auch so. Sein Haar ist fettig und schuppig, keine Frisur ist darin. Er streicht sich Strähnen aus der Stirn. „Ich nehme noch ein Bier.“

Unser Essen kommt. Jetzt, wo er sitzt und sich nicht mehr bewegt, beruhigt sich die Wolke des Geruchs um ihn herum, sodass wir unsere Rösti einigermaßen unbeeinträchtigt genießen können.

„Vielleicht gehe ich nach Basel“, murmelt er, tief über den Tisch gebeugt.

„Aber du hast es doch gut hier!“, antwortet sie erschrocken.

„Oder nach Luzern, egal."

„Bleib doch bitte. Zürich hat es immer gut mit dir gemeint." Angespannt nippt sie nun erstmals an ihrem Champagner.

„Und wenn schon."

„Du hast hier deine Freunde."

„Hm."

„Und mich. Ich kann dir helfen, wenn du es willst."

Unbestimmt fährt er mit seinem Zeigefinger über die Tischkante und schreibt imaginäre Zeichen.

„Hier kümmert man sich doch gut um dich!"

Er springt abrupt auf: „Ich geh eine rauchen."

Wieder verbreitet sich seine pestilente Aura. Er schiebt sich an unseren Stühlen vorbei, während sie starr geradeaus schaut, um nicht erleben zu müssen, wie verstörte Blicke dem Mann folgen, Protestgemurmel einsetzt, kaum maskierte Ausrufe des Ekels durch das Restaurant schwirren. Die Moleküle seines Geruchs tanzen im Raum, nehmen ihn ein, dringen auch in meine Nase, fliegen über Riechepithele, docken an, verdrängen mit Leichtigkeit die gefälligen Aromen feiner Schweizer Küche und schubsen mich rotzig durch mein Geruchsgedächtnis.

Als Kind verbrachte ich einen memorablen Tag auf einem Reiterhof. Dort war ein Pferd an Strahlfäule erkrankt. Der Hufschmied schnitt den kranken Huf aus, bei dem sich das weichere Horn des Hufinnern durch Fäulnis zersetzt und bereits verflüssigt hatte. Der Mann kratzte eine schmierige und schwarze Masse aus und rief uns Kindern zu: „Kommt mal rüber und riecht!" Als wir uns neugierig mit den Köpfen dem Huf näherten, mussten sich zwei von uns reflexartig übergeben, während er schallend lachte. Das ist er, der *Duft der Wirklichkeit, der dem Betrachter auf ewig in die Sinne dringt und darin bleibt* – schon Hans Christian Andersen wusste davon.

Doch das war nichts gegen jene Berliner Institution, deren Geruch eine Körperverletzung darstellt. Nur einmal kam es zur Begegnung und doch blieb ein schrecklich klarer Eindruck, eingebrannt in meine Synapsen.

Vor ungefähr 15 Jahren sitze ich während eines Hochsommertags in der Berliner S-Bahn und fahre nordwärts Richtung Oranienburg. Der Zug hält an der Station Yorckstraße, wartet seine übliche halbe Minute und will gerade zur Weiterfahrt die Türen schließen, als im letzten Moment ein Rollstuhlfahrer in die Bahn kollert. Jemand neben mir stöhnt verzweifelt, erkennend, und ich wundere mich noch über die Unhöflichkeit, einem Versehrten mit solch einem Geräusch zu begegnen. Doch dann nähert sich der von mir verfrüht in Schutz Genommene, sardonisch grinsend, er weiß genau, was er tut.

Der Rollstuhlfahrer sieht verwahrlost aus. Fettig hängt ihm zotteliges Haar vom grindigen Kopf auf die Brust, sein Gebiss ist unvollständig und seine Kleidung verschmutzt. Auf seinem Schoß liegt eine hellbraune räudige Decke, vor seinen Füßen befindet sich eine Plastiktüte. All das ist nicht schlimm, doch was ihn auratisch umgibt – ich stocke, Nasenflügel fallen zusammen. Zehn Meter, mindestens, bevor er meine Bankreihe erreicht hat, kann – muss – ich seine Schwaden wahrnehmen. So riecht allein der Leibhaftige, unter den Armen oder im Schritt. Ein Gestank, der Verwesung bringt, Welpen tötet, wie eine biblische Plage in jede Ritze des Waggons dringt. Kein Zweifel, das muss Mister Fuß sein, jene sagenumwobene lokale Berühmtheit des Öffentlichen Berliner Personennahverkehrs. S1, U7 und U8 – das sind seine favorisierten Strecken, auf denen er sich am Entsetzen und Kollabieren der Pendler weidet.

Als Mister Fuß unerbittlich näherkommt, erkenne ich seinen nekrotischen Namensgeber, der von einer Plastiktüte bedeckt ist. Der Fuß ist auf das Dreifache angeschwollen. Ein einziges offenes, brandiges, glänzendes Gewebe, von blau glitzernden Fliegen auf umschwärmten Einstichstellen gesprenkelt. Auch wenn der Mensch noch lebt – sein Fuß scheint vor Monaten verstorben zu sein. Die Extremität riecht wie ein halb verwestes Tier, käsig und kotig, fast floral süßlich, nach Brennesseljauche, nach der Säure von Erbrochenem und intensiven Hefepilzaromen, als würden Fleisch, Sehnen, Knorpel und Knochen im eigenen Saft anaerob fermentieren.

Der besonders lange Streckenabschnitt zwischen den Stationen Yorckstraße und Anhalter Bahnhof ist aus der sadistischen Sicht von Mister Fuß heraus weise gewählt. Niemand der Gäste dieses Waggons kann dem Fegefeuer entfliehen, alle sterben innerlich einen qualvollen Tod. Unsere Gesichter spiegeln hilfloses Entsetzen wider, wie aus dem Nichts sind wir alle elementarer Bedrohung ausgesetzt; flachstes Atmen oder das Anhalten der Luft bis hin zur Besinnungslosigkeit, auf dass der Pesthauch nicht zu tief in Bauch und Lungen fahre. All das, was Mister Fuß an und in sich trägt, kursiert – eine physikalische Gewissheit – in kleinen Teilen bereits durch unsere Körper, und als ich an der nächsten Station nach Luft schnappend aus der Bahn taumele, bemerke ich, dass ich nichts mehr riechen kann, als seien meine Nasenschleimhäute verätzt.

„Was ist mir dir?“, fragt meine Frau. „Du siehst so blass aus.“

„Hatte gerade an was gedacht“, murmele ich und leere mein Bier zur Hälfte. „Die Rösti sind lecker, nicht wahr?“

Als der Mann vom Rauchen zurückkommt – es dauert wesentlich länger als eine Zigarettenlänge – haben wir unser Essen fast beendet. Im Vergleich zu Mister Fuß ist sein Duft wirklich harmlos, ich nehme ihn im Wissen um deutlich höhere Potenzen olfaktorischer Pein fast erleichtert, vertraut zur Kenntnis, als er die Lehne seines Stuhls umfasst. Sein Blick flackert in Nystagmen, seine Pupillen sind derart geweitet, dass die Augen schwarz erscheinen. Er setzt sich nicht: „Ich geh jetzt.“

„Möchtest du nicht doch etwas essen? Ein Schnitzel? Oder möchtest du noch ein Bier trinken? Bleib doch!“

Unwillig schüttelt er den Kopf. Statt eines Abschiedsgrußes nickt er nur in eine unbestimmte Richtung. Licht fällt auf sein Profil und ich sehe, dass er in seinem vorschnell verwitterten und drogengrauen Gesicht noch immer, in Nuancen die Züge der Frau trägt, die nun leise sagt: „Dann mach's gut, mein Junge.“

EINE HITZE ZU JOHANNIS

„Na, Papa, wie gefällt's dir hier?"

„Scheiße."

„Wir haben doch lange und breit darüber gesprochen. Es ist die beste Lösung."

„Für dich vielleicht."

Vater und Sohn trinken Kaffee im Aufenthaltsraum des St. Vincentius Altenheims. Ein Dutzend Tische, an denen Weißhaarige allein oder in Grüppchen hocken. Das Panoramafenster zeigt märkische Kiefernweiten unter dem Blau des Junihimmels. Das Summen einiger Ventilatoren, die die Sommerhitze verschieben. Kakteen und Orchideen auf den Fensterbänken, Trockengestecke an orangefarbenen Wänden zwischen aufgeklebtem Fachwerk. Es riecht nach Eau de Cologne und Desinfektion.

Der Vater verdreht die Augen: „Alles alte Säcke hier."

„Mit 87 Jahren bist du selbst ein alter Sack."

„Sack, ja. Aber nicht alt."

„Riesenglück, dass nicht mehr passiert ist bei deinem letzten Sturz. Es ist das Beste, glaub mir. Hier kann ich dich oft besuchen. Und schau mal, die machen alle einen ganz vergnügten Eindruck."

„Sehen aus, als warten sie auf den Abdecker."

„Papa!"

„Ist doch wahr."

„Da hinten spielen sie Brettspiele. Und da drüben wird gebastelt. Warst du schon in der Bibliothek? Mit großen Sesseln, sieht ganz gemütlich aus."

„Ein schöner Platz zum Sterben."

„Ach was, du wirst dich daran gewöhnen."

Der Blick des Sohnes wandert über die Senioren an ihren Tischen: „Mit wem möchtest du denn näher bekannt werden?"

„Am liebsten mit der Schwester."

Der Vater betrachtet wohlgefällig die Pflegekraft, die einen Heimbewohner im Rollstuhl an einen der Tische schiebt. Sie mag um die vierzig sein, vielleicht auch etwas älter, schlank, mit einem hübschen Gesicht und blondierten Locken. Quer durch den Raum ruft er ihr zu, sodass alle Gespräche verstummen: „Wie heißen Sie, schönes Kind?"

Lächelnd dreht sie sich nach ihm um: „Ich bin Jutta. Und wer sind Sie, schöner Mann?"

Er deutet im Sitzen eine Verbeugung an: „Ich bin Hans, Ihr neuer Verehrer, wenn Sie gestatten!"

Sie zwinkert ihm zu: „Ich gestatte, Hans."

Er wirft ihr eine Kusshand zu. Sie kichert und widmet sich wieder ihrer Arbeit.

Der Sohn mustert seinen Beifall heischenden Vater und meint: „Ich wusste gar nicht, dass du so peinlich sein kannst, Papa."

„Ach was. Das ist genau meine Kragenweite."

„Vielleicht damals, nach dem Krieg."

„Nicht frech werden, Junge."

„Ich bitte dich. Willst du ihr den Hof machen? Und wenn sie schon einen Mann hat?"

„Weißt du, was dein Problem ist, mein Sohn? Du denkst zu viel. Hast Angst vor den Weibern. Dabei wäre das genau die Richtige für dich. Die ist nicht so spinnert und blutleer wie dein letzter Blaustrumpf."

„Ich habe keine Angst vor Frauen."

„Doch. Deshalb ist auch deine Ehe gescheitert. Aber die beißen nicht, die wollen auch nur spielen."

„Was du nicht sagst."

„Das ist wie bei der Jagd. Folge deiner Flinte. Aber drück nicht zu früh ab, das mögen die Ladies nicht."

„Danke, Papa, bitte keine Details."

So sitzt der Sohn noch eine Weile bei seinem Vater.

Später begleitet er ihn aufs Zimmer und verabschiedet sich dort von ihm: „Mach's gut, Papa. Und mach keinen Blödsinn."

„Ich doch nicht."

„Ich besuche dich am nächsten Wochenende."

„Ist gut."

Der Vater hält seinem Sohn die Wange hin. Ein Kuss und ein Tschüss.

Sein Sohn versteht ihn nicht. Hat ihn noch nie verstanden. Aber vielleicht muss das so sein. Kinder sollten nicht zu viel über ihre Eltern wissen.

Die Ehe mit der Mutter seines Sohnes war ein Missverständnis gewesen, bis zu ihrem Tod vor einigen Jahren. Ganz am Anfang, in den frühen Jahren, hatten sie noch Spaß aneinander gehabt. Er wohl immer etwas mehr als sie. Spät war sie schwanger geworden und hatte nach der Geburt das Interesse an diesem Körperlichen, wie sie es nannte, gänzlich verloren. Mein Kind habe ich jetzt, sagte sie, mehr brauche ich nicht, geh halt kalt duschen. Manchmal, wenn er gar zu sehr drängte – Mariechen, ganz einschlafen lassen dürfen wir es nicht –, dann hatte sie ihm ihren Rücken zugedreht, das Nachthemd nach oben gestreift und gewartet, bis er fertig war. Wie unfroh, wie sinnenlos. Bald hatte er sich nach anderen Frauen umgeschaut und beherzt zugegriffen, immer wieder. Und doch, sie alle konnten, wie die Mutter seines Sohnes, nicht mithalten mit seiner Jugendliebe.

Damals, als sie jung waren, war alles so anders gewesen, so leicht, so stürmend, so überschäumend. Ihr Name war Elsa. Sie hatten meist Kondome aus Wehrmachtsbeständen benutzt, die er irgendwo stibitzt hatte, und es war ein Wunder, dass sie nicht schwanger geworden war, so oft, wie beide die Hitze zwischen den Beinen überkam. Gesungen hatte er für sie, als sie einmal danach am Belzower See lagen, an dieser nur ihnen bekannten Stelle zwischen Föhren und Eichen. Während seine forsche Hand über ihre Beine geglitten war, von unten bis ganz nach oben, hatte er einen

Schlager von Siegfried Arno angestimmt, Wenn die Elisabeth nicht so schöne Beine hätt / hätt'se viel mehr Freud, an dem neuen langen Kleid / Doch da sie Beine hat, tadellos und kerzengrad / tut es ihr so leid, um das alte kurze Kleid … *Und sie hatte gelacht und ihm einen Klaps auf seine Hand gegeben, und als er sie wegzog, hatte sie seine Hand wieder zurückgelegt, und dann verweilten sie noch etwas länger am See, bis die Sonne längst untergegangen war.*

„Und, hast du dich gut eingelebt, Papa?"

„Na ja."

„Tut mir leid, dass ich es am letzten Wochenende nicht geschafft habe. Es war viel zu tun in der Firma. Und es ist ein ordentlicher Weg aus Berlin hierher."

„Macht nichts."

Vater und Sohn sitzen im Aufenthaltsraum des Altenheims. Der Sohn rührt in seinem Kaffee: „Wie ist das Essen?"

„Besser als mit einem schmutzigen Stock ins Auge."

„Hauptsache, du wirst satt. In deinem Kühlschrank zuhause war immer alles vergammelt. Irgendwann hättest du dich selbst vergiftet."

„Schimmel auf Käse nennt sich edel."

„Soll ich dir nächstes Mal irgendwas Bestimmtes mitbringen?"

Schwester Jutta tritt zu ihnen an den Tisch. Zur Überraschung des Sohnes legt der Vater wie selbstverständlich seinen Arm um die Hüfte der Frau. Und zum ersten Mal seit langem lächelt er: „Darf ich dir Jutta vorstellen?"

„Wir kennen uns bereits", sagt der Sohn, „zumindest flüchtig. Vom letzten Besuch."

Jutta und der Sohn geben sich die Hand und wechseln einige Belanglosigkeiten. Sie ist wirklich attraktiv, denkt der Sohn.

Später, als Jutta gegangen ist, sagt sein Vater: „Wäre das nicht etwas für dich? Sie hat gerade keinen Mann. Ihr Freund hat sie vor einigen Monaten verlassen. Was für ein Idiot."

Und der Sohn hört gar nicht richtig zu, weil seine Gedanken eine völlig andere Richtung eingeschlagen haben, und er fragt seinen Vater: „Gibst du ihr Geld dafür?“

Das Gesicht des Alten versteinert: „Wird Zeit, dass du gehst.“

„Es tut mir leid, ich habe es nicht so gemeint. Ich mache mir nur Sorgen.“

„Ich weiß schon, wie es gemeint war.“

Es ist nichts mehr zu sagen.

Beim Abschied hält der Vater seinem Sohn nicht die Wange hin. Kein Kuss, nur ein Tschüss.

Als ob er jemals eine Frau für Gefälligkeiten bezahlt hätte! Immer waren sie freiwillig zu ihm gekommen und immer waren sie gerne bei ihm geblieben. Mangel hatte er nie gelitten.

Und Elsa, ja, die hätte er sofort geheiratet. Er hatte schon Pläne. Gleich nach seiner Ausbildung wollte er um ihre Hand anhalten. Ihr Alter hätte schon irgendwann ja gesagt, der mochte ihn doch, auch wenn Hans ihm gar zu sehr um die kostbare Tochter herumscharwenzelte. Hau ab, du Nichtsnutz, hatte er gerufen, aber der Tonfall hatte gestimmt.

Und dann war sie tot, weil ein betrunkener Lastwagenfahrer sie und ihr Fahrrad übersehen hatte. Einfach so, weg für immer.

Deshalb hatte er nicht ihre Hand gehalten, sondern nur eine Blume, die er in ihr Grab geworfen hatte. 1947 war das. Nie wieder am Belzower See seinen Kopf neben den ihren betten wie beim ersten Mal. Nie wieder gemeinsam im Himmel die Wolken verfolgen. Nie wieder ihre Lippen küssen. Nie wieder die Sommersprossen zwischen ihren Augen zählen. Nie wieder ihr Kichern hören, während er sich an den Knöpfen ihrer Bluse abmüht. Nie wieder ihre Brüste berühren. Nie wieder bei ihr, in ihr sein.

„Guten Tag, hier ist das St. Vincentius Seniorenstift, spreche ich mit dem Sohn von Herrn Reisinger?“

„Am Apparat.“

„Ihr Vater ist verschwunden.“

„Wie bitte?“

„Er ist heute Morgen nicht in seinem Zimmer gewesen, als wir ihn wecken wollten.“

„Haben Sie ihn gesucht?“

„Im Haus, ja. Er ist nirgends aufzufinden.“

„Und was gedenken Sie nun zu tun?“

„Wir sind keine geschlossene Einrichtung, Ihr Vater ist ein freier Mann. Aber wir dachten uns, dass Sie von seinem Verschwinden wissen sollten.“

„Hat er keine Nachricht hinterlassen?“

„Leider nein.“ Betretenes Schweigen in der Leitung. „Eventuell gibt es einen Zusammenhang mit dem Fernbleiben einer unserer Kolleginnen. Sie ist heute nicht zur Arbeit erschienen und hat sich nicht abgemeldet. Ihr Vater hat wohl Interesse an ihr gezeigt, sie wurden öfter vertraut miteinander gesehen.“

„Jutta?“

„Sie wissen davon?“

„Eigentlich nicht.“

„Wir können sie nicht erreichen. Wenn Sie etwas von Ihrem Vater oder von ihr hören, informieren Sie uns dann? Wir halten Sie selbstverständlich ebenfalls auf dem Laufenden.“

Weil er für sie gesungen hatte, damals am Belzower See, hatte sie ihn ihren Troubadour genannt. Und auch für seinen Gesang hatte sie ihn geliebt. Wusste sein Sohn eigentlich, welche Macht eine schöne Stimme auf Frauen ausübt?

Später hatte sie mit einem Kohlestift auf seinen Rücken geschrieben, was sie gerade in einem Buch gelesen hatte. Omnia vincit amor – *Liebe besiegt alles. Er hatte es empfunden wie einen Schwur, und obwohl das Wasser des Sees die Buchstaben bald fortgespült hatte, spürte er die Lettern zwischen seinen Schultern bis zum heutigen Tag.*

Am Belzower See liegt ein Flirren und Surren über dem Wasser. Sie stehen genau an der Stelle, die vor mehr als sieben Jahrzehnten nur er und Elsa teilten. Er kannte hier einst jeden Stein am Weg, den Pfad bei den hohen Bäumen hat er sofort gefunden. Schließlich zwischen einigen Büschen hindurch, hin zum Wasser, wo noch immer dieses Fleckchen Gras wächst, dem die Zeit nichts hat anhaben können.

„Ich danke dir, dass du mich hergebracht hast."

„Ich habe es gerne gemacht. Und ich will kein Geld von dir."

„Aber so hatten wir es vereinbart."

„Nein, so hattest du es gewünscht."

„Aber du riskierst viel. Du könntest deinen Job verlieren."

„Das glaube ich nicht."

Sie beginnt anmutig, ihre Kleider abzustreifen. Er tut es ihr nach, und sie hilft ihm dabei.

Beide legen sich ins Gras und er bettet seinen Kopf neben den ihren. Gemeinsam verfolgen sie die Wolken im Himmel. Dann richtet er sich auf, stützt sich auf seinen Ellenbogen und betrachtet sie: „Du bist so jung und ich bin so alt."

„Du bist jünger als mein letzter Freund, und der war achtunddreißig."

„Achtunddreißig? Mein Gott, wenn ich noch einmal so jung wäre, würde ich dich tagelang vögeln."

Er schaut in seinen Schoß und meint bedauernd: „Der liebe Gott hat mir das Können genommen. Jetzt soll er mir auch das Wollen nehmen."

Und während seine Hand über ihre Beine gleitet, von unten bis ganz nach oben, streichelt sie ihn, bis sie überrascht in sein Ohr flüstert: „Mir scheint, der liebe Gott erweist dir und mir gerade eine Gunst …"

Sie ist eingeschlafen. Und auch er selbst ist plötzlich so müde geworden, natürlich, nach all der Aufregung, der Hitze zu Johannis. Als seine Lider sich fast schon geschlossen haben, ruft jemand seinen

Namen. Er schreckt hoch und sieht Elsa im Wasser, die ihm fröhlich zuwinkt. So jung und so hübsch. Na, was ist? Kommst du ins Wasser, du Nichtsnutz, oder kannst du nicht schwimmen? Mit der Hand schlägt sie ins Wasser und spritzt eine Fontäne in seine Richtung. Er springt auf und droht ihr lachend mit der Faust: Na warte, du Früchtchen, wenn ich dich kriege, dann werde ich dich ordentlich tauchen, du, und er hechtet mit einem kühnen Kopfsprung hinein, schwimmt in kräftigen Zügen zu ihr und umarmt sie. Sie küssen sich, versinken im gurgelnden Wasser und das Licht des Abends schmilzt in Wellen aus Silber, die über ihm zusammenschlagen.

„Guten Tag, spreche ich mit dem Sohn von Hans Reisinger?"

„Ja."

„Hier ist Jutta."

„Ich weiß."

„Es tut mir so leid, was passiert ist."

„Ja."

„Wir waren am See. Als ich aufwachte, lag er im Wasser. Dabei hatte er mir versprochen, nicht hinein zu gehen. Ich schwamm zu ihm und brachte ihn zurück ans Ufer. Ich konnte ihm nicht mehr helfen. Das Herz, meinte der Notarzt."

„Ja. Die Obduktion hat es bestätigt."

Die Frau am anderen Ende der Leitung zögert: „Er hat viel erzählt. Und er hat viel von Ihnen gesprochen. Er muss sie sehr geliebt haben."

„Ich war sein einziges Kind."

„Ihr Vater hat mich gebeten, Elsa zu mir sagen zu dürfen. Wegen seiner großen Liebe, aus seiner Jugend. Sie hieß Elsa. Wussten Sie davon?"

„Nein."

„Wenn Sie möchten, erzähle ich Ihnen mehr. Wir könnten uns treffen."

„Ja, Jutta, das können wir gerne tun."

UND TROTZDEM EINE GROSSE LIEBE

Als Kinder haben mein Bruder und ich unsere Eltern manchmal gefragt, wie wir zu unseren Vornamen gekommen sind. Dann erzählten sie uns, dass mein Bruder nach dem heiligen Bischof von Tours hieße, weil kurz vor der Geburt im November Kinder vor der Wohnung so schön gesungen hätten. Martinssingen – Martin. Und mein Vorname? Weil er uns einfach gut gefallen hat, sagte meine Mutter dann. Ich empfand die Antwort stets als unbefriedigend, doch ich begnügte mich damit.

Zum ersten Mal in ihrem Leben verliebte sich meine Mutter Doris im Jahr 1961. Sie war 17 Jahre jung und besuchte mit Freundinnen gelegentlich am Sonntagnachmittag ein Tanzlokal in ihrer Heimatstadt. Dort saßen sie bei Jukeboxsound und Sinalco und ließen sich schüchtern kichernd von den Herren auffordern. Eines Tages wagte ein junger Mann sein Glück. Er war groß, schlank, gutaussehend und hatte ein nettes Lächeln.

Nach den ersten Drehungen auf dem Parkett sagte er zu ihr: „Ich habe Sie schon einmal gesehen." – „Wo denn?" – „Beim Spazierengehen mit Ihrem Hund. Und ich konnte mich gar nicht entscheiden, wer für mich süßer war, der kleine Terrier oder das Mädchen, das ihn an der Leine führte."

Meine Mutter lachte ihn so vergnügt an, dass es vermutlich in diesem Moment um ihn geschehen war: „Der Hund heißt Wölfi. Es ist der Welsh Terrier unseres Untermieters Dr. Bollermann." – „Wölfi? So sah der Hund auch aus. Wie ein Wölfchen." – „Ich führe ihn oft aus, wenn sein Herrchen bei der Arbeit ist." – „Dr. Bollermann, ist das zufällig ein Dozent am hiesigen Lehrinstitut?" – „Ja, genau!" – „Was es nicht alles gibt! Dort studiere ich Maschinentechnik." Beiderseitiges Lächeln, sie bewunderte seine freundliche Souveränität, er war verzaubert von ihren blauen Augen und ihrer Fröhlichkeit.

„Gehen Sie noch zur Schule?“ – „Nein, ich mache eine Ausbildung zur Buchhändlerin.“ – „Ein schöner Beruf.“ Doris nickte und sie sprachen immer weniger und tanzten dafür etwas enger, während die Blue Diamonds im Doo-Wop-Sound *Ramona* anbeteten und davon sangen, dass nichts verginge, was so begann.

Später am Abend, als das Lokal schloss und der junge Mann meine Mutter nach Hause brachte, bat er sie um ein nächstes Treffen und er wurde gerne erhört.

Vielleicht kann man die Freude meiner Mutter über diese unbeschwerte Begegnung noch besser verstehen, wenn man weiß, was knapp zwei Jahre zuvor in ihrer Familie geschehen war. Der jüngere ihrer Brüder war als Steward für die Bremer Hansa-Linie zur See gefahren. Im Alter von 16 Jahren war er am 18. Juli 1960 im Golf von Aden unter ungeklärten Umständen über Bord gegangen und galt seitdem als verschollen. Ein Schatten war über das Haus gefallen, in dem es sonst immer fröhlich zugegangen war. Vater und Mutter lebten mit gebrochenen Herzen weiter, über den verlorenen Sohn wurde kaum gesprochen. Die zwei verbliebenen Geschwister litten im stillen Haus und versuchten, ihren Eltern die Trauer zu erleichtern.

Die Welt meiner Mutter war damals Stadthagen, eine Kleinstadt im Schaumburg-Lippischen. Dort wurde sie im Jahr 1944 geboren, wuchs wohlbehütet unter dem Schutz ihrer Brüder und mit der Fürsorge liebender Eltern auf. Ihr Vater Walter war Zahnarzt, ihre Mutter Liselotte Volksschullehrerin. Sie, die zweite Ehefrau des Verwitweten und deutlich jünger als er, schenkte ihrem Mann, der 1889 geboren war, in seinem vorgerückten Alter ein dreifaches, spätes Kinderglück – das durch jenes Telegramm ein jähes Ende fand, in dem der Kapitän der Neuenfels die Verlustmeldung über den Sohn, den Sonnenschein, den Verwegenen, den Charmanten, kabelte. In diese Zeit nun fiel die erste Liebe meiner Mutter.

Mehr als ein Jahr verbrachten die beiden miteinander, es war eine innige und aufrichtige Zuneigung, die von ihm als echte Liebe gespürt wurde, von ihr, die sie so jung war, vor allem als etwas Aufregendes, und es lässt sich erahnen, dass ihr das Wort der Liebe in ihrer Unerfahrenheit vielleicht noch zu groß erschienen war. Sie gingen im Schlosspark spazieren und fütterten dort die Schwäne. Sie verbrachten Zeit im Schwimmbad, im Kino, beim Spaziergang mit Wölfi, der ein jederzeit willkommenes Alibi war und wohl zu den meistausgeführten Hunden der Stadt avancierte. Der junge Mann schenkte meiner Mutter eine Aufnahme des Don Kosaken Chors unter der Leitung von Serge Jaroff, *Ich bete an die Macht der Liebe*. In den kleinen Eisdielen der Altstadt trafen sie sich und sprachen darüber, wie sie sich ihr Leben vorstellten, welche Zukunft sie vor sich sahen, wovon sie träumten. Sie küssten sich oft. Doch mehr geschah nie, die Zeit war so.

Einmal war der junge Mann zum Essen bei meinen Großeltern eingeladen. Vielleicht wich er, der ein überaus feines Empfinden hatte, vor dem nicht allzu überschwänglichen Willkommen zurück, vielleicht war noch immer der gestorbene Sohn des Hauses über allem, vielleicht war es auch nur jene Prüfung, die allen Verehrern durch die Eltern des auserkorenen Mädchens widerfährt. Doch da der junge Mann von guten Manieren und höherer Bildung war – schließlich studierte er am frisch gegründeten Techniker- und Werkmeister-Lehrinstitut der Stadt –, wurde die Freundschaft von den Eltern meiner Mutter respektiert.

Dann lernte sie meinen Vater kennen. Es geschah im Sommer 1963. Mein Vater, im gleichen Alter wie der junge Mann und ebenfalls Student des Maschinenbaus, war zu einem Polterabend eingeladen, weil er als Mitglied im Verein Deutscher Studenten ein Bundesbruder des Bräutigams war. Meine Mutter war dort, weil sie ihre Eltern begleitete. Auch mein Vater war von dem Mädchen mit den langen blonden Haaren fasziniert und begann, nachdem er sie ebenfalls angesprochen und mit ihr getanzt hatte, sie zu umwerben. Weniger romantisch vermutlich als jener junge Mann, aber von großer Geradlinigkeit und mit feinem Humor, wie es seiner Art entsprach.

Er schrieb ihr, verabredete sich mit ihr und war in vielem dem anderen jungen Mann so ähnlich, dass Doris darüber verzweifelte und nicht wusste, welchen – beide Männer hatten ihre ernsten Absichten gestanden und sie wollte keinen der beiden durch Zurückweisung verletzen – sie erhören sollte.

Walter und Liselotte hatten ohnehin andere Pläne für ihre Tochter, der angeboten worden war, als Au-pair-Mädchen zwei Jahre lang bei einer befreundeten Familie in Kalifornien zu leben. Doris sagte zu. Und dieser Entschluss schien eine zweite Wahl zu beflügeln, denn kurz bevor sie in die USA aufbrach, entschied sie sich für meinen Vater und gegen den anderen jungen Mann – eine Entscheidung des Herzens, des schweren Herzens.

Im Frühsommer 1964 flog meine Mutter nach San Diego. In La Jolla, recht nah der mexikanischen Grenze, sollte sie nun mit ihrer Gastfamilie in einer Villa unweit des Stillen Ozeans leben und sich um die zwei Töchter des renommierten Immunologen und seiner ebenfalls wissenschaftlich tätigen Frau kümmern. Meine Mutter am Pazifik zwischen Palmen und Straßenkreuzern, auf mondänen Cocktailpartys oder beim Beobachten der Wellenreiter auf dem berstenden Blau der Wellen an den Stränden des Golden State. Weiter weg konnte man vom Schaumburg-Lippischen nicht sein.

Es gibt eine alte Fotografie, etwas ausgeblichen. Sie zeigt eine attraktive Blondine, in die Kamera lachend, in einem roten Sunbeam Alpine – dem gleichen legendären Fahrzeug, in dem Elizabeth Taylor so spektakulär für ihren Film *Telefon Butterfield 8* verunglückte. Das Haar geschützt unter einem bunten Seidentuch, so sitzt meine Mutter am Volant, während hinten, auf dem schmalen Rücksitz des Cabrios, zwei kleine Mädchen, Monika und Kristina, strahlen.

Mein Vater schrieb meiner Mutter viele Briefe in dieser Zeit, vielleicht mit einiger Sorge, da die smarten Beach Boys Kaliforniens sicherlich an dem schmalen blonden Fräulein aus Germany und ihrem unwiderstehlichen Lachen Gefallen finden würden. Der andere junge Mann schrieb nicht, aber als meine Mutter im Frühjahr 1966 nach Deutschland zurückkehrte, hatte er auf sie gewartet, zwei Jahre lang, und er unternahm einen letzten Versuch, sie für sich zu gewinnen.

Er und Doris trafen sich in Bückeburg unweit von Stadthagen, irgendwo in der Nähe des Schwimmbads in einem Café. Dort musste der junge Mann erfahren, dass meine Eltern sich verlobt hatten und im Spätsommer desselben Jahres zu heiraten gedachten. Es hat ihn wohl schwer getroffen. Er zog sich zurück, meine Mutter hörte nichts mehr von ihm. Oft noch dachte sie an ihn.

Ein Jahr nach der Hochzeit meiner Eltern wurde mein Bruder geboren. Der Vater meiner Mutter starb an Pfingsten 1969, beim Pflanzen eines Baums im Garten, als ich gerade ein halbes Jahr alt war.

Ich erlebte eine sorgenfreie Kindheit in den siebziger Jahren auf einem Dorf in Südniedersachsen, den frühen Tod meiner Großmutter im Jahr 1978, Jugend in den achtziger Jahren, Urlaube, Feste, Lieben, Abitur, Studium, neue Städte, und über allem die glückliche und unzerstörbare Ehe meiner Eltern, die allem widerstand, nur nicht der Krankheit meines Vaters. Er starb im Jahr 2000. Meine Mutter verkaufte einige Jahre später das Haus, es war ihr zu groß geworden, und sie zog nach Berlin, auch der Enkelkinder wegen.

Im Frühjahr 2014 klingelte bei meiner Mutter das Telefon. Als sie abhob, meldete sich niemand, der Hörer wurde aufgelegt. Am nächsten Tag klingelte es wieder, wieder meldete sich niemand, wieder war es dieselbe Nummer wie am Vortag. Als am dritten Tag das Telefon erneut läutete, nahm meine Mutter den Hörer ab und sagte, als sich wieder niemand meldete: „Wer ist denn da? Sie haben mich doch auch gestern und vorgestern angerufen."

Schweigen in der Leitung. Dann sagte der einst junge Mann aus Stadthagen, der mittlerweile hoch in den Siebzigern war: „Ich bin der, nach dem du deinen zweiten Sohn genannt hast." – „Axel!" – „Ja. Wie geht es dir?" – „Gut, und wie geht es dir? Wie hast du mich gefunden? Woher weißt du, wie mein jüngerer Sohn heißt?" – „Ich habe dich und deine Kinder im Internet entdeckt." – „Wie schön!" – „Ja." – „Ich weiß gar nicht, was ich sagen soll. Ich bin so aufgeregt." – „Und ich noch viel mehr."

Sie telefonierten lange, er schrieb ihr, und einige Wochen später trafen sie sich, als er nach Berlin fuhr. Ein Frühsommertag, er kam gegen Mittag an und holte meine Mutter ab, die sehr nervös war, so wie damals bei ihrem ersten gemeinsamen Tanz vor mehr als 50 Jahren. Gut sah er aus, so wie früher, natürlich grau und weiß geworden, mit noch lichterem Haar – oft hatte sie gescherzt, das käme von seinen Jägerhüten –, sie erkannte ihn sofort. Er wollte das Grab seines Vaters aufsuchen, der auf einem Soldatenfriedhof westlich des Wannsees bei Kladow bestattet worden war. Im Kofferraum seines alten Mercedes hatte er 50 rote Rosen verstaut. Am Friedhof suchten sie das Grab seines Vaters auf und Axel legte dort und an jedem der anderen umstehenden Steine eine der Blumen ab.

Meine Mutter kann sich an viele Details des Tages nicht mehr erinnern, sie war zu aufgewühlt. Doch sie weiß noch, dass sie anschließend zum See spazierten. Dort setzten sie sich auf eine Bank und aßen Butterbrote, die er mitgebracht hatte. Mit den Brotkrumen fütterten sie einige Schwäne, so wie früher. Danach fuhren sie zu ihr. Stolz zeigte er ihr einige Fotografien, von seinen zwei Kindern, die längst erwachsen waren, und von einer schönen Frau, mit der er sein Glück gefunden hatte. Er freute sich, dass meine Mutter einen ihrer Söhne nach ihm benannt hatte. Lächelnd sagte er: „Dann kann ich doch nicht alles falsch gemacht haben.“ – „Du hast nichts falsch gemacht. Wir haben nichts falsch gemacht.“ – „Du hast recht. Es gibt nichts zu bereuen.“ – „Nein, nichts …“

Einen Nachmittag und einen Abend lang sprachen sie über ihr Leben und was daraus geworden war, das Band zwischen ihnen war noch immer da und es schwang, so wie früher. Auch küssten sie sich, zum ersten Mal seit mehr als 50 Jahren, aber nur ein einziges Mal und wohl nur, um zu spüren, ob es sich noch so anfühlte wie damals, um die Zeit für den Bruchteil einer innigen Berührung anzuhalten, um der bittersüßen Melancholie, die sie beide umgab, vollends nachzugeben.

Beide waren sie treu geblieben, so sollte es bleiben. Sie ging zu Bett, er nächtigte im Gästezimmer. Am nächsten Morgen frühstückten sie, dann brach er auf. Als er auf die Straße trat, winkte sie ihm vom Balkon nach. Er drehte sich noch einmal um und winkte zurück. Er lächelte, so wie früher.

Sie schrieben sich einige Male, bis, Monate später, meine Mutter kurz vor Weihnachten einen Anruf von seiner Tochter bekam. Der einst junge Mann war gestorben, ganz plötzlich, vor dem Kiosk in seiner Straße war er tot zusammengebrochen, als er gerade eine Zeitung kaufen wollte. Die Tochter erzählte, dass ihr Vater schwer krank gewesen war und gewusst hatte, dass seine Zeit ablief. Das Herz. Und dann noch Zucker. Sie hatte einen begonnenen Brief auf seinem Schreibtisch gefunden, der an meine Mutter adressiert war.

Die Beziehung meiner Mutter und des einst jungen Mannes blieb, was sie immer gewesen war. Ein Sinnieren über Mögliches, ein Erinnern an das Zögern vor einer großen Weiche des Lebens, ein Stolpern des Schicksals, ein Teilen dessen, was man nicht gemeinsam hatte. Und trotzdem eine große Liebe.

Doris hätte den letzten Brief gern gelesen.

WO DER SCHILFGÜRTEL DURCHBROCHEN IST

August 2017

Allen Regenschauern zum Trotz sind sie nun endlich da. Die Wiesen dampfen in der Mittagssonne. Das Kopfsteinpflaster – seit jeher ausgelaugt von sowjetischen Panzerkolonnen, auch wenn sie vor Jahrzehnten zuletzt in Richtung Döllner Heide zum Manöver rollten – führt zwischen Kuhweiden und Weizenfeldern hindurch. Entwässerungsgräben durchziehen das Feuchtland, gleißend im Licht der Sonne. Jungstörche staksen umher und tunken ihre Schnäbel in belebte Pfützen. Gelegentlich ziehen Kranichpaare mit weit vernehmlichen Rufen über den offenen Himmel.

Am Wald liegt der Belzower See. Dunkel und erhaben, gespeist vom Wasser des gleichnamigen Grabens, zwei Kilometer lang und wenigstens einen Kilometer breit, mit im Schilf verborgenen Angelbooten. Man erreicht seinen kleinen Parkplatz über einen tief ausgewaschenen Sommerweg, der von der zerrütteten Straße abführt und noch schlechter zu befahren ist.

Eine Wiese breitet sich vor dem See aus, mit einer Feuerstelle, Bänken, einer Rutsche und vermoostem Klettergerüst. Zur Linken fällt das Grün ab. Dort, wo der Schilfgürtel durchbrochen ist, beginnt der Sand. Ein Badesteg, über dessen Laufplanken sachte Wellen lecken – der viele Regen der letzten Wochen. Ein Pfad in der nahen Uferböschung führt zu einer Ruine unweit des Sees, die einmal eine Kapelle gewesen sein mag.

Auf einer Decke sonnen sich eine Mutter und ihre jugendliche Tochter.

Der Vater kommt tropfnass dazu: „Ihr müsst reinkommen, das Wasser ist herrlich!“

„Viel zu kalt", mault die Tochter und schlägt nach einer Bremse auf ihrer Schulter. „Bleiben wir noch lange? Hier hab ich kein Internet. Mir ist langweilig."

„Selbst schuld, wenn du nicht reingehen willst."

„Der See ist bestimmt voller Algen!"

„Kein bisschen."

„Egal. Ich gehöre in die Stadt."

„Und was ist, wenn das Gutshaus fertig saniert ist? Dann wird es irgendwann dir gehören."

„Ja, in fünfzig Jahren vielleicht. Das ist viel zu viel Arbeit für uns, Papa!"

„Man muss einfach nur anfangen. In dem Haus haben schon zig Generationen unserer Familie gelebt."

„Und wenn schon … "

Jetzt erst bemerkt die Tochter, dass ihr Vater etwas in seiner Faust umschließt: „Was hast du da, Papa?"

Der Vater öffnet seine Hand: „Beinahe hätte ich meinen Ring verloren."

Die Mutter schaut in die geöffnete Handfläche und ist erschrocken: „Der Ring deines Urgroßvaters – das wäre ja furchtbar gewesen!"

Der Vater nickt und hält den Ring empor: „Wusstet ihr, dass er genau in diesem See schon einmal verloren ging? Das war gegen Ende des Kriegs, meine Großmutter ist damals als junges Mädchen dabei gewesen. Deshalb ist sie mit mir, kurz nachdem die Mauer gefallen war, hierher gefahren, um nach dem Ring zu suchen. Verrückt, nicht wahr?"

Nun richtet sich die Tochter neugierig auf und blinzelt in die Sonne: „Davon hast du nie erzählt!"

„Das war kurz vor Weihnachten 1989. Schweinekalt war es. Aber Oma wollte nicht länger warten. Es ging ihr schon nicht mehr gut."

Mond und Morgenröte mischen Silber und Glut am Himmel, als das Auto auf den See zurollt, über den hart gefrorenen Sommerweg. Endlich da.

Oft haben sie sich verfahren, weil es in der DDR weder Straßenbeleuchtung noch Beschilderungen zu geben scheint. Doch auf den letzten Kilometern kann sich die Großmutter wieder an alle Wege und Kreuzungen genau erinnern. Auf der Wiese am See schaltet der Enkel den Motor aus und eine Weile bleiben sie im Auto sitzen, während die Landschaft im Licht der Morgensonne weitere Konturen erhält. Die Fahrt war anstrengend, er hat den Führerschein erst seit kurzem. Viele Stunden hinter dem Lenkrad, aus dem Westen hierher. Es war seine Idee, so früh aufzubrechen. Um keinen Ärger am See zu bekommen. Es gibt noch immer Volkspolizisten, das ist ihm nicht geheuer.

Seine Großmutter schaut auf die Liegewiese am See. Zur Linken fällt das Grün ab. Dort, wo der Schilfgürtel durchbrochen ist, beginnt der Sand. Ein Badesteg führt in den See. Am hinteren Ufer steht schwarz der Wald.

„Es ist unwirklich", meint sie. „Zum letzten Mal war ich hier als junges Mädchen, viel jünger als du heute."

„Das ist lange her."

„Es hat sich kaum etwas verändert. Ich erkenne alle Bäume wieder, höher sind sie jetzt. Im Unterholz – dort drüben, siehst du? – ist der Pfad, der zu unserer Kapelle führt. Dort haben meine Eltern geheiratet."

„Ihr hattet eine eigene Kapelle?"

„Sie gehörte dem gesamten Gut und allen Bediensteten. Eine deiner Vorfahrinnen hat sie gestiftet, irgendwann Anfang des 19. Jahrhunderts."

„Gehörte euch auch der See?"

„Ja. Auch der See."

„Dann seid ihr reich gewesen."

Die Großmutter lacht: „Wir hatten kaum mehr als alle anderen im Dorf. Wir haben hart mitarbeiten müssen auf den Feldern. Und wenn wir uns als Kinder etwas herausnahmen, hat uns der Vater schnell zurechtgestutzt."

Müde blinzelt der Enkel über den See. Die Sonne wird sich noch eine Weile hinter dem Horizont verstecken, aber hell genug für ihr Vorhaben ist es. „Wie lange ist es her, dass du zum letzten Mal am See warst?"

„45 Jahre. Im vorletzten Kriegsjahr, kurz vor unserer Flucht."

Die Großmutter schaut ihn an. „Und jetzt? Willst du es wirklich tun?"

„Natürlich. So haben wir es besprochen."

„Wenn mir mehr Zeit bliebe, könnten wir bis zum Sommer warten."

„Im Sommer ist es vielleicht zu voll. Und ich freue mich, wenn ich dir diesen Wunsch erfüllen kann, Oma."

Die Großmutter strafft ihre schmalen Schultern: „Also gut."

Sie steigen aus dem Auto und er entnimmt dem Kofferraum das Gerät, das er benötigt. Sie gehen über die Wiese zur Badestelle, über angefrorenes Gras, auf dem sich Aushübe von Maulwürfen türmen. In einer Feuerstelle glänzen alte Kohlereste. Die Kälte der Nächte hat die Bäume längst entlaubt, überall liegen vom Bodenfrost geweißte Blätter. Es riecht nach Schnee. Die Wellen schieben totes Laub und Gräser über den Sand. Während die Großmutter den Steg betritt, streift er seine Kleidung ab. Er zieht eine Badehose an und schreitet langsam mit dem Gerät in der Hand in den See.

Warme Gedanken, tiefe Atemzüge. Er braucht Ablenkung: „Was genau ist damals passiert, Oma? Erzähl's mir noch einmal."

„Es war ein Sommertag im Kriegsjahr 1944 und wir haben hier gebadet, nicht weit weg vom Ufer. Mit unserem Vater … Plötzlich vermisste er seinen Hochzeitsring. Also haben wir den ganzen Nachmittag mit Tauchen verbracht. Vergeblich. Wahrscheinlich haben wir den Ring immer tiefer in den Grund getreten." Mit zusammengekniffenen Augen späht die Großmutter ins Uferwasser. „Ich habe Vater versprochen, dass ich den Ring für ihn finden werde. Er tröstete mich und sagte, es gäbe Wichtigeres als ein Schmuckstück. Er könne sich den Ring nachfertigen lassen, wenn der Krieg zu Ende wäre. Ich habe den ganzen Sommer und den ganzen Herbst nach dem Ring getaucht, bis in den Dezember hinein. Ein paar Monate später mussten wir das Gut verlassen."

„Der Ring war ein einfaches Band, ja?"

„Aus Gold. Schlicht, ohne Stein. Die Vornamen meiner Eltern waren eingraviert und ihr Hochzeitsdatum."

Der Enkel schaltet seine Metallsonde ein. Das Gerät beginnt zu piepsen und er dreht an einigen Reglern. Mit zusammengebissenen Zähnen geht er Schritt für Schritt weiter in den See und taucht den Sondenkopf ins Wasser. Kreisende Bewegungen, langsam, gleichmäßig. Der Enkel fährt mit der Sonde über den Grund, er sucht akribisch, doch das Gerät bleibt stumm.

Die Großmutter beobachtet ihn gebannt. Schließlich zeigt sie vom Steg herab vage auf ein Areal vor ihr: „Vielleicht war es weiter hier?"

Ihr Enkel nähert sich der gezeigten Stelle und plötzlich fängt die Sonde wieder an zu piepsen. Das Wasser ist hier nur knietief. Sie ruft aufgeregt: „Könnte es der Ring sein?"

„Ich glaube nicht. Das Signal klingt zu tief. Ich vermute, es ist ein Kronkorken oder etwas Ähnliches."

Er tastet im Schlick umher. Weich quillt es zwischen seinen Fingern hindurch, und als seine Fingerkuppen etwas Hartes streifen, greift er zu. Im Licht betrachtet er das Stück Draht, wirft es auf den Steg und sondelt weiter.

Wenig später piepst die Sonde erneut.

„Und jetzt? Der Ring?", fragt die Großmutter hoffnungsvoll.

Der Enkel schüttelt den Kopf: „Nein. Die Sonde ist auf unterschiedliche Metalle kalibriert. Ich kann anhand des Klangs hören, was ich gefunden habe. Es war wieder ein tiefer Ton, also ist es wieder Blech oder Eisen. Bei Gold gibt es einen sehr hohen Ton." Der Enkel wühlt trotzdem im Boden des Sees, bis zur Schulter taucht er dazu ins Wasser. Dann hält er etwas in der Hand, reinigt es und reicht es seiner Großmutter. Eine Münze, seit Jahrzehnten im Sediment verborgen, 50 Pfennig aus der Weimarer Republik. Sie steckt das Klimpergeld ein.

Heller ist es mittlerweile geworden, die Sonne kämpft gegen trübe Wolkenberge an. Nur Minuten später muss der Enkel aufhören, es ist einfach zu kalt.

Als er zitternd auf dem Steg hockt, eine Decke um seine Schultern geschlungen, reibt die Großmutter seine Beine warm. „Es war eine dumme Idee von mir. Der ganze weite Weg – alles umsonst. Ich will nicht, dass du dich erkältest. Lass uns zurückfahren."

Er schüttelt den Kopf: „Noch ein Versuch."

„Ein Letzter."

„Ja, ein Letzter."

Diesmal ganz dicht am Ufer, kaum mehr als zwei Meter vom Steg entfernt. Langes Kreisen über von Wellen geriffeltem Grau. Und wieder piepst es. Diesmal ist der Ton sehr hoch. Der Enkel greift in den Schlamm und erfasst etwas.

Als sie später im geparkten Auto sitzen, mit laufendem Motor und voll aufgedrehter Heizung, können sie ihr Glück noch immer nicht fassen. Die Großmutter weint. Auch er ist ergriffen. Der Hochzeitsring seines Urgroßvaters. Sie trinken von ihrem mitgebrachten Tee und schauen auf den See.

Als ihnen wieder warm ist, fragt der Enkel: „Bist du nicht neugierig, Oma, wie das Gutshaus heute aussieht? Wir könnten hinfahren."

Sie winkt ab. „Das muss nicht sein. Vor einigen Jahren waren Bekannte hier, die Fotos gemacht haben. Das hat mir gereicht.

Es sah alles sehr deprimierend aus. Fenster zugemauert oder eingefallen. Überall war der Putz runter. Park verwildert, alle Rabatten weg, die Eingangssäulen zur Zufahrt abgerissen, der große Stall eingestürzt. Unmengen von Schuppen stehen herum."

„Ist denn alles kaputt?"

„Es leben wohl noch zwei ältere Damen zur Miete im Haus, ein Teil muss also noch bewohnbar sein."

„Hmm."

„Ich möchte mich lieber an das Gutshaus meiner Kindheit erinnern."

„Vielleicht bekommt unsere Familie das Haus zurück, jetzt, wo die Mauer gefallen ist?"

„Tja, wer weiß? Aber selbst, wenn das irgendwann geschieht, kann es noch Jahre dauern."

„Wir könnten wenigstens schauen, ob die Kapelle noch steht."

Unschlüssig reibt die Großmutter ihre Hände, doch dann nickt sie: „Warum nicht? Viel wird ohnehin nicht mehr zu sehen sein. Die DDR hat auf Kirchliches keinen Wert gelegt. Was ist schon göttlicher Beistand gegen die Eingebungen einer Partei, die immer recht hat?"

Sie steigen aus und schlagen den kurzen Pfad zur Kapelle ein. Wilde Ranken greifen nach ihren Hosen.

Die Großmutter hat es geahnt, nur noch die Grundmauern aus Feldsteinen stehen und einige Meter laufender Mauer. Einige verrottete Balken liegen im kniehohen, von Ziegelbruch, Glassplittern und Mörtelresten gefüllten Geviert.

„Schlimm sieht es hier aus", sagt die Großmutter. Sie zeigt auf den ehemaligen Eingang der Kapelle. „Dort neben dem Portal stand früher ein Bänkchen. Und hier gegenüber befand sich ein marmorner Kübel, der immer bunt bepflanzt war. Die Kapelle hatte sogar einen kleinen Glockenturm. Und da hinten waren die Familiengräber, einen geschmiedeten Zaun gab es damals. Alles fort."

„Schau mal, hier liegen noch einige Grabsteine.“ Der Enkel zeigt auf von hohem Gras halb verdeckte Steinplatten. Er beugt sich vornüber, schiebt wuchernde Halme beiseite und liest ein Geburtsdatum. 1868. Die Großmutter beugt sich nun ebenfalls hinunter. Er stützt sie, gemeinsam kratzen sie Moos aus der Inschrift. Ein Name und ein Sterbedatum werden sichtbar. 1913.

„Natürlich, dein Ururgroßvater“, sagt sie.

„Er ist nicht sehr alt geworden.“

„So war das früher.“

Als sie zum Auto zurückkehren, holt er einen Fotoapparat aus dem Kofferraum und schießt einige Aufnahmen vom Belzower See. „Für Mama“, sagt er. „Beim nächsten Mal ist sie bestimmt dabei.“

Die Großmutter nickt. „Deine Mutter hat oft das Bild vom See bestaunt, das bei uns im Wohnzimmer hängt, ein Berliner Künstler hat den Fotoabzug vor dem Krieg hergestellt. Ich sehe sie noch vor mir. Hochschwanger mit dir, das muss also 1970 gewesen sein. Oft hat sie vor dem Bild gestanden und sich vorgestellt, sie wäre jetzt dort. Sie sagte immer, das Foto ist so, dass sie direkt in den See hineinspringen möchte.“

Mai 1970

„Das Foto ist so, dass ich direkt in den See hineinspringen möchte.“ Prall wölbt sich der Bauch ihrer jungen Tochter unter dem fröhlich gemusterten Umstandskleid. Es kann nicht mehr lange dauern bis zur Niederkunft. Sie steht im Wohnzimmer vor dem Vertiko, über dem eine schlicht gerahmte Aufnahme des Belzower Sees hängt. Eine Schwarzweißaufnahme, großes Format. Sie zeigt eine Wiese am See. Zur Linken fällt das hohe Gras ab. Wildenten ziehen über den Himmel. Dort, wo der Schilfgürtel durchbrochen ist, beginnt der Sand. Ein Badesteg führt in das Wasser. Am hinteren Ufer des Sees steht dunkel der Wald.

„Wer hat das Foto gemacht, Mama?"

Ihre Mutter stellt sich hinzu. „Ein Berliner Künstler und Landschaftsfotograf. Er hat eine ganze Serie von Aufnahmen in der Uckermark gemacht, um den Gutsleuten und wohlhabenden Bauern seine Abzüge zu verkaufen. Ich wusste auch mal seinen Namen. Er steht auf der Rückseite, glaube ich, auf einem Aufkleber. Du kannst das Bild abhängen und nachsehen, wenn du magst."

Ihre Tochter schüttelt den Kopf: „Nicht nötig. Weißt du, wann genau das Foto gemacht wurde?"

„Noch vor dem Krieg, vor über 35 Jahren. Meine Mutter erzählte mir, dass Vater es zunächst nicht kaufen wollte. Er meinte wohl: So viel Geld für ein Stück Papier? Für einen See, den ich mir jeden Tag in ganzer Pracht im Original anschauen kann? Meine Mutter hat den Abzug trotzdem gekauft, hinter seinem Rücken. Als Vater es erfuhr, musste er lachen. Er konnte ihr ohnehin keinen Wunsch abschlagen."

Ihre Tochter lächelt: „Seid ihr oft am See gewesen?"

„Natürlich. Im Sommer waren wir jeden Tag draußen. Es gab eine eigene Badestelle für Kinder im halbhohen Wasser, wo wir uns gegenseitig das Schwimmen beigebracht haben. Auch ein Boot hatten wir. Wir sind oft zum Angeln rausgerudert. Plötzen, Forellen, Hechte und Aale haben wir gefangen. Mutter hat sich immer sehr über die Abwechslung in der Küche gefreut."

„Das glaube ich."

„Mitten im See gab es sogar einen Berg, der bis knapp unter die Wasseroberfläche reichte. Dort konnte man sich hinstellen, dass es aussah, als würde man auf dem Wasser balancieren. Besuchern aus Berlin haben wir damit manchmal einen ordentlichen Schrecken eingejagt. Wenn man dort stand, konnte man gut nach Barschen angeln, die suchten dort im Sommer den Schatten. Deshalb nannten wir den Hügel Barschberg."

Die Tochter ist fasziniert in der Fotografie versunken: „Das klingt toll. Möchtest du noch mal dort hin?"

„Ich glaube nicht, dass ich das schaffe. Der See ist bestimmt noch derselbe. Aber die DDR liegt auf einem anderen Kontinent, dort sind wir nicht willkommen. Wir mussten fliehen, als die Russen kamen. Wer damals blieb, wurde erschossen. Junkerland in Bauernhand, so hieß das. Heute hätte ich Angst."

„Weißt du noch, wann du zum letzten Mal dort gebadet hast?"

„Ja, sogar ganz genau. Das war Anfang Dezember 1944, bevor der See zufror. In dem Jahr war der Winter hart."

„Im Dezember baden im See? Oh Gott, viel zu kalt!"

„Wir tauchten damals nach dem Hochzeitsring, den mein Vater im See verloren hatte, schon im Sommer."

Die Tochter dreht sich zur Mutter: „Habt ihr ihn gefunden?"

„Nein."

„Wie schade!"

„Sicherlich ist er längst tief im Schlamm versunken. Oder jemand hat ihn gefunden und behalten."

„Wie ging er überhaupt verloren?"

„Als wir mit unserem Vater im Wasser getobt haben."

Sie erinnert sich an alles. So viele, auch bedeutendere Tage ihres Lebens sind ohne Nachhall verstrichen. Doch dieser eine Ausflug zum See, dieser eine Julitag, an dem doch eigentlich gar nicht viel geschah, hat sie ihr Leben lang begleitet – als ein vollkommener Moment des Glücks, den sie in seiner Erhabenheit erst viele Jahre später erkannt hat und der ihr seitdem manchmal mit atemberaubender Wucht ins Herz fährt oder so bittersüß in die Nase steigt, als wäre ihre gesamte Kindheit eine überwältigende Essenz, auf dass ihr schwindelig wird und sie weinen muss. Nicht einmal ihrem Mann hat sie davon erzählt, es ist ein Moment, der nur ihr und ihrem Vater gehört.

Ein flirrender Sonntag im späten Juli. Hitze steht ohne Brise über den Kornfeldern. Gern wäre die Mutter mitgekommen, schon allein, weil es einer der letzten Tage des Heimaturlaubs ihres Mannes ist, doch ihre fünfte Schwangerschaft ist nicht frei von Komplikationen und so hat ihr der Arzt Bettruhe verordnet. Sie rumpeln mit dem Heuwagen über das Kopfsteinpflaster, gezogen vom einzigen Pferd, das ihnen geblieben ist. Rexchen, ihr Hund, umspringt bellend das Gefährt, ihre Brüder Anton und Gerhard singen mit der älteren Schwester Luise das Lied vom rollenden Wagen. Sie ist die Jüngste und diejenige, die ihr Vater immer am liebsten auf dem Schoß hat.

Vater ist fast so vergnügt wie zuletzt vor dem Krieg. So unbeschwert wie früher wird er nicht mehr sein, das spüren sie alle, und es liegt nicht an den Narben, die er an Armen und Beinen trägt und die er in Gegenwart seiner Kinder weglacht. Sie fahren auf die Wiese am See, wo sie das Pferd abschirren. Zur Linken fällt das Grün ab. Dort, wo der Schilfgürtel durchbrochen ist, beginnt der Sand. Ein Badesteg führt in den See. Am gegenüberliegenden Ufer steht leuchtend der Wald.

Ihre Geschwister hechten mit Kopfsprüngen vom Steg ins Wasser. Der Vater nimmt ihre Hand, sie stürmen los, Wasser spritzt. Libellen umfliegen sie. Eine Ringelnatter schwimmt erschrocken davon. Anton und Gerhard wühlen Schlick vom Grund des Sees empor und bewerfen damit ihre krähenden Schwestern. Der Vater drückt lachend seine frechen Söhne unter Wasser, so lange, bis sie sich prustend frei strampeln. Später schwimmt der Vater los, immer weiter hinaus, mit starken Zügen, er möchte eine Weile allein sein, wie er sagt, den See in sich spüren, bis sein Kopf nur noch ein winziger Punkt auf den Wellen ist und sie ein wenig Angst bekommt.

Als der Vater aus dem Wasser kommt, stellt er überrascht fest, dass sein Ring fehlt. Vielleicht ist er ihm beim Toben vorhin schon vom Finger abgerutscht. Das kalte Wasser, und außerdem, sagt er feixend, sei er doch ganz schön dünn geworden in Russland.

Der goldene Ehering der Eltern fort! Sie ist bestürzt, ebenso ihre Geschwister. Sofort laufen sie ins Wasser, um nach dem Schmuckstück zu tauchen, doch ihre Anstrengungen bleiben vergeblich. Er winkt ihnen zu und ruft sie heraus. Der Ring – ja, es ist traurig, aber andere Dinge sind jetzt viel wichtiger, die Kinder sollen nicht mehr darüber nachdenken, sondern diesen Tag genießen. Die Mutter wird es verstehen. Einen Ring kann man nachmachen, einen Tag kann man nicht nachholen.

Danach liegen sie auf einer Decke und essen Stullen und Äpfel. Er streicht ihr die widerspenstigen Haare aus der Stirn und lächelt sie, das Nesthäkchen, an. Sie sieht seine müden Augen und meint, einen Schimmer darin zu erkennen. Doch der Vater winkt ab und sagt, es ist das Wasser vom See, das aus seinen Haaren tropft. Dann zieht er sie an sich und hält sie fest.

Drei Tage später fährt der Vater fort, zurück in den verhassten Krieg. Sie bringen ihn zum Bahnhof nach Prenzlau. Mutter weint. Er umarmt und küsst sie alle, möchte sie nicht mehr loslassen. Sein Rasierwasser bleibt in ihrer Nase, bis zum heutigen Tag. Kurz vor seiner Abfahrt hat sie sich noch mit ihm gestritten, es ist so unwichtig, dass sie schon wenige Tage später nicht mehr weiß, worum es ging, doch es ist ihre Schuld, wie sie sich später dumpf erinnern wird, das verdammte Backfischalter. Etwas spröde ist sie deshalb beim Abschied. Er gibt ihr einen Kuss auf die Stirn und nennt sie seinen Sonnenschein.

Dann, als der Zug voller Soldaten losruckt und er die Scheibe seines Abteils herunterzieht, um seiner Familie zuzuwinken, fährt es plötzlich in sie, die große Angst um ihren Vater, und sie fängt an, am Gleis entlangzulaufen, dem anfahrenden Zug hinterher. Wild winkt sie und schreit aus Leibeskräften und fragt sich ein Leben lang, ob der Vater sie noch gehört hat. Er muss sie doch gehört haben …

Im Februar 1945 müssen sie den Gutshof verlassen, kurz bevor die Russen kommen. Sie lassen alles zurück, bis auf wenige Kostbarkeiten, die sie auf einem Schlitten verstauen. Dazu gehört die aufgerollte Fotografie des Sees. In der Nähe von Lüneburg werden sie sesshaft. Im Herbst 1949 besucht sie ein Soldat, der mit dem Vater in russischer Kriegsgefangenschaft gewesen ist, in einem der vielen hundert Lager jenseits des Urals. Er berichtet, dass der Vater im Winter 1947 verstorben ist. Der Mann übergibt ihrer Mutter eine Blechbüchse, eine Art Suppennapf. Auf der Unterseite ist ein Bild in das Metall geritzt, das einen See und badende Kinder zeigt. Im Hintergrund ist das Türmchen der Kapelle zu sehen, in welcher der Vater seine Frau im Jahr 1923 geheiratet hat.

April 1923

Endlich da. Das wurde auch Zeit. Verliebt war er schon vom ersten Tag an, als er sie zum ersten Mal erblickt hatte. Als Waisenkind war sie in seine Dorfschule gekommen, weil ihre Eltern in Berlin bei einem Kutschenunfall tödlich verunglückt waren, und weil ihre Mutter eine entfernte Cousine der Köchin im Gutshaus gewesen ist, die – selbst kinderlos geblieben – das Mündel zu sich genommen hatte.

Trotz der Trauer um ihre Eltern ist sie ein fröhliches und besonders aufgewecktes Mädchen. Eine ausgeprägte künstlerische Ader hat sie, ihre Zeichnungen von See und Kapelle werden in der Schule bewundert, ihre landschaftlichen Stillleben vom Pastor höchstselbst gerühmt. Noch dazu ist sie aus der Hauptstadt, sodass die Jungen aus der Klasse einiges von ihr lernen können. Der Lehrer der Dorfschule, der ihnen allen recht zusetzt und ein überhartes Regiment führt – mit Vorliebe schwadroniert er vom Deutsch-Französischen Krieg, in dem sein Vater als tapferer Korporal bei der Schlacht von Mars-la-Tour im alleinigen Handstreich das Heer der Preußen rettete –, er ist ihnen allen herzlich verhasst und seine Hiebe mit dem Rohrstock sind gefürchtet. So stiftet sie also ihn, den Sohn des Gutsherrn, kichernd an, den Rohrstock des Lehrers ordentlich mit einer Zwiebel einzureiben, wie man es in Berliner Klassenzimmern zu tun pflege. Weißt du denn nicht, dass der Saft der Zwiebel das Holz mürbe macht? Er bricht dann beim ersten oder zweiten Schlag.

Es ist ganz ohne Zweifel eine Frage höherer Geschicklichkeit gewesen, während der Pause ins Klassenzimmer zu schleichen, wo der Herr Lehramtsassessor unter dem Katheder das Hiebinstrument verwahrt. Als der Junge gerade die Mitte des Stocks großzügig mit dem Saft seiner Zwiebel tränkt, betritt der Lehrer das Klassenzimmer und erfasst die Situation: „Nun, dann wollen wir doch einmal gemeinsam überprüfen, ob der Stock noch hält."

Tatsächlich, Zufall oder nicht, der Rohrstock bricht beim ersten Schlag. Und während der Delinquent schon frohlockt und innerlich die berlinische Lebenserfahrung seiner Auserkorenen preist, greift der Lehrer in einen Schrank, sich für seine Weitsicht rühmend, beizeiten einen Vorrat an Rohrstöcken angelegt zu haben. Er hat nicht einmal geschrien. Als er nach der Schule mit malträtiertem Allerwertesten zum Gutshaus wankt, fängt sie ihn hinter der Schmiede ab und er wird mit einem Kuss belohnt.

Diese Frau hat er nun, zehn Jahre später, heute, endlich, ehelichen dürfen. Die Worte des Pastors hallen in seinem Herzen nach. Es hat den Bräutigam Überzeugungskraft gekostet, den vertrockneten Geistlichen zum Trauspruch aus dem sinnlichen Hohelied Salomos zu überreden. Erst eine Spende für zu erneuerndes Kirchengestühl zerstreute letzte klerikale Bedenken.

Lege mich wie ein Siegel auf dein Herz, wie ein Siegel auf deinen Arm. Denn Liebe ist stark wie der Tod und Leidenschaft unwiderstehlich wie das Totenreich. Ihre Glut ist feurig und eine

Flamme des Herrn, so dass auch viele Wasser die Liebe nicht auslöschen und Ströme sie nicht ertränken können. Die Kapelle nimmt kaum mehr als ein Dutzend der engsten Verwandten auf, und draußen bis zum See stehen die Gäste, sich reckend, um ein Wort zu vernehmen oder einen Blick zu erhaschen.

Doch nun ist das junge Paar für sich – als sie unter dem Jubel des Dorfes aus der Kapelle getreten sind, hat der Bräutigam sich von der Hochzeitsgesellschaft erbeten, für einen Moment mit seiner Braut allein sein zu dürfen. Unter allerhand ungehörigen Zweideutigkeiten und viel Gelächter ist die Gesellschaft schließlich ohne das Brautpaar aufgebrochen. Fröhlich singend spaziert der Tross der Feingewandeten zurück zum Gutshaus, an den weiten Kartoffelfeldern vorbei, der festlich gedeckten Tafel entgegen. In zurückbleibender Stille greift der Bräutigam nach der Hand seiner Braut.

Eine Weile sitzen sie auf der Bank neben dem Portal, küssen sich und betrachten die Blütenpracht in der marmornen Vase vor ihnen, ein Fest aus Luzernen, Kermesbeeren und feuerroten Kokardenblumen. Nichts muss gesagt werden, alles ist da.

Dann ein *Kirreck, kirreck* – ganz in der Nähe dringt es aus dem ersten Grün der Kartoffelfurchen und der junge Gutsherr nickt erfreut: „Wer nur eine Kette Rebhühner in seinen Kartoffelfeldern weiß, braucht den Coloradokäfer nicht zu fürchten."

Über ihnen im summenden Frühjahrshimmel das Puitzen und Quorren tanzender Schnepfen, die am Waldrand entlang den Frühling ankündigen. Natürlich, jetzt ist für jeden Waidmann die Zeit des Schnepfenstrichs gekommen und auch der junge Gutsherr wird die Tage nach den ersten Sonntagen der Fastenzeit nutzen, so, wie es Brauch ist, und er denkt daran, beizeiten seine Repetierflinte reinigen zu wollen, ein erstklassiges Fabrikat aus der Gewehrfabrik Suhl. Es wird wie immer eine Frage hohen Geschicks sein, denn Schnepfen wie Bekassinchen sind, wie jeder weiß, die im Fluge anmutigsten Vögel, die noch dazu ihr Federkleid ablegen können, um ihre Feinde zu täuschen.

Reminiscere, putz die Gewehre –
Oculi, da kommen sie –
Laetare, das ist das Wahre –
Judica, sie sind noch da –
Palmarum, trallarum –
Quasimodogeniti,
Halt, Jäger, halt, jetzt brüten sie!

„Malerfedern werde ich dir schießen“, sagt er zu ihr, weil er sie auch für ihr künstlerisches Talent liebt. Schon Tizian und Vermeer nutzten die Handschwinge vor der ersten Schwungfeder der Schnepfe als spitzeste Feder.

„Solange du mir keinen Schnepfendreck kredenzt“, lacht sie und er stimmt mit ein. Nichts kann sie mit dem seltsamen Waidmannsgericht anfangen, das aus der Schnepfe ungereinigten Eingeweiden mitsamt Magen und Darm besteht, fein zerhackt, mit Ei und Zwiebelchen angebraten. Glaubt man den Elogen mancher Berliner Journale, soll es geschmacklich selbst dem Beluga-Rogen des Störs überlegen sein.

Er führt sie zum See, wo sie über die Weite des Wassers schauen, bis hin zur dunkelgrünen Linie des Waldes. Dort, wo der Schilfgürtel durchbrochen ist, beginnt der Sand. Frösche dösen auf Seerosen. Bremsen und Mücken summen umher. Glucksend brechen sich Wellen am Ufer. Eine Schwanenfamilie taucht aus dem Schilf auf, mit fünf jungen Schwänen, noch grau und linkisch, inmitten ihrer stolzen Eltern.

Er sagt zu seiner Frau: „Das sind wir. Bald.“

Er legt seine Hand auf ihren Bauch. Sie nickt und küsst ihn. So stehen sie noch eine Weile an der Wasserlinie, schauen über das Blau, lauschen den Kuckucken und Spechten im nahen Wald.

Als sie nach einiger Zeit durch den Vorgarten der Kapelle zurückgehen, zeigt er auf eines der Kreuze im Windschatten des Gemäuers, dort, wo seine Vorfahren begraben sind. „Dein Vater“, sagt sie und er nickt: „Er ist vor zehn Jahren gestorben.

Im gleichen Jahr, als du zu uns ins Dorf gekommen bist. Bestimmt hätte er dich gerne kennengelernt."

Sie schaut auf sein Geburts- und Todesdatum: „Warum starb er so jung?"

„Eine Blutvergiftung."

Aus der Vase der Kapelle bricht sie eine Kokardenblume ab und legt sie auf den Stein. „Ich danke ihm für seinen Sohn."

Sie gehen zum Gutshaus zurück, ihrer großen Feier entgegen. Unterwegs zeigt er auf das Kopfsteinpflaster: „Diese Steine hat mein Vater verlegen lassen, vor über 25 Jahren. Er hat erzählt, wie er selbst mitgeholfen hat. Manchmal frage ich mich, welche dieser Steine er wohl selbst in den Händen gehalten haben mag. Es sind ja Tausende. Diesen hier zum Beispiel?"

Er zeigt auf einen tiefroten Granit im Pflaster, dessen eingesprenkelte Quarze im Sonnenschein glitzern.

Juli 1897

Er hält den tiefroten Granit in der Hand. Eingesprenkelte Quarze glitzern im Sonnenschein. Wie fügt er sich am besten in das Kiesbett zwischen die anderen Steine?

„Jeder Stein passt, gnädiger Herr", sagt sein Nebenmann, ein erfahrener Straßenbauer. „Man darf nicht zu lange überlegen."

Es findet hohe Anerkennung bei den Arbeitern, dass der Graf nicht nur den Fortschritt der Arbeiten kontrolliert, sondern – aus gestalterischer Freude, wie er sagt – selbst mit Hand anlegt, wann immer es seine zahlreichen Pflichten zulassen. Es macht ihm Freude, die Steine zu verlegen, die der Frost alljährlich so zahlreich aus seinen Feldern erwachsen lässt, wo sie Ewigkeiten in der Erde ruhten. Nun zerstören die Steine nicht mehr die Pflugschaufeln, sondern dienen in der Straße.

Bereits im April haben die Arbeiten begonnen, gleich nach dem Frost, und mittlerweile hat das Pflaster fast den See erreicht. „Wie wird der Verlauf der Straße sein?“, fragt man den Grafen.

„Sie wird in den Wald bis zum Köhlerdorf führen, an der wüsten Meierei und den Büdnerhäusern vorbei. Von der anderen Seite, aus Neu-Selikow kommend, wird ebenfalls gebaut. Im Köhlerdorf wollen wir uns treffen.“

Schwül ist es und so heiß, dass ihnen der Schweiß in Strömen vom Leib fließt. Das Zirpen der Grillen im Weizen rauscht in ihren Ohren. Klatschmohn, Kornblumen und Schafgarben schmücken die Feldraine. Ein Ochsengespann poltert heran, scheucht die Schwalbenschwänze und Pfauenaugen, die über ihnen tanzen, und bringt weitere Steine. Der alte Kutscher zieht an einem Pfeifchen, aus dem es krautig qualmt. Der Graf richtet sich auf, schaut in den Himmel und fährt mit seinem Taschentuch über die Stirn. Zwischen den Büschen blitzt es blau. Der See. Dort, wo der Schilfgürtel durchbrochen ist, beginnt der Sand.

Er ist zufrieden. Die Straße wird ihnen allen helfen. Zu oft ist es vorgekommen, dass Räder und Achsen der Wagen in den Ausspülungen des Sommerwegs gebrochen sind. In den Erntemonaten war der Stellmacher regelmäßig mit nichts anderem als mit der Reparatur von Rädern beschäftigt. Andere Dinge waren liegengeblieben.

In der Ferne über dem See türmen sich dunkle Wolken. Der Ochsenkarren hält an. Der junge Gutsherr streicht dem Ochsen über die Nüstern und fragt den Kutscher, der vom Bock steigt: „Meinst du, wir bekommen ein Gewitter?“

Prüfend und mit der Erfahrung des Bauern schaut dieser in den Himmel: „Ja. Aber es wird südlich an uns vorbeiziehen. Das tut ein Gewitter immer, wenn es im Osten entsteht. Vielleicht bekommen wir ein paar Tropfen ab. Mehr nicht.“

Unvermittelt zackt ein gewaltiger Blitz den Horizont und blendet sie alle. Ihm folgt ein Grollen, das krachend über den See rollt. Der Gutsherr zuckt zusammen und der alte Kutscher, der ihn von Kindesbeinen an auf seinem Bock mitgenommen hat und weiß, warum er plötzlich fahl im Gesicht geworden ist, schaut ihn gütig an: „Es wird nicht schlimm werden. Und nie wieder wird es so schlimm werden wie damals im großen Märzsturm."

März 1876

Der Himmel ist im Westen so schwarz, als wäre dort tiefste Nacht, während im Osten strahlender Tag herrscht. Krachend schlagen die Fensterläden des Gutshauses zu. Glas splittert. Die Mutter bekreuzigt sich und ruft ihm zu: „Sturm kommt auf! Lauf zum Vater und sieh, ob du ihm helfen kannst. Und pass auf dich auf, Junge!"

Er läuft los. Hin zu den Feldern am See, wo der Vater und die anderen Bauern die Saat ausbringen wollen. Der Rückenwind lässt ihn fliegen. Er rennt über den auftauenden Grund des Weges. Schlammig ist der Boden, mehrere Male rutscht er aus, einmal stürzt er. Erste Tropfen fallen. Groß wie Taubeneier prasseln sie auf seinen Kopf und schlagen zwischen seine Schultern.

Als er auf den See zukommt, sieht er, dass sein Vater und einige Bauern mit den Ochsengespannen unter einer ausladenden Ulme Schutz gefunden haben. Erleichtert rennt er auf sie zu. Er ist nur noch einen Steinwurf von den Männern entfernt, als ein Blitz in die Ulme fährt, ein Ast stürzt herab und begräbt seinen Vater.

Der Sturm kostet allein im Dorf drei Menschenleben. Das Dach des Gutshauses ist abgedeckt. Überall liegt Ziegelbruch auf den Feldern. Noch in der Nähe des Sees findet er später Biberschwänze, die der Sturm bis dorthin geweht hat.

Einige Tage nach dem verheerenden Sturm sitzt er am See und starrt verweint auf das Wasser, das jetzt wie ein schwarzer Spiegel ruht. Leises Plätschern am Steg. Dort, wo der Schilfgürtel durchbrochen ist, beginnt der Sand. Seine Mutter sucht nach ihm, findet ihn schließlich. Sie setzt sich neben ihn, umfasst seine Schultern, kann ein Schluchzen nicht verhindern und versucht, sich zu sammeln. Gemeinsam blicken sie auf das Wasser in völliger Ruhe.

„Was sollen wir jetzt tun, wo Vater tot ist? Ziehen wir fort?"

Seine Mutter schaut ihn erstaunt an: „Nein, natürlich nicht. Wir machen hier weiter. Auch dein Vater würde es so wollen. Damals, vor mehr als 60 Jahren war es auch furchtbar, unter den Franzosen. Sogar noch schlimmer. Soldaten zertrampelten das Korn, Ernten fielen aus. Dein Urgroßvater kam nicht zurück aus dem Krieg. All die Verwüstungen, das Feuer! Danach der Hunger und das Jahr ohne Sommer mit seinen schlimmen Seuchen …"

Sie breitet ihre Arme aus, als versuche sie, den See zu umfassen: „Das ist die Landschaft unserer Vorfahren. Vor zwei Jahrhunderten haben sie unser Gut gegründet. Und wenn Gott es will, wird hier in zwei Jahrhunderten die Landschaft unserer Nachfahren sein. Wir alle tragen den See in unserer Seele. Ob es uns bewusst ist oder nicht."

Der Sohn nickt und stellt überrascht fest: „See und Seele – es klingt fast gleich, als gehört es zusammen …"

Die Mutter erhebt sich: „Komm! Viel Arbeit liegt vor uns."

September 1813

Boten, von Dorf zu Dorf eilend, haben es hechelnd hervorgestoßen, die Soldaten kommen! Als wahre Plage fallen sie ein, wie schwarzer Rost, der aus den Berberitzen steigt und pestartig am Weizen saugt. Die Bauern von Belzow müssen erleben, wie die desolaten Haufen eines französischen Regiments von Kürassieren und Versprengten der einstmals großen napoleonischen Armee über ihre Felder reiten. Schon ein Jahr zuvor hatten sie auf ihrem Weg gen Moskau das Land verheert. Nun wiederholen sich die Verwüstungen, während die weichenden Franzosen, geschlagen vom gnadenlosen russischen Winter, von preußischen Truppen, Landwehrverbänden und Freikorps bedrängt werden.

In der Schlesischen Privilegirten Zeitung von Breslau war es im März des Jahres zu lesen gewesen und die Kunde war im Stieben eines Funkens auch bis nach Belzow geflogen. Nach den Niederlagen von Jena und Auerstedt und der Demütigung von Tilsit, nach sieben Jahren der Drangsal und Not, haben seine Majestät der König mit seiner Majestät dem Kaiser aller Preußen ein Bündnis geschlossen. *An mein Volk – das Mark des Landes ward ausgesogen, die Hauptfestungen bleiben vom Feinde besetzt, der Ackerbau ward gelähmt sowie der sonst so hoch gebrachte Kunstfleiß unserer Städte. Die Freiheit des Handels ward gehemmt und dadurch die Quellen des Erwerbs und des Wohlstandes verstopft. Das Land ward ein Raub der Verarmung. Brandenburger, Preußen, Schlesier, Pommern, Litthauer! Ihr wisst, was Ihr seit fast sieben Jahren erduldet habt; Es ist der letzte entscheidende Kampf, den wir bestehen, für unsere Existenz, unsere Unabhängigkeit.*

Es heißt, russische Kosaken seien bereits als Verbündete in Berlin angekommen. Doch Berlin ist weit weg. Und in Belzow weinen die Bauernfamilien um all der Scheußlichkeiten willen, die ihnen widerfahren. Geschändete Frauen und getötete Söhne, geraubtes Vieh und brennende Gehöfte.

Da kommt also am Morgen von Belzow der endlose Tross der Franzosen auf das Gutshaus zu. Vorneweg, von Offizieren in offenen Kutschen geführt, die schweren Reiter mit ihren blinkenden Brustpanzern, ihren mit Rosshaarschweifen geschmückten Helmen und blutfleckigen Pallaschen, noch immer gefürchtet in halb Europa. Hinter den Berittenen hunderte Füsiliere und Mameluken der kaiserlichen Garde, holländische Grenadiere mit schweren Tornistern, Dragoner, Infanteristen, Chasseure und verstummte Trommler zu Fuß. Es folgen Wagen bis zum

Horizont, gezogen von Ochsen und Pferden, darin gestapelt Waffen, Munition, Kornsäcke, Verwundete, später ein stinkendes und lärmendes Gefolge aus Geschäftemachern und Gauklern, Heilern und Huren, Schmieden und Schneidern, in allen Sprachen Babyloniens ein Fluchen, Jammern, Schreien und Ausspucken.

Am See errichten sie ihre Zelte, für die Dauer von drei Nächten entsteht eine Stadt auf einer Fläche von wenigstens fünf Hufen, die am Wasser entlang bis hinter die dunkelgrüne Linie des Waldes reicht. Große Netze werden durch den See gezogen, um auch noch die letzten Fische zu ergattern. Hunderte von Feuern werden geschürt, Bäume im beständigen Schlag gefällt, Feldküchen und Öfen angeheizt, schwarz steigen die Rauchbäume in den Himmel. Dort, wo der Schilfgürtel durchbrochen ist, beginnt der Sand – in langer Schlange stehen niedrige Dienstränge und zänkische Weiber an, um aus zerbeulten Eimern Wasser zu schöpfen. Ein Teil des Uferstreifens wird als Kloake abgetrennt, auf darüber gelegten Stämmen sitzen zu jeder Stunde Dutzende und erleichtern sich. Nachts ertönen Gegröle, Trompetenklänge und Getrommel über das sonst so stille Land.

Jetzt, als waidwunder und erschöpfter Haufen von Hasardeuren, sind die Eingedrungenen noch gefährlicher, wie die Bewohner des Guts bald erfahren müssen. Alle Kühe und Schweine werden requiriert und zur Zeltstadt gebracht, ebenso Gänse und Hühner. Pferde werden aus den Koppeln geführt, Stuten von ihren Fohlen getrennt. Als der Vorarbeiter des Guts gegen das Gebaren protestiert und sich in den Weg stellt, erschlägt man ihn wie einen tollen Hund.

Abends gibt es weitere Tumulte. Betrunkene Soldaten verlangen Einlass zum Keller des Gesindehauses, in dem sie Essen und Schnaps vermuten. Als sich die Köchin des Hauses weigert, den Schlüssel für den Keller herauszugeben, reißen ihr Betrunkene sämtliche Kleider vom Leib und scheuchen die alte Frau mit Tritten über den Hof. Die Gutsherrin kommt mit einer Decke herbeigelaufen, die sie ihrer aufgelösten Köchin über die Schulter legt. Den Keller lässt sie ebenso wenig öffnen und wird dafür von einem Sergeanten derart geohrfeigt, dass sie aus dem Ohr zu bluten beginnt. Der Keller wird aufgebrochen und alles dort Gelagerte abtransportiert.

Weil die Gutsherrin sich auf die Seite ihrer Köchin gestellt hat, werfen Soldaten brennende Heubünde durch eine eingeschlagene Scheibe im Erdgeschoss des Gutshauses. Einen Tag lang brennen die Räume des westlichen Gebäudetrakts, Dielen, Paneele, Vorhänge, Tapeten, Möbel, die große Treppe zu den Schlafräumen. Dann erst erlaubt man den Bewohnern, das Feuer zu löschen.

Drei Nächte bleiben die Franzosen in ihrem Quartier am See, dann zieht der Tross endlich weiter, gen Werneuchen, wie es heißt, als achte Plage. *Strecke deine Hand über das Land, dass Heuschrecken kommen und alles auffressen, was im Lande wächst, alles, was der Hagel übriggelassen hat.* Felder, Wiesen, der See – alles liegt geplündert darnieder, die Ställe sind leer.

Später am Tag reitet der Leutnant des Rittmeisters und Gutsherrn, ein junger Livre-Jäger des niederen Forstpersonals aus Belzow, vor das noch immer qualmende Haus. Er trägt einen Kopfverband und bittet darum, die Gutsherrin sprechen zu dürfen. Man führt ihn zu ihr. Gerade ist sie mit ihren halbwüchsigen Kindern damit beschäftigt, im Unrat der Brandstätte nach letztem Brauchbaren zu suchen. Drei Handwerker aus Belzow, dem Livre-Jäger gut bekannt, begutachten im ehemaligen Salon die Brandschäden und prüfen die Festigkeit der schwarzen Mauern, deren Lehmputz abgeplatzt ist. Als er vor sie tritt, ahnt sie seine Botschaft und versucht, tapfer zu bleiben, Haltung zu wahren. So steht sie vor dem jungen Mann, in einfacher Kleidung und bäuerlicher Erscheinung, mit rußigen Händen und einem Verband über dem Ohr. Auf der Bluse eine Brosche, schlicht und geringwertig, getauscht gegen Kostbareres, so wie es Marianne von Preußen, die vom Volk verehrte Schwägerin Friedrich Wilhelms, forderte, damit das Land in den Napoleonischen Kriegen bestehen könne, Gold gab ich für Eisen …

Ihre dunkle Ahnung bestätigt sich, der junge Jäger hat traurige Kunde: Der Gutsherr und Rittmeister ist als Kommandeur der Belzower Landwehr beim Gefecht im Nordosten unweit Landin gefallen. Tagelang habe es bereits geregnet, längst seien Pulver und Waffen feucht gewesen, also habe man überwiegend mit Bajonetten und Gewehrkolben gekämpft, ein fürchterliches Hauen und Stechen. Dabei habe der Herr Rittmeister tapfer und unermüdlich seine Leute geführt, doch dann habe er selbst schwere Verletzungen erlitten, zugefügt von einer Pike, sodass er drei Tage später dem Wundbrand erlegen sei. Seine letzten Worte haben seiner Frau, seinen Kindern und seinem Gut gehört, bevor er sein Leben vertrauensvoll in die Hände des Schöpfers legte.

Die junge Witwe bedankt sich und schart ihre Kinder um sich. Der Leutnant zieht sich mit einer Verbeugung zurück.

Als er sich zu den Handwerkern gesellt, um zu erfahren, was in den letzten Tagen geschehen ist, wird er selbst von Verzweiflung durchdrungen. Es war schlimm und es wird noch schlimmer werden, sagen sie. Alles ist zerstört, die Ernte geraubt, selbst die letzten Saatkartoffeln haben die Franzosen mitgenommen. Es wird hart werden. Der See hat kaum noch Fische. Der Älteste erinnert an die drei Hungerjahre, die anderen nicken und bekreuzigen sich, sie kennen die Erzählungen der Altvorderen.

Begonnen hatte es im Jahr 1769 nach der Geburt des Herrn, als es mitten im Juni schneite – gefolgt von wochenlangem Regen und schließlich bitterem Frost, der schon im November die Oder bis auf den Grund gefrieren ließ. Danach das Wasserjahr, in dem die Sonne nicht schien, sodass die Seen sich verdoppelten und jeder Halm verfaulte. Eine zweite Sintflut im dritten Jahr – sie spülte Leichen aus ihren Gräbern auf die Felder. Ein Hunger über viele Jahre, soll es wieder so werden?

Einige Steine in den Gutshauswänden sind lose. „Wir werden Anker und Zugeisen setzen müssen, um die Mauern zu halten", sagt der Schmied. „Die Franzosen haben die alten Hufeisen hinter meiner Esse nicht mitgenommen. Ich kann sie umschmieden."

„Was ist mit den Deckenbalken und Pfetten?", fragt der Leutnant.

„Wir werden sie austauschen müssen", sagt ein anderer und schüttelt den Kopf. „Doch solche Querschnitte bekommen wir frühestens im nächsten Jahr. Bis dahin ist hier alles hin."

Der Leutnant holt eine Leiter und klettert selbst hinauf, um die Balken zu untersuchen. Die Witwe ist dazugekommen, stellt sich nun auch unter den offenen Dachstuhl. „Das Haus ist 200 Jahre alt! Wenn wir jetzt alles abreißen und neu errichten müssen …"

Als Forstgeselle kennt sich der Jäger aus mit Bäumen und den Kräften der Hölzer. Hainbuchen, schwer und mit dichter Darre, deren Hagebüsche sie mit Brombeerbüschen zu undurchdringlichen Wehrhecken verschneiden. Weiden, die sie mit scharfen Praxenklingen schneiteln, um die Triebe als Einstreu in den Stallungen zu verwenden. Kienbäume, die von der Teerschwelerei gebraucht werden, um Wagenschmiere herzustellen, während ein Sud aus Essig und fein geraspelten Kienspänen Zahnschmerzen kuriert, auch hilft das Harz bei gewissen Frauenleiden. Ahorn, dessen in Türschwellen eingeschlagene Pflöcke Dämonen und Blitzschlag fernhalten. Birken, deren Reisig man auf Warzen schlägt. Und natürlich die Eiche, Lebensbaum, Königin unter den Hölzern. Daraus ist die mit Breitbeilen behauene Balkenlage der Decke beschaffen, die er, wie auch das Rähm, Holz für Holz begutachtet, nach Abbundzeichen abtastet, abklopft.

„Die Balken sind noch kernig, trotz des Feuers", ruft der Leutnant schließlich, überrascht und befriedigt. „Man kann sie belassen. Sie wurden zur rechten Zeit geschlagen."

Er steigt von der Leiter herunter und streicht einem der Gutshauskinder, das weinend seinen Kopf im Ellenbogen verbirgt, über den Schopf. Er wendet sich zur Gutsherrin, räuspert sich und sagt: „Ein Abriss ist nicht vonnöten, gnädige Frau, die Balken taugen noch, das Holz wird noch viele Nachkommen tragen."

„Wenn wir es nur schaffen, alles wieder aufzubauen", spricht sie, wieder mit festerer Stimme, „dann wollen wir neben dem Friedhof über dem See eine Kapelle stiften."

Dezember 1613

Wintereinschlag in der Saftruhe. Traditionell in der dritten Nacht vor dem zwölften Neumond. Die Holzfäller stehen vor den Eichen unweit des Sees. Mit Schlittengespannen sind sie am Vormittag aus Belzow gekommen, mehr als drei Stunden waren sie unterwegs. Hoch liegt der Schnee, in weißen Walzen rauscht der Wind, der sich erst am Abend beruhigt.

Der Sohn des Gutsherrn von Belzow wird ein Rittervorwerk errichten, so wurde es ihnen erzählt, nach Plänen eines Baumeisters vom Kloster Chorin. Tausend Ellen von hier, östlich des Sees, auf der Anhöhe. Ein Vorwerk mit einem Gesindehaus, zwei Scheunen und einer Schmiede. Sie haben Zelte aufgebaut, vor denen Feuer lodern. An Schleifsteinen schärfen sie ihre Äxte, Beile und Klingen, kontrollieren ihre Fällkeile. Die erfahrenen Holzfäller und Zimmerleute begutachten die Bäume, wägen ab, prüfen Bewuchs, Wurzelanläufe und Kronenlast, Höhe, Breite der Eichen, beilen an und lauschen dem Klang des Holzes. Sechzig der Bäume werden mit Kreidekreuzen markiert. Dann, als es dunkel wird, entzünden sie Fackeln und Kerzen für ihre Laternen. Ein Stakkato von Schlägen über viele Stunden, ein Trommeln von ins Holz fahrendem Metall, schwerer Atem in feuchten Wolken, Spritzen von Borke, Bast und Kernholz.

Ein Baum nach dem anderen fällt, so, dass die Stämme höher als die Kronen liegen. Dadurch werden die Eichen ihre letzten Säfte abwärts in die Äste schicken, um noch einmal Früchte bilden zu können. Nach der Anstrengung kehren die Männer für eine kurze Weile ans Feuer zurück, sie stärken sich mit Brot und Bier, strecken ihre schmerzenden Leiber, säubern im Schnee ihre aufgerissenen Hände, erzählen sich Geschichten. Viele Bären habe man im Herbst im Kienhorst gesehen, winters ziehen sie sich in die Höhlen unter den Steinen zurück, etliche Hirsche seien gerissen worden. In den Dörfern rund um Ringenwalde ginge ein Fieber um, das bereits mehrere Kinder getötet habe. Man habe eine der jungen Mägde im Verdacht, Buhlerin des Teufels zu sein, schon seit ihrer Geburt hätten die Kühe weniger gekalbt, auch habe man unter ihrem Bett einen Hühnerkopf ohne Augen gefunden. Die Männer bekreuzigen sich.

Einer weiß zu berichten, dass Wölfe neulich den Fassmacher von Reiersdorf angegriffen haben, noch vor Anbruch der Nacht, als der mit seinem Fuhrwerk durch den Wald ritt, um auszuliefern. Er hatte sein Pferd zur Eile angetrieben, dabei brach eine Achse seines Wagens. Einen großen, schweren Bottich hatte der Fassmacher auf seiner Ladefläche, den er abwarf, um darunter zu kriechen. Weil es schon seit Wochen so kalt war, dass die Krähen aus dem Himmel fielen, konnten die Wölfe den hartgefrorenen Boden unter dem Bottich nicht fortwühlen. Das hat ihn gerettet, dem Herrn sei es gedankt, man hat ihn bald gefunden. Doch sein Pferd haben die Wölfe im Geschirr gefressen, es muss ein elendiges Wiehern gewesen sein.

Bald gehen die Holzfäller schlafen, zwei der Männer bewachen das Feuer.

In zwei Monaten werden sie wieder da sein, zum Ende des Hornung. Bis dahin ist das Restwasser der Bäume in die Äste geflossen, sodass diese abgeschlagen werden können. Dann, endlich März, der wie ein Wolf kommen und wie ein Lamm gehen soll. Transport der Stämme zum Baugrund auf noch gefrorenen Wegen, entrinden, beilen von Riegeln, Pfosten, Sparren und Rähm, Stämme zu Brettern – mit der großen Zugsäge, einer im Erdloch stehend, der andere oben. Bis zu den Schwendtagen vor Johannis werden sie viel zu arbeiten haben.

Am nächsten Morgen brechen die Holzfäller zeitig auf, um nach Belzow zurückzukehren. Der Himmel ist blau, das Licht lässt den Schnee erstrahlen. Einer der Männer, der auf der Ladefläche des Fuhrwerks hockt, dreht sich noch einmal um und schaut auf den winterlichen See. Gerade kommt Wind auf und fegt trockenen Schnee aus Baumwipfeln, der funkelnd über dem Eis des Sees tanzt.

Bald beginnen die Rauhnächte, dann werden die wilden Heere wieder mit den Wolken reiten, bis zum Tag der Erscheinung des Herrn. Eine Böe lässt den Mann in den Himmel schauen. Am hinteren Ufer des Sees steht dunkel der Wald. Ein Sprung Rehe tritt hervor und stöbert unter den Bäumen nach etwas Grün. Dort, wo der Schilfgürtel durchbrochen ist, beginnt der Sand.

10143 vor Christus

Ich bin noch jung, erlebe alles zum ersten Mal. Die Ankunft der ersten Kräuter und Gräser, die aus dem Boden brechen. Insekten, die am Ufer summen. Vorgestern das Wachsen des Sanddorns, der Birken, Fichten und Kiefern, darin der Gesang der Vögel. Gestern kamen die Rentiere und Rothirsche, Rehe, Elche und Wildschweine, Bären und Wölfe.

Es ist noch nicht lange her, das Eis. Hoch bis zum Himmel aufragend, wie uraltes Glas, darin baumhohe Steine, Felsen wie Kiesel, doch es zog sich gen Norden zurück. Die Sonne war mein Erwachen, mein Weg in die Welt. Weit. Blau. Tief. Dort, wo mein Schilfgürtel durchbrochen ist, beginnt mein Sand.

Heute sehe ich dort zum ersten Mal Menschen. Es sind drei Männer. Aus südlicher Richtung sind sie gekommen, auf ihren Schultern tragen sie erjagte Rehe und Hasen. Sie werfen ihre Last in den Sand. Einer watet in mein Wasser, aus seinen Fußfellen löst sich Lehm und vereint sich mit mir in hellen Schlieren. Eine Libelle umschwirrt ihn, er schlägt nach ihr, sodass sie im Zickzack davonhuscht, sein Blick hinterher. Er bückt sich, schöpft mich in seine hohle Hand, riecht an mir und trinkt mich.

An meinem hinteren Ufer steht schwarz der Wald.

August 2017

Der Vater rupft einen Grashalm aus, beginnt darauf herumzukauen und schaut sinnierend über den See: „Eigentlich müssten wir zuerst das Dach neu eindecken. Der Dachstuhl selbst ist noch ganz in Ordnung."

Seine Frau richtet sich auf: „Es ist total verrückt, den alten Kasten zu sanieren. Es wundert mich nicht, dass alle anderen aus deiner Familie dankend abgelehnt haben. Nur Kosten und Arbeit, für was?"

„Für uns natürlich."

„Du bist ein Spinner."

Sie gibt ihm einen Kuss, während er weiter grübelt: „Biberschwänze müssten her. Zweilagig. Die Betonziegel sind noch aus DDR-Zeiten. Sie ziehen Wasser und werden durchlässig. Im Winter frieren sie kaputt. Kein Wunder, dass auf dem Dachboden so viele Eimer stehen." Der Vater betrachtet nachdenklich seinen Halm: „Und Marder und Waschbären wohnen da. Die letzten Mieter haben überall Schalen mit Altöl hingestellt."

Sein Blick wandert wieder über den See, über die Bäume. „Früher war hier viel mehr Wald. Und mehr Wasser, noch von der letzten Eiszeit. Es reichte dichter an das Gutshaus heran.

Man hat hier in der Nähe bei Schachtarbeiten Feuerstellen gefunden, zehntausend Jahre alt."

„Wie will man denn feststellen, wie alt eine Feuerstelle ist?" Die Tochter ist nicht überzeugt. „Kann doch einfach ein alter Grillplatz sein."

„Nicht in der Tiefe. Man hat auch Keramiken in der Kohle gefunden, die sind datierbar."

„Und wie alt ist unser Haus?"

„Der Gutachter hat Balkenproben gezogen. Der älteste ist der Querbalken, der die schwarze Küche stützt. Eiche."

Die Tochter wird ungeduldig: „Papa, wie alt?"

„Das Holz wurde 1613 oder 1614 geschlagen."

„Das ist ja noch vor dem Dreißigjährigen Krieg", staunt die Mutter.

Der Vater nickt. „Die Deckenbalken sind aus der gleichen Zeit. Im linken Gebäudetrakt sind sie geschwärzt, der Gutachter sagt, dass es dort mal gebrannt hat."

„Dann ist das Holz seit 400 Jahren im Haus?"

Der Vater nickt.

„Dass Holz so lange hält", entfährt es der Mutter.

„Vielleicht Mondholz", sagt der Vater.

„Was ist das?"

„Holz, das nachts im Winter und nach dem Mondkalender geschlagen wird."

„Was soll daran besonders sein?"

„Es ist sehr haltbar und reißt nicht. Es hält Schimmel und Insekten ab. Außerdem ist es feuerunempfindlich. Unser Zimmermann hat neulich davon erzählt."

„Holz, das nicht brennt?", fragt die Tochter skeptisch.

„Angeblich, ja. Der Zimmermann meinte auch, dass man früher sogar Kamine mit Mondholz ausgeschlagen hat. Und dass man in abgebrannten Häusern noch nahezu intaktes Mondholz gefunden hat. Nur in den äußersten Schichten verkohlt, ansonsten kernig."

„Wie soll das gehen?“, hakt die Mutter nach.

Der Vater zuckt mit den Achseln und lacht: „Da ist bestimmt Aberglaube im Spiel. In einem Bett aus Mondholz soll man auch besonders gut schlafen. Und es soll die Fruchtbarkeit steigern.“

Die Tochter rollt ihre Augen.

„Vielleicht pure Legende. Aber vielleicht ist auch was dran, das weiß heute wohl keiner mehr. Heute wird Holz rund um die Uhr geschlagen und maschinell getrocknet, Zeit ist Geld.“

„Mondholz“, wiederholt die Tochter andächtig.

Währenddessen erhebt sich der Vater und streckt sich. Er zeigt auf das Waldstück zur Linken und einen verwilderten Pfad, der zur Ruine der Kapelle führt: „Wenn wir das Gutshaus saniert haben, werden wir die Kapelle wieder herrichten. Schon mein Urgroßvater und seine Vorfahren haben darin geheiratet. Das hat mir meine Oma erzählt.“

„Wem gehören die Ruinen heute überhaupt? Der Kirche? Oder sind sie immer noch Teil des Guts?“

„Keine Ahnung. Ich werde beim Amt nachfragen. Nächsten Monat habe ich wieder einen Termin.“

„Ja, bei Gelegenheit. Das hat Zeit.“ Die Mutter blinzelt in die Sonne.

„Papa, schau mal!“ Die Tochter zeigt auf ihr Knie, auf dem sich eine große Libelle niedergelassen hat. Ihr Hinterleib ist azurblau und gebändert. In ihren schillernden Flügeln fächert sich das Licht der Augustsonne auf.

„Eine Königslibelle. Die gibt es hier häufig. Hübsch, nicht wahr?“

Die Tochter nickt. „Oh, schade, jetzt fliegt sie davon.“

Die Familie sieht der Libelle nach, die eine Weile im Wind tanzt und dann über dem See entschwindet.

Der Vater umgreift seine Tochter an den Schultern: „Und, ist doch schön hier, oder?“

„Ja.“

„Wir können jetzt auch zurückgehen. Von wegen Internet."

Die Tochter steht auf, schaut zum See und winkt ab: „Das eilt nicht, Papa. Ich geh erst mal schwimmen."